AF397577

novum pro

ULLA GARDEN

Frau Kaiser
und die Steine auf ihrem Weg

novum pro

Bibliografische Information der Deutschen Nationalbibliothek:

Die Deutsche Nationalbibliothek verzeichnet diese Publikation in der Deutschen Nationalbibliografie. Detaillierte bibliografische Daten sind im Internet über http://www.d-nb.de abrufbar.

Alle Rechte der Verbreitung, auch durch Film, Funk und Fernsehen, fotomechanische Wiedergabe, Tonträger, elektronische Datenträger und auszugsweisen Nachdruck, sind vorbehalten.

© 2021 novum Verlag

ISBN 978-3-99107-470-0
Lektorat: Susanne Schilp
Umschlagfotos: Tartilastock, Konstantin Kamenetskiy, Teena Farrell | Dreamstime.com
Umschlaggestaltung, Layout & Satz: novum Verlag

Gedruckt in der Europäischen Union auf umweltfreundlichem, chlor- und säurefrei gebleichtem Papier.

www.novumverlag.com

1

„Hi Ladys, ihr habt aber viel vor!" Maximilian strahlte die beiden jungen Frauen, die mit Getränkekisten und vollen Einkaufstüten vor dem Lift in der Tiefgarage warteten, mit einem Lächeln an, das für eine gute Zahnpasta-Werbung taugen würde. Und er sah verdammt gut aus mit dem lockigen schwarzen Haar, den dunklen Augen, dem leicht nach oben gezwirbelten Schnauzbart und dem kleinen Bärtchen auf dem Kinn. „Logo, meine Freundin feiert heute ihren Geburtstag", erwiderte eine der beiden jungen Frauen lachend. „Kommt doch einfach auch dazu, wir haben sowieso zu wenig Jungs", ergänzte sie. „He Leni, komm, lad die beiden doch ein, oder hat es dir die Sprache verschlagen?", forderte sie ihre Freundin auf.

Leni war tatsächlich sprachlos, aber eigentlich sollte sie ihre Freundin Julia ja kennen, die ließ kaum mal eine Gelegenheit für einen Flirt aus.

„Oh, ihr wollt auch in den vierten Stock" plauderte Julia munter weiter als alle in den Lift eingestiegen waren und Johannes den Knopf für den vierten Stock gedrückt hatte.

Zu viert und dann noch mit den ganzen Einkäufen war es in der Kabine ziemlich eng, und Leni war nicht auf das Kribbeln gefasst, das sie plötzlich überkam, als sie so nah neben Johannes stand. Sie sah auf ihre Schuhspitzen und hoffte, dass der Lift nicht stecken blieb.

„Wohnt ihr auch hier?", wollte Julia dann auch noch wissen.

„Ja also, ich wohne hier, und das ist mein Bruder Max, der ist zu Besuch hier", erwiderte Johannes trocken, ohne eine Miene zu verziehen.

„Na kommt Mädels, ich helfe euch tragen", bot Maximilian freundlich an, als der Lift oben angekommen war und stellte dann die Getränkekisten vor Lenis Wohnungstür ab.

„Danke, und nicht vergessen, um 19 Uhr hier bei Leni, wir erwarten euch! Tschühüs."

„Verdammt noch mal, Julia, weisch du denn nid, wer des isch?“,
wetterte Leni los, nachdem sie die Sachen rein getragen und die
Tür geschlossen hatten.

„Nö, aber die sind doch total süß, vor allem der Schwarzhaari-
ge“, schwärmte Julia.

„Oh Mann, der andere isch doch der blöde Typ von nebenan,
der die Wohnung einfach nid so haben wollte, wie ich sie entworfen habe, und du lädsch den einfach zu mir ein, du ticksch
doch nid mehr ganz richtig.“ Leni war stinksauer.

„Na und, das macht doch nichts. Ich wette, die sind cool drauf
und eine Bereicherung für deine Party“, plauderte Julia träume-
risch weiter.

„Ach, ich weiß nid, ich werde dem Typ auf jeden Fall aus dem
Weg gehen, du kannst dich ja mit dem Bruder amüsieren, wenn
du willst“, brummelte Leni vor sich hin.

„Oh ja, und genau das werde ich auch tun“, erwiderte Julia mit
einem breiten Grinsen im Gesicht. „Also weißt du Leni, so kriegst
du nie nen Kerl“, sagte sie achselzuckend.

„Mensch Max, musst du denn immer alle Frauen anbaggern?“

„Hey, entspann dich Alter, die sind doch klasse. Du hast mir gar
nicht gesagt, dass da so eine heiße Braut neben dir wohnt“, konnte
Maximilian es sich nicht verkneifen, seinen Bruder zu provozieren. „Die sieht echt spitze aus, so stell ich mir die Lorelei vor, mit
diesen langen goldenen Haaren“, schwärmte er weiter. „Sie ist irgendwie so natürlich und nicht so aufgedonnert wie die Blondine.“

„Wir gehen da auf keinen Fall hin“, unterbrach Johannes die
Schwärmerei seines Bruders barsch.

„Und ob wir das tun, meinst du, ich lass mir die beiden entgehen? Wir gehen jetzt eine Kleinigkeit für das Geburtstagskind
besorgen. Los, auf geht’s“, drängte Maximilian seinen Bruder.

„Du spinnst doch total!“

„Das ist ja wohl auch nichts Neues“, feixte Maximilian.

Die nächsten Stunden waren die beiden Freundinnen mit den
Vorbereitungen für die Party beschäftigt. Zum Glück kam später

Laura, Lenis Freundin aus der Pfalz dazu, denn das Timing der beiden war mal wieder nicht das beste und Julia war auch eher hinderlich als hilfreich. Die meiste Zeit verbrachte sie dann sowieso damit, sich aufzubrezeln. Die Zeit verging wie im Flug, und Leni musste sich in aller Eile umziehen, bevor die ersten Gäste ankamen. Sie war so mit dem Begrüßen der Gäste, dem Geschenke entgegennehmen und Getränke verteilen beschäftigt, dass sie ihren Nachbarn total vergessen hatte.

„Sag mal, was ist mit den beiden Jungs da drüben, trauen die sich nicht?", fragte Julia plötzlich. „Soll ich sie holen?"

„Wie? Was? Wen meinst du?", fragte Leni konfus.

„Na die beiden von heute Mittag, dein Nachbar und sein Bruder!"

„Untersteh dich, da rüberzugehen", zischte Leni.

Kurz darauf klingelte es, und das ungleiche Brüderpaar stand tatsächlich vor der Tür, mit einem bunten Blumenstrauß und einer Flasche Hugo in den Händen. Maximilian wie zuvor mit einem gewinnenden, breiten Lächeln und der blonde Johannes eher verlegen grinsend. Leni war zunächst sprachlos. Sie hatte nicht damit gerechnet, dass die beiden wirklich kommen würden, denn bisher hatten sie und ihr Nachbar sich gegrüßt, aber das war's dann auch. Sie fing sich aber schnell wieder und bat die beiden reinzukommen. „Schön, dass Sie gekommen sind", versuchte sie ihre Verlegenheit zu überspielen. „Am besten Sie stellen sich den anderen selber vor."

* * *

Einige Monate zuvor

„Tja Frau Kaiser, der Kunde ist König, auch wenn er noch so seltsame Wünsche hat, und ich wäre wirklich froh, wenn Sie sich endlich mit Herrn von Moeltenhoff einigen könnten. So langsam vergeht mir die Lust mit Ihnen beiden", wurde Leni vom Bauleiter ermahnt.

„Ja sicher, der Kunde ist König – aber ich bin die Kaiserin." Das rutschte ihr einfach so raus.

Mit einem schallenden Lachen quittierte Ralf Steiner diesen Ausspruch. „Aber wissen Sie was, das können Sie ihm jetzt gleich selber sagen, da kommt er nämlich."

„Guten Tag Herr von Moeltenhoff", begrüßte er den Mann, der jetzt auf der Baustelle auf sie zukam, mit Handschlag. „Darf ich Sie mit unserer Architektin Frau Kaiser bekannt machen?", und wies dabei auf Leni.

Die war erst mal total sprachlos, nach dem, was der Bauleiter ihr bisher über diesen schwierigen Kunden erzählt hatte, hatte sie einen älteren, mürrischen Herrn erwartet. Mit so einem jungen Mann hatte sie nicht gerechnet. Sie schätzte ihn auf Mitte bis Ende 30, wobei der Schutzhelm und das ernste Gesicht ihn vielleicht auch etwas älter wirken ließen, als er in Wirklichkeit war. Sie errötete leicht, was sie aber dank des Schutzhelms und dem etwas gesenkten Kopf einigermaßen verbergen konnte.

„Nun Frau Kaiser, sie wollten doch mit dem Kunden reden", versuchte der Bauleiter, sie aus der Reserve zu locken.

„Ja, ähm, also, ich habe da einen Vorschlag, wie wir uns vielleicht einigen könnten", begann sie stockend. „Aber eins sage ich Ihnen gleich, Sie als Kunde sind zwar der König, aber ich bin die Kaiserin", warf sie dann doch tatsächlich selbstbewusst ein.

Ein kurzes, erstauntes Lächeln, das aussah, als habe sich ein kleiner Sonnenstrahl durch eine Wolkendecke gestohlen, huschte über das bisher sehr ernste Gesicht des Kunden.

„Na dann lassen Sie mal seh'n", erwiderte er nicht unbedingt sehr begeistert. Leni fiel seine dunkle, weiche Stimme auf, *das klingt ja wie Samt,* dachte sie sich, und errötete erneut.

Leni erklärte ihm anhand der Zeichnungen auf ihrem Laptop ausführlich und sachlich in aller Ruhe ihre Ideen, wie sie sich wohl einigen könnten und demonstrierte in den diversen Abschnitten des großen, offenen Raumes, wie sie sich das jeweils vorstellte. Sie erklärte ihm, dass die Renovierung eines bestehenden Gebäudes nicht so einfach wäre, dass dies vorher der Dachboden gewesen war und dass die vorgesehenen Säulen oder Stützpfeiler für die Statik notwendig und seine Vorstellungen einfach nicht realisierbar wären.

„Na ja, also das gefällt mir doch ganz gut, was Sie da vorschlagen", gab er sich geschlagen.

„Prima, dann machen wir das so, jetzt brauchen wir noch den Küchenplan von Ihnen".

„Küchenplan? Wofür brauchen Sie denn sowas?", fragte er konfus.

„Wir sollten sobald wir möglich wissen, wo wir die Anschlüsse für Wasser und Strom in der Küche legen müssen. Wenn Sie uns schon solchen Druck mit dem Bezugstermin machen, dann müssen Sie jetzt aber auch mal Gas geben", drängte sie ihn. Bei sich dachte sie: *Mensch der hat ja überhaupt keine Ahnung.*

„Und woher bekomme ich einen Küchenplan?", kam dann auch prompt die nächste Frage.

„Na vom Küchenstudio oder Möbelhaus, irgendwo müssen Sie ja wohl ihre Küche kaufen." Sie wurde leicht ungeduldig, während er sie einfach nur verwirrt anschaute. „Passen Sie auf, ich gebe Ihnen hier die Karte von dem Küchenstudio, das die Küche in der Nachbarwohnung einrichtet. Wenn Sie keine bessere Idee haben, gehen Sie dort hin, suchen sich eine Küche aus, und die sollen den Plan dann gleich an Herrn Steiner oder mich schicken. Hier haben Sie noch meine Karte mit meiner Email-Adresse."

Sie verschwieg allerdings, dass ihr Chef die Nachbarwohnung gekauft hatte und an sie weitervermieten wollte.

„Aber bitte warten Sie nicht mehr lange, sonst können wir Ihre Wohnung nicht fertig machen", ermahnte sie ihn nochmals.

„Ja danke, ich melde mich dann wieder", etwas verwirrt verabschiedete Johannes sich von den beiden und verließ die Baustelle.

„Ja sagen Sie mal, wie haben Sie das jetzt hingekriegt, der frisst Ihnen ja aus der Hand, bei mir hat der immer kategorisch alles abgelehnt, was wir vorgeschlagen haben. Ich muss schon sagen, den haben Sie ganz schön rumgekriegt", lachte der Bauleiter.

„Na ja, es ist lange nicht das, was ich eigentlich entworfen habe, aber immer noch besser als das 0−8−15, das er haben wollte", erwiderte sie.

„Ja gut, aber Vorsicht, der Mann ist Jurist, und das, was wir sagen, muss Hand und Fuß haben, nicht dass er uns einen Strick draus dreht", ermahnte er sie.

„Oh Gott, die Juristen hab ich an der Uni schon immer ganz besonders wenig gemocht", stöhnte Leni und sah auf die Visitenkarte, die der Kunde ihr noch in die Hand gedrückt hatte:

Johannes von Moeltenhoff
Fachanwalt für Wirtschaftsrecht

Die Adresse war mit einem dicken schwarzen Balken durchgestrichen.

Im weiteren Verlauf des Gespräches stellte sich heraus, dass Ralf Steiner während des Studiums als Praktikant bei ihrem Vater gearbeitet hatte. Er meinte, dass sie viel von ihrem Vater habe. Sie verriet ihm, dass ihr Vater ihr diesen Spruch mit der „Kaiserin" beigebracht hatte, als sie als Kind Probleme mit einer Mitschülerin hatte. Sie berieten noch eingehend die diversen Details und verabschiedeten sich dann.

∗

Die Brüder betraten die Wohnung, und kurz darauf war ein anerkennender Pfiff zu hören, worauf alle Gespräche wie auf Kommando verstummten.

„Wow, geile Wohnung! Die ist ja der Megaburner! Hey Joey, Alter, warum ist deine Wohnung nicht so hammermäßig geworden?", ließ sich Maximilian in voller Lautstärke vernehmen.

In Leni kochte die Wut über diesen schwierigen Kunden wieder hoch. „Nun, ganz einfach, weil er es nicht so haben wollte", ließ sie sich in etwas süffisantem Ton vernehmen. „Die romantischen Phantasien einer überkandidelten Architektin wollte er nicht in seiner Wohnung haben."

Alle Augen waren jetzt auf Johannes gerichtet. Diejenigen, die die Geschichte kannten, hatten ein Grinsen im Gesicht, die Gesichter der anderen ähnelten eher Fragezeichen. Johannes war wie zur Salzsäule erstarrt und schaute Leni mit großen Augen und offenem Mund an.

„Ja ähm, also, ähm", stammelte er „du bist, ähm, Sie sind die KAISERIN?" „Das ist mir jetzt aber wirklich peinlich, ich hab Sie nicht wiedererkannt", fügte er ziemlich kleinlaut hinzu und haderte im Stillen mit dem Bauleiter, der wohl seine Meinung über diese Architektin an sie weitergegeben hatte. Wohl oder übel mussten sie jetzt die Geschichte ihrer ersten Begegnung auf der Baustelle erzählen.

„Typisch mein großer Bruder", Maximilian schüttelte den Kopf.

Die Party nahm wieder Fahrt auf, und Maximilian und Leni tanzten oft zusammen, wobei sie vergnügt über dies und jenes plauderten. Selbst einen flotten Rock 'n' Roll legten sie hin, der von den anderen mit Applaus belohnt wurde. Julia verfolgte das mit saurer Miene, hatte sie sich doch vorgenommen, diesen tollen Kerl für sich zu erobern. Und jetzt hatte ausgerechnet Leni ihn am Haken. Als sie es einfach nicht mehr aushalten konnte, schnappte sie sich Maximilian.

„Hey, wie wär es denn mal mit Partnerwechsel?", schlug sie verschwörerisch vor.

„Ja gut, ich muss mich sowieso um die Getränke kümmern", und somit überließ Leni ihrer Freundin ihren Tanzpartner und stellte im Vorübergehen fest, dass ihr Nachbar sich in einem angeregten Gespräch mit ihrem Bruder Tobias befand. Einige Zeit später sah sie Maximilian dann aber mit ihrer Freundin Romy plaudern, während Johannes auf sie zukam und fragte, ob sie wohl mit ihm tanzen wolle. Da sie nicht unhöflich sein wollte, willigte sie ein. Eigentlich war sie solche Förmlichkeiten auf einer Party nicht gewohnt, da tanzte einfach jeder mit jedem, oder auch alleine, wie es gerade passte. Kaum hatte er sie im Arm, da dachte sie: *Ich glaub, ich bin im falschen Film, warum hab ich jetzt Schmetterlinge im Bauch? Ausgerechnet bei DEM, das kann einfach nicht sein!*
„Es tut mir leid, dass ich Ihnen mit meiner Wohnung so viel Ärger bereitet habe, aber ich konnte mir beim besten Willen nicht vorstellen, wie das fertig aussieht."

„Und wie gefällt es Ihnen?"

„Nicht übel." Wieder huschte dieses kurze Sonnenstrahl-Lächeln über sein Gesicht. „Sorry, aber ich habe Sie wirklich nicht wiedererkannt. Privat sehen Sie so anders aus."

Sie sahen sich in die Augen, und Leni bekam tatsächlich weiche Knie, sie hatte das Gefühl, als versinke sie in diesen großen, traurigen, grau-blauen Augen. Er musste wohl doch auch nicht ganz so gefühllos sein, wie es den ersten Anschein hatte, denn am Ende des Tanzes nahm er sie beiseite.

„Hör zu, ich finde dich wirklich sympathisch, aber ich bin momentan noch nicht bereit für eine neue Beziehung. Vor ein paar Monaten sind mein Sohn und meine Frau bei einem Autounfall ums Leben gekommen."

„Oh, das tut mir sehr leid. Das kann ich gut verstehen, meine Mutter hat auch sehr lange gebraucht, bis sie den Tod von meinem Vater überwunden hatte." Leni war nun voller Mitgefühl für diesen Mann.

„Dein Vater ist verunglückt?"

„Ja, bei einer Skitour wurde er von einer Lawine begraben", erwiderte sie traurig.

„Das ist ja schrecklich, wie alt warst du da? Ähm, ja, wir sagen doch du, oder?", fragte er verlegen grinsend.

„Ja einverstanden, wir wären eh die einzigen, die sich hier siezen. Ich war zwölf, als es passierte, und das war wirklich eine schlimme Zeit. Zum Glück haben unsere Großeltern sich um uns gekümmert."

„Ich glaube, da klingelt schon die ganze Zeit ein Handy", machte er Leni auf ein Smartphone aufmerksam, das in ihrer Nähe lag.

„Mal seh'n, wem das gehört." „Sven, dein Handy klingelt." Keine Antwort. Sie sah auf dem Display, dass es Svens Frau war, die versuchte, ihren Mann zu erreichen.

„Hallo Kathrin, hier isch Leni", meldete sie sich.

„Hi Leni, sag mal, ist Sven da?"

„Ja sicher, ich kann ihn nur gerade nid sehn, warte mal, ich schau mal auf dem Balkon nach. Ne, hier isch er nid, dann isch er wohl aufem Klo. Soll er dich zurückrufen? Isch es so weit?"

„Ja, er soll unbedingt gleich nach Hause kommen, ich muss in
die Klinik."
„Ja klar, ich schick ihn sofort nach Hause, Tschüs und alles Gute!"
„Danke Leni."
Leni rief nach Sven, aber der gab immer noch keine Antwort,
und so machte sie einfach die Musik aus.
„Weiß jemand, wo Sven ist?", rief sie in den Raum.
Maximilian deutete mit dem Daumen auf ihre Schlafzimmertür.
„Waaaas, in meinem Schlafzimmer!!!??? Das gibt es doch nicht!!"
Sie riss die Tür auf und sah, wie Sven und Julia sich in ihrem
Bett vergnügten.
„Sofort raus hier! Sven, deine Frau isch in den Wehen, und du
treibsch es hier mit meiner Freundin! Hasch du denn gar keinen
Anstand?! Raus hier, alle beide, und ich will euch hier nie wie-
der sehen." Sie war außer sich vor Zorn.
Die beiden Ertappten zogen sich rasch wieder an, und Sven kam
mit schuldbewusster Miene aus dem Schlafzimmer.
„Sven, deine Frau muss in die Klinik, fahr sofort heim. Und ver-
giss dein Handy nid!"
Leni war schockiert, so eine Frechheit, einfach ihr Schlafzimmer zu benutzen. Jetzt hatte sie ein für alle Mal genug von Julia.
So viel Unverfrorenheit hätte sie selbst von Julia nicht erwartet, weil Maximilian nicht angebissen hatte, musste ihr Kollege
Sven dran glauben.
„Leute, ich glaube, wir machen Schluss für heute. Ich hab genug", brachte sie entnervt hervor. Ihre beste Freundin Romy
und ihre Schwägerin Miriam versuchten, sie zu beruhigen, aber
der Abend war jetzt endgültig für sie verdorben. Erst lädt Julia
den ungeliebten Nachbarn ein, und ausgerechnet bei dem bekam sie Schmetterlinge im Bauch und jetzt auch das noch. Die
gute Stimmung war dahin und nach und nach verabschiedeten
sich die Gäste.

„Wie ist das, wollen wir drei morgen was zusammen unternehmen? Ich war noch nie im Schwarzwald", sagte Maximilian
beim Abschied.

„Ja, warum nid. Wandert ihr gerne, oder wollen wir einfach mal zum Titisee fahren?“

„Ein bisschen spazieren gehen wäre nicht schlecht, aber es muss ja nicht gleich eine richtige Wanderung sein.“

Sie verabredeten sich für den nächsten Vormittag und verbrachten einen schönen Tag im Schwarzwald, wobei Johannes eigentlich nur der stille Mitläufer war. Im Laufe des Tages erfuhr sie, dass die beiden ungleichen Brüder zwar denselben Vater, aber nicht dieselbe Mutter haben, dass sie aber zusammen auf einem Gutshof im Münsterland aufgewachsen sind, der in der nächsten Generation von ihrer jüngeren Schwester und deren Mann übernommen werden wird. Immerhin wagte sich Johannes so weit vor, dass er fragte, warum sie Leni genannt wurde, sie heiße doch Helene.

„Ach, das kommt von meinem Bruder. Als ich zur Welt kam, konnte er Helene noch nicht aussprechen, und so wurde daraus Leni. Außerdem endet hier bei uns im Badischen doch fast alles auf i“, lachte sie. Sie erzählte dann auch noch, dass ihre Mutter während der Schwangerschaft so gerne den „Coupe Belle Hélène“ gegessen hatte und ihr Vater deshalb auf die Idee gekommen war, sie Helene zu nennen.

Im Stillen beschloss Johannes, sie einfach Lene zu nennen, da Leni ihm zu kindisch klang.

„Hör zu Bruderherz, lass die Finger von Lene, die ist zu schade für dich!“, drohte Johannes seinem Bruder nach der Rückkehr.

„Warum, du bist wohl selber scharf auf sie?“, entgegnete dieser scherzhaft.

„Quatsch, aber ich möchte nicht, dass du sie unglücklich machst. Basta!“

Die nächsten Monate vergrub sich Johannes in seiner Wohnung und arbeitete jede freie Minute an seiner Dissertation, die er nach dem Unfall seiner Frau begonnen hatte, um sich von seiner Trauer abzulenken. Die beiden Nachbarn sahen sich selten, aber wenn sie sich trafen, dann wechselten sie jetzt immerhin ein paar freundliche Worte. Und jedes Mal, wenn Maximilian zu

Besuch kam, wurde zu dritt etwas unternommen. Er hatte schon lange bemerkt, dass Leni und Johannes sich im Grunde genommen mochten, aber keiner auf den anderen zugehen wollte. Er versuchte immer wieder, seinen Bruder dazu zu bewegen, doch mal mit Leni allein etwas zu unternehmen, aber der meinte nur, dass Max sich um seine eigenen Angelegenheiten kümmern solle.

Im Sommer konnten sie Johannes sogar einmal dazu überreden, sich mit Lenis Bruder und seiner Familie am Baggersee zu treffen. Obwohl er diese Art von Vergnügen eigentlich gar nicht mochte, sagte er schlussendlich doch zu, denn er fand Tobias sehr sympathisch und freute sich auf eine Unterhaltung mit ihm. Während die beiden Männer sich tatsächlich gut unterhielten, tobten Leni und Maximilian mit den beiden Kindern rum. Leni schlug mit ihrem Neffen Purzelbäume, lernte ihm, das Rad zu schlagen und Handstand zu machen, oder sie machte Laufübungen mit der einjährigen Sina. Sie fand es lustig, wie diese mit dem dicken Windelpaket am Po auf ihren kurzen stämmigen Beinchen daher stapfte. Währenddessen war Miriam froh, dass sich mal jemand um ihre Kinder kümmerte und döste entspannt in der Sonne. Tobias schmunzelte und meinte: „Ja ja, das ist sie wieder, die alte Leni.“ Auf Johannes' fragenden Blick hin erzählte er, dass Leni ein sehr temperamentvolles Kind gewesen war und die Eltern manchmal Mühe hatten, sie zu bändigen. Johannes war erstaunt, wie sportlich und gelenkig Leni war und ertappte sich zu seinem eigenen Erstaunen bei dem Gedanken: *Wie sie wohl im Bett ist?*

2

„Du Leni, sag mal, bist du das in dieser Zeitschrift?“

Leni war mit drei ehemaligen Kommilitonen im Zug auf der Rückreise von einem Treffen an ihrer Uni in Karlsruhe.

„Oh, das hab ich noch gar nicht gesehen“, sie schaute auf den Artikel in der Fachzeitschrift, die ihr Sitznachbar ihr reichte. „Ja klar, das sind mein Chef und ich, und des isch meine Wohnung“, kommentierte sie die Abbildungen.

Sie sprachen dann darüber, dass ihre Firma für die Sanierung und Neugestaltung eines vormals heruntergekommenen Altbaus im Zentrum von Freiburg einen Architektur-Preis und für ihre Wohnung auch noch einen Sonderpreis bekommen hatte.

„Du warst schon immer ein Streber und hast alte Gemäuer geliebt“, hänselten die anderen sie.

„Neue Häuser bauen kann jeder“, hielt sie dagegen.

Ihr fiel auf, dass sie vom Sitz auf der anderen Seite des Gangs ständig beobachtet wurde, dachte sich aber nichts dabei. *Vielleicht sind wir ja zu laut,* überlegte sie. Kurz bevor die anderen ausstiegen, tauschten sie noch die Handynummern, um in Kontakt zu bleiben.

„Du Leni, du hast hoffentlich nichts mit Martin angefangen?“, fragte Florian leise, nachdem die anderen beiden schon Richtung Tür gegangen waren.

„Warum?“

„Du weißt, dass er verheiratet ist?“

„Nö, das hat der Schuft mir natürlich nicht gesagt“, sie war ziemlich schockiert, denn sie hatte die letzte Nacht mit Martin verbracht, und verheiratete Männer waren für sie normalerweise tabu. „Na, dem werd’ ich was erzählen!“

Nachdem auch Florian gegangen war, blieb sie nachdenklich zurück. Die Nacht mit Martin war sowas von total überflüssig gewesen, sie hatte sich wohl nur aus Frust darauf eingelassen, weil

Johannes einfach nicht auf sie zukam, und zudem hatte sie einen kleinen Schwips gehabt.
Scheiß Alkohol!

„Entschuldigung?"
Sie erschrak, als der Mann, der sie ständig beobachtet hatte, plötzlich ihr gegenüber Platz nahm. Er fing ein Gespräch an und versuchte sie auszufragen, wie sie heißt und wo sie wohnt, bekam aber keine vernünftige Antwort. Im Verlauf des ziemlich einseitigen Gesprächs behauptete er, Chemiker in einer Pharmafirma in Basel zu sein und erklärte dann, dass er sich unbedingt mit ihr treffen wolle. Leni zeigte keinerlei Interesse, aber als der Unbekannte auch in Freiburg ausstieg, verabredete sie sich schlussendlich doch mit ihm für Freitagabend, nur um ihre Ruhe zu haben. Sie trafen sich zur verabredeten Zeit und gingen zusammen essen, wobei sie das Gefühl hatte, dass der Typ sie mit den Augen auszog. Sie fühlte sich unwohl in seiner Gegenwart. Er wurde ihr immer unsympathischer, und irgendwann sagte sie ihm dann direkt ins Gesicht, dass er niemals Akademiker wäre. Worauf er zugab, nur in einem Labor zu arbeiten.
Nach dem Essen erdreistete er sich tatsächlich zu fragen: „Und zu wem gehen wir jetzt, zu dir oder zu mir?"
Das brachte bei Leni das Fass zum Überlaufen. „**Wir** gehen gar nirgends hin. Hör zu Holger, du bist einfach nicht mein Typ. Ich bezahle jetzt mein Essen, und das war's dann!"
Für sie war die Sache damit erledigt. Sie legte den Betrag für ihr Essen auf den Tisch und verließ das Lokal. Zu Hause angekommen, telefonierte sie sofort mit Romy und berichtete ihr von diesem seltsamen Abend.
„Oh Mann, Leni, du hesch wirklich kei Glück", bedauerte diese sie. „Was isch mit deinem Nachbarn, bewegt der sich immer no nid?"
„Nein, ich weiß echt nid, was ich machen soll. Einerseits mag ich ihn, aber seine Reserviertheit macht mir Angst. Es ist einfach eine komische Situation, ich weiß ja, dass er trauert. Aber ich kann mich ihm doch nid anbieten wie Fallobst", stöhnte sie.

„Red doch mal mit seinem Bruder. Du hast doch einen guten Draht zu ihm“, schlug Romy vor.

„Ja schon, aber da komme ich mir so kindisch vor.“

„Dann musch du halt weiter warten, und irgendwann schnappt ihn sich eine andere“.

„Waaas?!“

„Leni, wach auf! Er ist gebildet und sieht gut aus. Ok er hat vielleicht ein paar Kilo zu viel auf den Rippen, aber er würde gut zu dir passen.“

„Ja, wenn du meinst, dann werde ich mal bei Max nachhaken. Auch wenn ich mir blöd vorkomme“, meinte sie dann am Ende des Gesprächs.

„Mach das jetzt aber auch wirklich! Guts Nächtle.“

„Ja gute Nacht, und danke, dass du mir zugehört hast.“

„Wofür hat man denn eine Freundin?“, lachte Romy.

In den nächsten Wochen lief alles seinen gewohnten Gang, außer dass Holger ständig bei Leni anrief und ihr Liebeserklärungen via WhatsApp schickte. Ihre Nummer hatte er heimlich in sein Handy eingespeichert, als sie sie den Kommilitonen im Zug gegeben hatte. Sie blockte seine Nummer und hoffte, damit endlich Ruhe vor ihm zu haben. Dann fing er aber an, ihr ständig nachzuspionieren und vor ihrer Haustür rumzulungern. Sie zeigte ihn schließlich wegen Stalkings an, und er durfte sich ihr bis auf ein paar hundert Meter nicht mehr nähern, aber auch das half nichts. Er war ständig da. Es nervte sie zwar, aber sie hoffte, dass er irgendwann von selber aufgeben würde.

In der Zwischenzeit war Maximilian mal wieder zu Besuch, und als sie die Gelegenheit hatte, unter vier Augen mit ihm zu sprechen, wollte sie von ihm wissen, ob sein Bruder denn immer noch trauern würde. Mittlerweile war fast ein Jahr seit ihrem Geburtstag vergangen, und sie war immer mehr gefrustet.

„Leni, ich weiß es nicht. Er mag es nicht, wenn ich mich in sein Privatleben einmische. Aber für dich werde ich ihn noch mal schubsen. Ich sehe doch, dass ihr euch mögt, aber keiner von

euch beiden will über seinen Schatten springen und den ersten
Schritt machen.“

„Was soll ich denn machen?“, fragte sie ihn verzweifelt. „Soll ich
etwa bei ihm klingeln und sagen: Hier bin ich, willst du mich
oder nicht?“

Maximilian lachte laut. „Warum nicht, am besten im sexy Outfit, das würde vielleicht tatsächlich helfen. Mein Bruderherz steht
auf schöne Verpackungen.“

Doch Johannes wehrte sofort ab, als Maximilian am Abend mit
ihm über Leni reden wollte.

„Ich versteh dich nicht, du hast so ein Superweib neben dir wohnen und kommst einfach nicht in die Hufe“, er sprach eindringlich auf seinen Bruder ein. „Sag mal, bist du blind? Du musst
doch merken, dass sie scharf auf dich ist. Du brauchst doch nur
mit den Fingern zu schnippen, und sie liegt hier bei dir in deinem geilen Bett.“

„Ja ja, sie ist wirklich sehr nett, aber ich hab sie an ihrem Geburtstag zurückgewiesen, da kann ich doch jetzt nicht hingehen
und sie um ein Date oder was auch immer bitten.“

„Warum denn nicht? Sie hat doch Verständnis für deine Trauer gezeigt. Dein Leben geht weiter, du machst die beiden auch
nicht wieder lebendig, wenn du wie ein Trauerkloß hier rum-
hängst“, erklärte er seinem Bruder.

„Du hast gut reden“, seufzte Johannes.

„Spring endlich über deinen Schatten, Alter!“

„Ach, lass mich doch einfach in Ruhe, Max!“ Johannes wurde
jetzt ungehalten, und Maximilian gab resigniert auf.

„Dir ist wirklich nicht zu helfen.“

Nach dem Fiasko im letzten Jahr wollte Leni dieses Jahr ihren
Geburtstag gar nicht feiern, sondern sie ging mit Romy ins Kino
und war den ganzen Abend still und in sich gekehrt.

„Wenn du bis zum Wochenende deinen Nachbarn nicht angesprochen hast, dann mach ich das. Isch des klar? Ich schau mir das
nicht länger an!“, schnauzte Romy sie im Laufe des Abends an.

„Aber wie soll ich das denn machen?“, jammerte Leni.

„Geh einfach rüber und frag ihn, ob er schon was vorhat oder ob ihr vielleicht mal zusammen essen gehen wollt, des isch doch nid so schwer."

„Und ob es das isch", seufzte Leni.

Den Mut, einfach bei ihm zu klingeln oder ihn anzurufen, hatte sie dann doch nicht. Einige Tage später traf sie Johannes in der Tiefgarage und nahm allen Mut zusammen.

„Hallo Johannes!"

„Oh, hallo Lene, wie geht es dir?"

„Ja es geht so."

„Und, hast du wieder schwierige Kunden?", fragte er sie belustigt.

„Allerdings, momentan betreue ich ein Neubauprojekt, und das ist echt ätzend." Sie nahm all ihren Mut zusammen und fragte: „Sag mal, wollen wir nicht mal zusammen essen gehen?"

Johannes schaute sie ernst an und suchte nach einer Antwort. „Naja, mal sehn. Am Wochenende fahre ich nach Hause zu meinen Eltern, und danach habe ich einen Kongress in Hannover. Ich melde mich bei dir, wenn ich wieder da bin. Ist das ok?"

Leni strahlte ihn an „Ja, sicher, du weisch ja, wo ich wohne", lachte sie.

Ihr fiel ein Stein vom Herzen, und als sie im Auto saß, musste sie natürlich sofort Romy anrufen, außer sich vor Glück.

Das Wochenende und die kommende Woche vergingen, ebenso die nächste Woche, und Leni wurde immer unruhiger. *Ich kann ihn doch nicht nochmal ansprechen,* dachte sie, nicht ahnend, was sich da zusammenbraute. Die Zeit verging, und es kam ihr vor, als würde Johannes ihr gezielt aus dem Weg gehen. Sie war einfach nur traurig, und auch Romy war fassungslos. Eines Tages ergab es sich, dass sie gemeinsam im Lift nach oben fuhren, wobei sie ihn einfach nur fragend anschaute.

„Ja also, Lene, ähm, ich bin dir wohl eine Erklärung schuldig", begann er zögernd. „Ich werde zum Jahresende nach Hamburg ziehen, ich habe da jemanden kennengelernt, und einen neuen Job habe ich dort auch schon."

Leni hatte das Gefühl, als hätte ihr jemand den Stecker gezogen. Sie konnte nichts darauf antworten, und da sie Tränen in den Augen hatte, drehte sie sich nur wortlos um, verließ den Lift und ging in ihre Wohnung. *Mist, warum verliebe ich mich immer in die Falschen?* dachte sie.

„Max, hast du **das** gewusst???"

„Was denn, Lenilein?"

„Dass dein Bruder eine andere hat! Warum hast du mir nichts gesagt?" Sie schluchzte bitterlich.

„Hey Leni, ich weiß das doch auch erst seit kurzem. Da hat ihm jemand total den Kopf verdreht. Irgend so eine blöde Tussi, Tochter von einem renommierten Anwalt in Hamburg. Ich bin sicher, die will nur seinen Namen. Und das hab ich ihm auch gesagt. Aber er hört einfach nicht auf mich, ich bin ja nur der dumme kleine Bruder."

„Was soll ich nur machen?", jammerte sie.

„Ich fürchte, du kannst im Moment nichts machen, warte erst mal ab, bis er sich wieder abgekühlt hat."

Gleich darauf klingelte das Handy von Maximilian erneut.

„Hallo Max, du, ähm, also, ich weiß nicht, ich glaube, ich habe da einen Riesenfehler gemacht."

„Ja das hast du Bruderherz, du hast Leni das Herz gebrochen. Du Idiot!!! Wie kannst du nur?! Scheiße Mann, eh. Ich könnte dich würgen."

„Aber ich kann doch jetzt nicht mehr zurück, der Vertrag mit der Kanzlei ist unterschrieben, die Wohnung ist so gut wie verkauft. Und wie soll ich Jessica das beibringen? Nein, ich kann nicht mehr zurück!"

„Natürlich kannst Du! Willst du wieder eine Beziehung eingehen, von der du von Beginn an nicht überzeugt bist?"

„Ich muss einfach weg von Freiburg, da sind so viele Erinnerungen, hier kann ich einfach nicht mehr glücklich werden."

Die Brüder diskutierten noch einige Zeit über das Für und Wider, aber Johannes war nicht bereit, seine Entscheidung rückgängig zu machen. Allerdings schärfte er seinem Bruder ein, die Finger von Leni zu lassen. „So einen treulosen Vagabunden wie dich hat sie schon mal gar nicht verdient."

Währenddessen heulte sich Leni bei ihrer Freundin Romy aus. Sie verstand die Welt nicht mehr. Wieso musste immer ihr sowas passieren? Wer legte ihr immer solche Steine in den Weg? Sie schien das Pech anzuziehen.

Die nächsten Monate war sie still und in sich gekehrt, hatte keine Freude an Weihnachten und Familienfesten, denn die Familie ging ihr plötzlich auf die Nerven, weil alle versuchten, sie aufzumuntern. Sie machte selbst ihre Arbeit ohne den gewohnten Elan. Noch nie war sie so unglücklich gewesen. Der Liebeskummer hatte sie voll erwischt, dabei hatten sie und Johannes ja nicht mal eine Beziehung gehabt. Irgendwie verstand sie sich selber nicht. Außerdem hatte sie sich immer noch nicht so richtig daran gewöhnt, allein zu leben. Bis zu ihrem Studium hatte sie mit ihrer Familie zusammengelebt, und auch im ersten Jahr war sie täglich nach Karlsruhe gependelt, weil sie einfach kein Zimmer gefunden hatte. Dann konnte sie in eine WG ziehen, wo sie ihre Freundin Laura aus der Pfalz kennenlernte, die sie jetzt öfters mal übers Wochenende besuchen kam. Als sie eines Sonntags lustlos zu Hause herumhing und in der gratis zugestellten „Sonntagszeitung" blätterte, fiel ihr Blick auf eine Anzeige: *„Lilly und Max, zwei Wohnungskatzen, suchen ein liebevolles neues Zuhause".*
Oh ja, zwei süße Kätzchen. Sie dachte an ihren Kater Charly, den sie in ihrem Elternhaus zurückgelassen hatte. Als sich bei Tobias und seiner Frau das zweite Kind angekündigt hatte, beschloss Lenis Mutter, den jungen Leuten das Haus zu überlassen und mit Leni in die Stadt zu ziehen. Da Charly Freigänger war, ließ sie ihn bei ihrem Bruder zurück. So hatte er zumindest die gewohnte Umgebung und musste nicht in einer Stadtwohnung leben. Spontan rief sie die angegebene Nummer an und verabredete sich für den Nachmittag. Ein betagtes Ehepaar musste die Katzen schweren Herzens abgeben, da sie in eine Seniorenresidenz umziehen wollten. Nachdem sie den Besitzern versichert hatte, dass sie mit Katzen aufgewachsen war und sich auskannte, wurden der schwarze Kater Max, den sie Mäxle nannte, und die

mehrfarbige Lilly ihre neuen Mitbewohner. Immerhin wartete jetzt abends jemand auf sie, wenn sie nach Hause kam, und sie fühlte sich nicht mehr ganz so einsam. Die Katzen waren zwar kein Ersatz für einen Partner, aber sie hatte jetzt doch was zum Spielen und Schmusen.

Romy hatte inzwischen über eine Dating App die vermeintliche Liebe ihres Lebens gefunden. Die beiden jungen Frauen hatten in den Wochen davor viele Abende mit dem Studium der Profile der für sie interessanten Männer verbracht. Aber Leni konnte sich nicht entschließen, einen davon zu kontaktieren. Romy war manchmal am Verzweifeln und konnte immer weniger Verständnis für ihre Freundin aufbringen.

Leni hatte einen Termin bei Sarah Fischer, der Gynäkologin vereinbart, die ihre Praxis bei ihr im Haus hatte. Sie hatte sich bei den Besprechungen während der Umbauphase des Hauses auf Anhieb sehr gut mit Sarah verstanden, und die beiden verabredeten sich hin und wieder auf einen Kaffee oder ein Eis. Als sie zum vereinbarten Termin in die Praxis kam, stand dort ein junger Mann mit im Sprechzimmer. Sarah stellte ihr Oliver Weber als Praktikanten vor, der die Facharztausbildung zum Gynäkologen mache. Aber Leni lehnte es entschieden ab, dass er bei dem Gespräch und der Untersuchung dabei sein durfte. Das war ihr zu peinlich, sie wollte nämlich nach einem geeigneten Verhütungsmittel fragen, da sie ja nur gelegentlich (eigentlich fast gar nicht) Sex hatte, aber trotzdem vorbereitet sein und sich nicht nur darauf verlassen wollte, dass die Kerle ihre Kondome richtig benutzen. Die Nacht mit Martin und die wochenlange Angst, vielleicht schwanger zu sein, waren ihr im Gedächtnis haften geblieben. Außerdem plauderte sie mit Sarah auch gerne noch Privates. Da Leni die letzte Patientin an diesem Tag war, schickte Sarah ihren Praktikanten in den Feierabend. Der dachte aber gar nicht daran, die Praxis zu verlassen, sondern belauschte die beiden und suchte im PC die Krankenakte von Leni heraus. Einige Tage später rief er bei ihr an und bat um ein Date. Da sie das Alleinsein gründlich satt hatte, willigte sie ein, und es begann eine Beziehung, die sie aber nicht wirklich glücklich machte, vor allem, weil die sexuellen Vorlieben von Oliver ihr immer unangenehmer wurden. War er anfangs doch recht charmant gewesen, wurde er immer herrischer und fordernder, und sie überlegte ernsthaft, Schluss zu machen. *Lieber keinen als so einen,* sagte sie sich. Was nützte ihr eine Beziehung, zu der sie eigentlich nicht stand? Die große Liebe war es sicher nicht, und der Sex mit ihm wurde ihr immer mehr zuwider.

Zwei Polizeibeamte betraten das Architektenbüro: „Wir möchten zu Frau Helene Kaiser."

„Leni, hier sind zwei Polizisten für dich", rief die Assistentin am Empfang.

Die Beamten baten sie, mit aufs Revier zu kommen, ohne ihr konkret zu sagen, worum es sich handelte. Sie war total verunsichert und ging im Geiste alle ihre „Sünden" durch, fand aber keine Erklärung. Auf dem Revier erfuhr sie dann, dass ein an sie adressiertes Päckchen explodiert war und der Briefträger schwer verletzt wurde. Das Päckchen war ihm runtergefallen, und als er sich bückte, um es aufzuheben, war es explodiert.

„Oh Gott!" Sie war sprachlos und überlegte krampfhaft, wer ihr wohl so ein Päckchen geschickt haben könnte.

„Wir haben in unseren Unterlagen eine Anzeige gegen einen Herrn Holger Krüger gefunden, die Sie erstattet haben. Der hat Sie wohl eine Zeitlang verfolgt. Könnten Sie sich vorstellen, dass die Sendung von ihm kam?"

„Ja, also wenn ich es recht überlege, würde ich ihm das schon zutrauen. Er versucht immer noch, Kontakt zu mir aufzunehmen und schleicht immer wieder in der Nähe meiner Wohnung und auch bei meinem Büro rum, obwohl ihm das untersagt wurde. Er arbeitet in einem Labor und kennt sich sicherlich mit Chemikalien aus."

Nach der Befragung erkundigte sie sich noch nach dem Befinden des Briefträgers und wollte ihn auf jeden Fall im Krankenhaus besuchen. Sie war fassungslos, dass ein anderer Mensch wegen ihr zu Schaden kam.

Die Ermittlungen führten tatsächlich zu Holger Krüger, und er wurde verhaftet. Er gab an, dass Leni seine Freundin sei, und dass er sie nicht teilen wolle. Es war ihm nicht verborgen geblieben, dass sie jetzt einen Freund hatte, und er wollte sich rächen. Er wurde wegen verminderter Schuldfähigkeit zu einer geringen Strafe verurteilt und musste sich in psychiatrische Behandlung begeben. Leni musste als Zeugin im Prozess aussagen und fand das teilweise ziemlich übergriffig, vor allem die Fragen seines Anwalts. Manche Fragen waren ihr zu intim und total peinlich. Nie mehr wollte sie so etwas mitmachen!

Gegen ihren Willen war sie wieder mit Oliver im Schlafzimmer gelandet. Als es an der Tür klingelte, sprang sie erleichtert aus dem Bett, zog sich rasch was über und schaute nach, wer zu so später Stunde noch vor der Tür stand. Zu ihrer großen Überraschung war es Maximilian, und sie ließ ihn ein.
„Stör ich?"
„Nein, natürlich nid, des isch schon ok. Du weisch doch, dass du jederzeit willkommen bisch." Sie begrüßten sich wie üblich mit Wangenküsschen.
„Was heißt hier ok? Wer ist das?", rief Oliver erbost aus dem Schlafzimmer.
„Das ist Max, ein guter Bekannter."
Sie fragte Maximilian, was ihn denn zu so später Stunde nach Freiburg führte. Worauf er erzählte, dass er am nächsten Tag ein Event in der Schweiz habe und fragte, ob er bei ihr schlafen könne. Was sie sofort bejahte, da er schon des Öfteren mal unangemeldet vor der Tür gestanden hatte. Oliver war damit absolut nicht einverstanden, außer wenn sie für einen flotten Dreier bereit wären. Leni wurde wütend und ergriff die Gelegenheit beim Schopf:
„Dies ist meine Wohnung, und wer hier schläft oder nicht, das bestimme immer noch ich. Am besten gehst du jetzt sofort und nimmst alle deine Sachen mit, denn du brauchst nie mehr wieder zu kommen!!!"

Schnaubend vor Wut verließ Oliver tatsächlich die Wohnung. „Blöde, frigide, prüde Kuh!", brüllte er noch im Treppenhaus, aber Leni hatte die Tür schon hinter ihm geschlossen.

„Danke Max, du bist genau zum richtigen Zeitpunkt gekommen." Sie ließ sich zitternd neben ihm auf das Sofa sinken. „Ich glaube, der Typ ist nicht normal, wärst du jetzt nicht gekommen, dann hätte der mich vergewaltigt."

Maximilian nahm sie in den Arm und tröstete sie. Nachdem sie sich etwas beruhigt hatte, machte sie ihm etwas zu essen, und während er aß, richtete sie das Gästebett in ihrem Arbeitszimmer her. Sie saßen noch eine Weile zusammen, und unweigerlich kam das Gespräch auf Johannes. Er beschwor sie erneut eindringlich, endlich den ersten Schritt zu machen und nach Hamburg zu fahren, da Johannes dort keineswegs glücklich sei, aber seinerseits zu stolz wäre, um sich bei ihr zu melden. Sie hatte eigentlich schon alle Hoffnung auf ein Happy End aufgegeben, da er die WhatsApp, die sie ihm zu Ostern geschickt hatte, nur sehr kurz und kühl beantwortet hatte. Deswegen hatte sie sich wohl auch auf die Geschichte mit Oliver eingelassen. Maximilian klang aber so überzeugend, dass sie ihn bat, herauszufinden, wann Johannes denn ganz sicher in Hamburg sei.

Sie konnte die ganze Nacht kein Auge zutun und beschloss am nächsten Morgen, erstens mit Sarah zu reden und sich dann über Reisen nach Hamburg zu informieren.

Sie rief dann auch gleich morgens bei Sarah an: „Diesen Spinner kann man unmöglich als Gynäkologen auf Frauen loslassen. Der will diesen Beruf doch nur ausüben, um die Frauen ungestraft überall, und zwar innerlich und äußerlich, zu befummeln", sagte sie ihr dann auch, immer noch total aufgebracht. Sie erwähnte noch einige Dinge, die er mit ihr, oft gegen ihren Willen, gemacht hatte.

„Ja, ich habe auch das Gefühl, dass mit dem was nicht stimmt, es haben sich schon einige Patientinnen beschwert, dass er sie während der Untersuchung befummelt. Ich werde das auf jeden Fall melden. Willst du ihn anzeigen?"

„Oh nein, nicht schon wieder peinliche Verhöre", seufzte sie. Sie wusste zwar, dass das falsch war, aber sie wäre nie in der Lage gewesen, der Polizei gegenüber so pikante Details zu offenbaren. Sie schämte sich zu sehr.

Nachdem sie ihr Bett frisch bezogen hatte, fuhr sie zum Bahnhof und besorgte sich einen Prospekt mit Last-Minute-Bahnreisen. Sie fand ein interessantes Angebot, und nachdem Maximilian ihr versichert hatte, dass Johannes nach Pfingsten ganz sicher in Hamburg sei, buchte sie. Zum Glück erklärte sich ihre Mutter bereit, die Katzen zu betreuen, und dann musste sie nur noch den Mut aufbringen und Johannes mitteilen, dass sie nach Hamburg käme. Sie überlegte hin und her, ob sie ihn anrufen oder lieber eine Nachricht schicken sollte. Für einen Anruf fehlte ihr dann doch der Mut, und sie schrieb ihm folgende WhatsApp:
Hallo Johannes, wie geht es dir?
Mir fällt hier die Decke auf den Kopf und deshalb habe ich eine Reise nach Hamburg gebucht. Ich bin von Do 13.–So 16. Juni da. Würde mich freuen, wenn du vielleicht ein paar Stunden Zeit hättest, um mir Hamburg zu zeigen.
LG Leni

Und dann ging das Warten los, sie konnte sich nicht auf ihre Arbeit konzentrieren, sondern sah alle paar Minuten auf ihr Handy. Sie wurde immer unruhiger und ging schließlich nach draußen, um mit Romy zu telefonieren. Sie musste ihr doch unbedingt erzählen, dass sie mit Oliver Schluss gemacht und jetzt die Reise nach Hamburg gebucht hatte.
„Aber was mache ich in Hamburg, wenn er sich nid meldet?“, fragte sie dann zögerlich, da sie Romy eigentlich nicht mehr mit dem Thema Johannes belästigen wollte.
„Dann hasch du es zumindest versucht“, kam dann auch die knappe Antwort.
Sie wusste gar nicht, wie sie den Tag überstanden hatte, nannte sich selber eine dumme Kuh und sah sich im Geiste schon todunglücklich alleine in einem Hotelzimmer in Hamburg sitzen. Sie war gerade auf dem Heimweg in der Straßenbahn, als ihr Handy klingelte. Sie glaubte zu träumen, als sie auf dem Display sah,

dass es Johannes war. Sie musste sich vor Aufregung mehrmals räuspern, als sie sich meldete. Johannes fragte nach ihrer Ankunftszeit und ihrem Hotel. Er sagte ihr dann, dass er am Donnerstagnachmittag noch einen wichtigen Termin habe und deshalb leider nicht zum Bahnhof kommen könne, den Abend aber Zeit für sie habe. Sie solle sich einfach melden, wenn sie angekommen wäre.

Sie konnte es kaum glauben und ging wie auf Wolken, nachdem sie aus der Bahn ausgestiegen war. Sie tanzte daheim durch die Wohnung, was die beiden Katzen total konfus machte. So kannten sie ihr Frauchen gar nicht. Und die hatte ja auch keine Ahnung, dass Maximilian seinem Bruder gehörig auf die Füße getreten war und ihm alles Mögliche angedroht hatte, falls dieser sich nicht mit Leni treffen wollte. Und Johannes tat seinem Bruder dann schließlich den Gefallen.

Tat er das wirklich nur seinem Bruder zuliebe?

3

Die Pfingsttage und die Tage bis zu ihrer Abreise verbrachte Leni wie in Trance, und dann stellte sie sich natürlich die Frage aller Fragen: „*Was nehm ich mit? Lieber einfach oder schick, oder vielleicht doch sexy?*" Sie packte ihre Reisetasche unzählige Male ein und wieder aus, selbst am Morgen der Abreise nochmal. Während der Zugfahrt stieg ihre Aufregung ins Unermessliche, und kaum hatte sie im Hotel eingecheckt, rief sie Johannes an.

„Hallo Lene, bist du gut angekommen? Moment mal", sie hörte, wie eine Tür geschlossen wurde. „Ich hoffe, du hast was Schickes zum Anziehn mitgebracht."

„Na ja, das kommt darauf an", erwiderte sie zögerlich.

Er erklärte ihr, dass er zwei Tickets für ein Schiff ergattern konnte, auf dem während der Rundfahrt erst ein Dinner-Buffet serviert wurde und anschließend noch eine Band zum Tanz aufspielte. „Ich hol dich um 18 Uhr am Hotel ab." Sie verabschiedeten sich, und Leni musste sich erst mal setzen. Dinner, Musik und Tanz, dafür hatte sie natürlich **nichts** zum Anziehen dabei. Statt wie vorgesehen in den Botanischen Garten musste sie jetzt wohl erst mal shoppen gehen. Sie erkundigte sich bei der jungen Rezeptionistin, wo sie wohl am besten hingehen könnte und machte sich dann auf den Weg. Nach einigem Suchen fand sie ein Cappuccino-braunes Kleid mit Taillennaht, die von einer Satinschärpe im gleichen Farbton betont wurde, und einem schwingenden Rock, der knapp über dem Knie endete, das ihre grazile Figur und ihre schlanken Beine super zur Geltung brachte. Und wie das so ist, brauchte sie jetzt natürlich noch die passende Unterwäsche, Schuhe und Handtasche. Zum Schluss leistete sie sich auch noch ein verführerisch duftendes Parfum. Die Zeit raste, und sie musste sich beeilen, um einigermaßen pünktlich zum Hotel zurückzukommen und sich fertig zu machen.

Johannes wartete bereits einige Minuten in der Lobby und blickte sie lächelnd an, als sie auf ihn zu schwebte.
„Hallo Johannes, ich hoffe, ich habe dich nid zu lange warten lassen."
Er lächelte noch mehr und meinte: „Das Warten hat sich jedenfalls gelohnt."
War das wirklich der Johannes, den sie bisher kannte?

Währen des Essens geriet ihre Unterhaltung mehrmals ins Stocken, aber trotzdem fühlte Leni sich entspannt und wohl. Nachdem die Kapelle schon mehrere Stücke gespielt hatte, fragte er sie endlich, ob sie tanzen wolle. Sie hatte schon befürchtet, dass sie den ganzen Abend nur zuschauen würden. Kaum hatte er sie auf die Tanzfläche geführt und die ersten Schritte getanzt, als sie wieder dieses wahnsinnige Kribbeln im Bauch überfiel. Nur war es ihr dieses Mal nicht mehr so unangenehm wie damals an ihrem Geburtstag. Sie tanzten eine Weile schweigend, bis er sie sachte näher an sich heranzog. Die Schmetterlinge in ihrem Bauch schlugen Purzelbäume, und als er sie am Ende des Tanzes sanft küsste, wehrte sie sich nicht. Sie tanzten eng umschlungen weiter, bis er merkte, dass sein Hemd feucht wurde. Er fasste sie unters Kinn, hob ihr Gesicht zu sich und sah, dass sie weinte.
„Lene, was ist, warum weinst du?", er war total verunsichert.
„Ich weiß es nid. Du verwirrst mich total. Ich denke, des isch nid gut, was wir da machen. Was isch mit deiner Freundin?", schniefte sie, und die Tränen kullerten über ihre Wangen.
„Ach Lene, das war doch schon vorbei, bevor ich richtig in Hamburg angekommen bin."
Jetzt ließ sie ihren Tränen freien Lauf. Es fühlte sich für sie an, als wäre ein Damm gebrochen, und sie entschwand eiligst zur Toilette, wo sie versuchte, den Tränenfluss zu stillen. *Was war nur mit ihr los?* Sie versuchte, die Mascara-Spuren so gut es ging zu beseitigen und ging zurück zu ihrem Tisch.
„Es tut mir leid Johannes, ich wollte uns nid den Abend verderben", murmelte sie zerknirscht. „Außerdem habe ich dein Hemd versaut."

Er legte den Arm um sie und zog sie einfach an sich. Er küsste sie zärtlich auf die Stirn und sagte leise: „Komm lass uns gehn, das Schiff hat bereits angelegt, und ich habe schon bezahlt."
Leni befürchtete, dass der Abend gelaufen war und schalt sich im Stillen eine blöde Heulsuse. Stocksauer auf sich selber war sie sich sicher, dass er sie jetzt einfach am Hotel absetzen und sie ihn nie wieder sehen würde und haderte mal wieder mit ihrem Schicksal. Da sie sich in Hamburg nicht auskannte, hatte sie keine Ahnung, wohin sie fuhren, bis er in einer Tiefgarage parkte und ausstieg. Wie in Trance ließ sie sich in seine Wohnung führen, wo er sie einfach in die Arme nahm und küsste. Um die Verlegenheit zu überbrücken, bot er ihr noch was zu trinken an, und sie nahm dankbar ein Glas Wasser. Da sie kaum Alkohol trank, hatte sie davon auf dem Schiff für ihre Verhältnisse schon genug gehabt. Er küsste und streichelte sie zärtlich, und wie von Geisterhand geschoben, kamen sie in seinem Schlafzimmer an. Behutsam versuchte er, ihr das Kleid auszuziehen, wobei sie kichern musste, weil er das Häkchen hinten am Halsausschnitt nicht bemerkt hatte. Als dieses Hindernis beseitigt war, knöpfte sie sein Hemd auf und kraulte sein helles Brusthaar. Er zog sie stöhnend an sich, hob sie hoch und legte sie aufs Bett, wo dann die weiteren Kleidungsstücke nach und nach verschwanden, wobei er sie ständig sanft streichelte und liebkoste. Sie fragte zwar mal zögerlich nach einem Kondom, und er antwortete mit einem gemurmelten „Hm, hm", brachte es aber nicht über sich, sich jetzt von ihr zu lösen, um in der Nachttischschublade danach zu suchen. Sanft erkundete er ihren Körper mit den Händen und Lippen, und als er merkte, dass sie bereit war, versuchte er, vorsichtig in sie einzudringen, was sie mit einem „Oh" begleitete.
„Tu ich dir weh?", fragte er leise, mit vor Erregung rauer Stimme.
„Oh, nein, nein, alles gut", flüsterte sie mit ebenfalls belegter Stimme.
Er versuchte es noch einmal behutsam, und dieses Mal spürte er, wie sie sich ihm entgegen hob und ihn in sich aufnahm. Er begann sich vorsichtig in ihr zu bewegen, wobei sie leicht stöhnte. Als er merkte, dass es nicht Schmerz, sondern Lust war, was sie

zum Stöhnen brachte, küsste er sie zuerst sanft und dann immer leidenschaftlicher, was dann auch von ihr erwidert wurde. Seine Stöße wurden nun etwas stärker, was sie mit „Ja, ja, ja" begleitete, und dann schlang sie ihre Beine um seinen Rücken. Als ein langes „Aahh" von ihr kam, merkte er, wie sie innerlich vibrierte und konnte nicht mehr länger an sich halten. Mit einem letzten Stoß entlud er sich in ihr. Da sie ihre Beine immer noch um seinen Rücken geklammert hatte, rollte er sich sanft mit ihr zusammen auf die Seite, und engumschlungen dösten sie beide ein. Er versuchte noch, sie zuzudecken, aber erfolglos, denn sie lagen beide auf der Bettdecke. Nach einiger Zeit merkte er, wie sie anfing, sich zu bewegen. Nachdem sie gemurmelt hatte, dass ihr Bein eingeschlafen sei, hob er kurz die Hüfte, damit sie es herausziehen konnte. Sie blieben noch eine Weile beieinander liegen, und sie spürte, wie es feucht aus ihr rauslief. Auch jetzt streichelt er sie weiterhin ganz sanft, bis er merkte, dass sie unruhig wurde.

„Was ist?", fragte er leise.

„Ich such was zum Anziehen, ich müsste mal aufs Klo."

„Na komm, hier ist mein Hemd. Ist das ok?"

Leicht verlegen nickte sie, setzte sich langsam auf (wieder ein Schwall Feuchtes) und zog das Hemd über. Er erklärte ihr, wo das Bad war, und sie trippelte los, in der Hoffnung, nicht auch noch auf den Boden zu tropfen. Während sie auf der Toilette saß, wurde ihr bewusst, dass sie tatsächlich mit Johannes geschlafen hatte. Sie hatte sich unzählige Male vorgestellt, wie es wohl mit ihm sein würde, aber so viel Zärtlichkeit hatte sie nicht erwartet. Als sie daran dachte, wie sein Glied sie so völlig ausgefüllt hatte, flüsterte sie: „Nicht schlecht, Herr von Moeltenhoff."

Plötzlich durchzuckte es sie siedend heiß: *Wir haben nicht verhütet.* Nach dem Händewaschen knöpfte sie die mittleren Knöpfe des Hemdes zu und ging ziemlich verlegen langsam ins Schlafzimmer zurück.

Johannes hatte mittlerweile die Bettdecke aufgeschlagen, die Nachttischlampe angeknipst und das Licht im Wohnzimmer ausgemacht. Da er gespürt hatte, dass sie ziemlich schamhaft war, hatte er sich die Shorts, in der er nachts schlief, übergezogen. Er wollte sie nicht vor den Kopf stoßen. Sie kam langsam auf ihn zu, er spürte ihre Verlegenheit und nahm sie einfach wieder in die Arme, legte sie ins Bett und deckte sie behutsam zu. Er streichelte ihre Wange und sagte, dass er auch mal kurz ins Bad müsse. Wieder zurück schlüpfte er unter die Decke, löschte das Licht, und die beiden kuschelten sich aneinander.

„Das war jetzt aber nid so schlau, was wir gemacht haben", flüsterte sie.

„Warum, bereust du es?"

Sie schüttelte leicht den Kopf: „Nein, aber wir hätten verhüten sollen."

Er zog sie noch fester an sich, küsste sie sanft und meinte: „Von einem Mal wirst du schon nicht gleich schwanger werden. Ich musste fast zwei Jahre lang üben, bis ich endlich meinen Sohn gezeugt hatte. Ich habe schon an meinen Fähigkeiten gezweifelt." Was er nicht wusste, war die Tatsache, dass seine verstorbene Frau heimlich verhütet hatte.

„Und wenn doch?", fragte sie scheu.

Er lachte leise. „Dann wäre ich mächtig stolz auf mich."

Wieder fing er an, ihren Körper mit Mund und Händen zu erforschen, und als ihre Erregung überhandnahm, kniete sie sich über ihn. Er half ihr beim Einführen seines Glieds, und sie ließ sich langsam an ihm runter gleiten, wobei sie den Kopf nach hinten warf und einen kehligen Seufzer ausstieß. Sie hielten einen Moment inne, in dem jeder seinen Gedanken nachhing. Sie dachte: „*Das Ding ist echt stark*" und erinnerte sich, dass Maximilian mal eine entsprechende Bemerkung darüber gemacht hatte. Als sie letzten Sommer mit ihrem Bruder und seiner Familie am Baggersee waren, hatte sie auch mal einen heimlichen Blick auf seine Badehose gewagt. Obwohl er Shorts trug, war nicht zu verbergen, dass sie gut ausgefüllt war. Um ihre Erregung zu verbergen, hatte sie angefangen, mit ihrem Neffen rumzutollen. Johannes hingegen konnte es kaum fassen. Schon von frühester Jugend an hatte sein Bruder ihn wegen seines großen Geschlechtsteils gehänselt und ihm gesagt, dass das keine Frau verkraften könne. Beim Duschen nach dem Sport hatte er manchmal zu den anderen Jungs geschielt und fand bestätigt, dass die meisten wirklich viel weniger zwischen den Beinen hatten als er. Als er dann endlich mal den Mut aufbrachte, mit seinem Vater darüber zu reden, meinte dieser nur: „Du musst die Frauen halt richtig in Fahrt bringen, dann kriegst du ihn schon rein, so riesig ist er nun auch wieder nicht."

Er hatte Komplexe und traute sich selten, mit einem Mädchen zu schlafen. Der Sex in seiner Ehe war oft schwierig, und nach der Geburt des Kindes hatte Melanie ihn gar nicht mehr an sich rangelassen. Wäre das Kind nicht gewesen, hätten sie sich sicher längst scheiden lassen.

Ja und Jessica, die war sowieso frigide und total erschrocken über seinen Penis, als er das erste Mal mit ihr schlafen wollte. Vor dem Sex betrank sie sich jedes Mal und war dann so ordinär, dass es ihn abstieß.

Und da war jetzt dieses zierliche Wesen, das da über ihm kniete und tatsächlich Spaß daran zu haben schien. Einfach unglaublich. Sie hatte tatsächlich Spaß und ritt auf ihm, während er mit seinen Händen ihre Brüste liebkoste und leicht die Brustwarzen zwischen Daumen und Zeigefinger rieb, was sie beinahe in Ekstase versetzte. *Aha, ein Türöffner,* dachte er noch, als er merkte, dass sie kam. Stöhnend ließ sie ihren Oberkörper auf ihn sinken. Er packte ihren Po und kam mit ein paar Stößen ebenfalls zum Höhepunkt. Sie dösten wieder eine Weile, und Leni streckte vorsichtig ein Bein nach dem anderen aus. Sie wollte keinesfalls, dass ER ihr entglitt. Als Johannes sich mit ihr auf die Seite legen wollte, kam doch tatsächlich ein gemurmelter Protest: „Nein, nicht rausgehn." Und sie presste ihren Unterleib fest gegen ihn. Er drückte sie an sich, und vorsichtig gelang es ihm, sich mit ihr zusammen umzudrehen. „Na, meine süße Kaiserin, mein kleiner Johannes gefällt dir wohl?", flüsterte er heiser in ihr Ohr und knabberte an ihrem Ohrläppchen, was er aber sogleich bereute, da er ihren Ohrstecker zwischen die Zähne bekam.

„Hm, ja", murmelte sie. „Aber von klein kann ja wohl keine Rede sein." Engumschlungen schliefen sie ein.

Sie wurde wach, als der Wecker klingelte und wusste zunächst gar nicht, wo sie war. Johannes stellte den Wecker ab, nahm sie in den Arm und sagte leise: „Guten Morgen meine süße Kaiserin. Es tut mir leid, aber ich muss aufstehen. Ich habe einen Termin mit einem wichtigen Klienten." Er küsste sie sanft und ging ins Bad. „Du blöder musterländer Sturkopf, das hättest du schon viel eher haben können", schimpfte er mit seinem Spiegelbild und grinste sich selber an. Als er frisch geduscht und angezogen wieder ins Schlafzimmer kam, fiel sein Blick auf die friedlich schlummernde Leni. Er brachte es kaum übers Herz, sie zu wecken, aber er wollte nicht einfach so verschwinden. Er streichelte sanft ihre Wange und küsste sie sachte auf den Mund. Als sie langsam die Augen aufschlug, verabschiedete er sich von ihr und sagte ihr, dass er sich den Nachmittag freinehmen und sie im Hotel abholen werde.

„Und wie komme ich in mein Hotel?" Sie war immer noch etwas verwirrt und hatte keine Ahnung, in welcher Ecke von Hamburg sie sich befand. Er erklärte ihr, dass ganz in der Nähe ein Taxistand sei und fügte hinzu, dass er ihr ein frisches Handtuch im Bad bereitgelegt habe. Duschen müsse sie allerdings mit seinem Männerduschgel, auf Damenbesuch sei er nicht eingerichtet. Sie quittierte diese Aussage mit einem Lächeln, und er küsste sie nochmals sanft zum Abschied. „Oh, Jo, du bist so wunderbar zärtlich", flüsterte sie ihm zu.

Lächelnd verließ er das Haus und ließ ein fröhliches „Guten Morgen" ertönen, als er die Bäckerei betrat, in der er jeden Morgen seine belegten Brötchen kaufte. Die beiden Verkäuferinnen schauten ihn irritiert an, denn so kannten sie ihn gar nicht. Er war zwar immer höflich, aber sehr reserviert. Und in der Kanzlei fiel seine gute Laune ebenfalls sofort auf, was für die Assistentinnen natürlich gleich Anlass für viel Getratsche war.

„Na Hannes, wie ich sehe, war deine Dampferfahrt ein Erfolg", begrüßte ihn später in der Kaffeeecke sein fast gleichaltriger Kollege Henrik Andresen, mit dem er sich etwas angefreundet hatte. Sie unternahmen manchmal abends oder am Wochenende etwas zusammen, und Johannes ging seit kurzem auch mit ihm

zusammen ins Fitnessstudio, um etwas gegen sein Übergewicht
zu unternehmen. Er war von Natur aus kräftig gebaut, aber seit
dem Tod seiner Familie hatte sich da noch zusätzlich einiges an
Kummerspeck angesammelt.

„Ja danke, das war ein guter Tipp“, bedankte sich Johannes lächelnd.

„Na komm schon Alter, erzähl!“

„Ganz sicher nicht!“

„So wie du aussiehst, liegt sie jetzt sicher in deinem Bett und
wartet sehnsüchtig auf dich.“

„Wer weiß“, sagte Johannes geheimnisvoll.

Henrik klopfte ihm auf die Schulter: „Es sei dir gegönnt. Hör
mal, ich habe von meinen Eltern zwei Tickets für die Sonntags-
matinee in der Elphi, willst du die haben?“

„Warum nicht, ich frag Lene, ob sie Interesse daran hat.“

Als Henrik ein Foto von Lene sehen wollte, musste Johannes gestehen, dass er keines hatte, und ihr Profil bei WhatsApp zeigte nur zwei Katzen.

„Komm mit in mein Büro, ich schau mal auf der Homepage ihrer Firma nach.“

„Nicht schlecht“, meinte Henrik beim Anblick des Fotos. „Rot-
haarig, Junge, Junge, du hast ein Glück. Wie konntest du nur
auf Schneewittchen reinfallen, wenn du so eine süße Deern in
Freiburg hast?“

Johannes zuckte die Schultern. Er verstand es ja selbst nicht. „Ganz
so rot wie auf dem Foto ist sie eigentlich nicht, sie ist eher rot-
blond“, korrigierte er dann, um vom Thema abzulenken.

„Echt oder gefärbt?“

„Natürlich echt!“

„Bist du sicher? Da unten auch?“, feixte Henrik und zeigte auf
seinen Schritt.

„Ich muss ja wohl wissen, welche Haarfarbe meine Freundin hat!“

Leni blieb noch einen Moment liegen. Als sie aufgestanden war,
stellte sie fest, dass Johannes ihre Sachen schön ordentlich auf einen Hocker gelegt hatte. Peinlich berührt dachte sie daran, dass

er ihren Slip angefasst hatte (was sie am vergangenen Abend beim Ausziehen absolut nicht gestört hatte). Sie machte das Fenster auf und ging ins Bad, wobei sie bei jedem Schritt an die vergangene Nacht erinnert wurde. Sie hatte das Gefühl, ihn immer noch in sich zu spüren. Beim Anziehen schimpfte sie mit sich selber, da sie sowohl ihre Verhütungsmittel vergessen und natürlich auch keine Slipeinlage dabei hatte. Sie behalf sich mit ein paar Blättern Klopapier, denn sie hatte Angst, dass ihr Slip durchweichen könnte, sie wollte weder ihr neues Kleid versauen, noch Flecken im Taxi hinterlassen. Bevor sie ging, machte sie noch ordentlich das Bett, wobei sie über die Spuren lächeln musste, die sie beide dort hinterlassen hatten.

Kaum saß sie im Taxi, als ihr Handy klingelte und Romy sich meldete. „Hi Leni, wie isch es in Hamburg?" Sie hatte sich wirklich Sorgen gemacht, weil Leni sich noch nicht bei ihr gemeldet hatte. Sie befürchtete schon, dass Leni total unglücklich und alleine im Hotelzimmer saß.

„Hi Romy, kann ich dich zurückrufen? Ich bin gerade im Taxi."

„Im Taxi? Ja klar, aber ich geh jetzt arbeiten, und du weisch ja, dass ich da nid so gut privat telefonieren kann."

„Ja gut, dann schreib ich dir ne WhatsApp." Was Leni auch umgehend tat, wobei diese Nachricht einfach nur aus drei erhobenen Daumen bestand. Sie wusste, dass ihre beste Freundin das verstand und damit auf jeden Fall beruhigt war. Details wollte sie ihr auch gar nicht verraten. Das ging nur sie und Johannes etwas an.

Da es sonst zu spät geworden wäre, ging sie nach Betreten des Hotels gleich zum Frühstück. Sie saß kaum, als ihr Handy wieder klingelte.

„Wie geht es dir, liebste Kaiserin? Wo bist du?", klang es sanft an ihr Ohr.

„Es geht mir sehr, sehr gut. Ich bin gerade beim Frühstück und ernte schon böse Blicke, weil ich telefoniere."

„Na dann nur eine kurze Frage, bist du Sonntag noch da? Ich kann nämlich von meinem Kollegen zwei Karten für die Matinee in der Elphi bekommen."

Sie bestätigte, am Sonntag noch da zu sein und dass sie sich auf das Konzert freuen würde, da sie die Elbphilharmonie auf jeden Fall besichtigen wollte. Sie verabschiedeten sich mit gehauchten Küsschen, und Leni genoss verträumt lächelnd ihr Frühstück. Nachdem sie sich in ihrem Zimmer umgezogen hatte, schlenderte sie gemütlich durch den Botanischen Garten, der in der Nähe ihres Hotels lag.

Das Leben konnte doch so schön sein!

„Hallo Frau Kaiser. Dieses Mal habe ich Sie aber sofort erkannt“, begrüßte er sie lachend, als sie aus dem Lift kam.

Sie musste ebenfalls lachen. „Tja, Kleider machen Leute.“ Sie hatte nämlich bewusst das gleiche Outfit gewählt, dass sie bei ihrer ersten Begegnung auf der Baustelle getragen hatte, hellblaue, eng geschnittene Jeans, die knapp über dem Knöchel endeten, ein weißes, eng anliegendes T-Shirt und einen dunkelblauen Blazer, dazu dunkelblaue Mokassins. Zudem hatte sie ihre rotblonden langen Haare wie an jenem Tag zu einem französischen Zopf geflochten. Privat trug sie ihr Haar meistens offen oder das Oberkopfhaar mit einer Spange am Hinterkopf zusammen genommen.

„Aber etwas fehlt noch“, meinte er lachend und tippte sich an den Kopf.

Sie erwiderte sein Lachen und meinte: „Ich glaube, die Leute hätten kein Verständnis, wenn ich hier mit dem Schutzhelm durchs Hotel laufen würde.“

Sie beschlossen, das Auto auf dem Hotelparkplatz stehen zu lassen und die S-Bahn zu nehmen. Sie schlenderten mal Händchen haltend, mal eng umschlungen durch die Stadt. In einem Café aßen sie eine Kleinigkeit, und abends fanden sie ein gutes Fischrestaurant. Als sie spät am Abend ins Hotel zurückkamen, nahmen sie an der Bar noch einen „Schlummertrunk“ und gingen dann auf ihr Zimmer. Leni entschuldigte sich verlegen, nahm verstohlen die Verhütungsutensilien, die sie am Mittag vorsichtshalber eingesteckt hatte, aus ihrem kleinen City-Rucksack und ging Richtung Toilette. Sie war zwar relativ aufgeregt, als sie die Kappe einführte, aber diesen einen Vorteil hatte die Beziehung mit Oliver gebracht, sie wusste, wie sie damit umzugehen hatte. Als angehender Gynäkologe hatte er darauf geachtet, dass sie es richtig machte. Dass er sich dabei aufgeilte, war ein anderes Thema. Sarah hatte ihr zwar auch gezeigt, wie sie das machen musste, aber am Anfang war sie doch ziemlich unsicher bei der Handhabung.

Johannes hatte in der Zwischenzeit leise Musik angemacht, das Licht im Zimmer gelöscht und nur die Lampe auf dem Flur angelassen. Er wollte sie einfach nicht überrumpeln, ihm gefiel ihre Schamhaftigkeit. Er nahm sie in den Arm, als sie zurückkam und tanzte ein paar Schritte mit ihr. Sie schmiegte sich an ihn, und so tanzten sie ganz langsam Richtung Bett. Wie am Abend zuvor war Johannes sehr sanft und zärtlich, und als sie sich ausgezogen hatten, wollte er nochmals nach seiner Hose greifen.

„Was ist?“, fragte sie leise, verwirrt durch diese Unterbrechung.

„Ich denke, wir sollten es nicht provozieren. Ich habe Kondome dabei.“

„Ist nicht nötig, ich habe Vorkehrungen getroffen. Ich hatte es gestern nur nicht dabei, weil ich nie im Leben damit gerechnet habe, dass wir gleich am ersten Abend im Bett landen.“

Er fragte nicht nach, was dieses „es“ wohl sein könnte, weil er sie nicht in Verlegenheit bringen wollte. „Na ja, weißt du, unser erster Abend liegt ja wohl schon fast zwei Jahre zurück. Wir haben viel nachzuholen“, meinte er schmunzelnd und fing an, das Gesagte in die Tat umzusetzen.

Als sie am nächsten Morgen beim Frühstück saßen, klingelte ihr Handy. Sie meldete sich kurz angebunden: „Maman, je vous rappelle, je suis au petit-déjeuner.“ Danach stellte sie ihr Smartphone auf lautlos, um die anderen Leute im Frühstücksraum nicht nochmals zu stören.

„Warum sprichst du eigentlich französisch mit deiner Mutter?“, wollte er wissen.

Daraufhin erzählte sie ihm, dass ihre Großmutter Französin sei und dass sowohl ihre Mutter als auch sie zweisprachig aufgewachsen waren und sie ihr Abi auf dem deutsch-französischen Gymnasium in Freiburg gemacht hatte. Und dass sie es einfach gewohnt seien, sich auf Französisch zu unterhalten. Sie berichtete auch, dass ihre Mutter manchmal ziemlich eingebildet auf ihre französischen Wurzeln sei und sich oft viel französischer als ihre eigene Mutter gab. Aber, ergänzte sie, dass sie beide trotzdem ein sehr gutes, ja freundschaftliches Verhältnis hatten, obwohl sie früher ein totales Papa-Kind gewesen sei. Sie erzählte ihm, dass ihr Vater die Ruhe in Person gewesen war und dass er meistens nur gelacht und gemeint hatte: „Ui, die französischen Gene gehen mal wieder mit ihr durch", wenn ihre Mutter mal wieder wegen irgendeiner Kleinigkeit ausgerastet war. Sie berichtete auch lachend, dass ihre Mutter weder eine gute Hausfrau noch Köchin war, und dass man bei ihr zu Hause keinesfalls auf Haute Cuisine hoffen durfte. Als sie eine kleine Enttäuschung auf dem Gesicht von Johannes sah, beruhigte sie ihn schnell: „Keine Angst, bei mir musst du nicht verhungern. Meine Oma hat mir das Kochen beigebracht. Ich könnte vielleicht nicht unbedingt ein Zehn-Gänge-Menü zaubern, aber für den Hausgebrauch wird es reichen." Sie lachte, als sich seine Miene wieder aufhellte. Dann erzählte sie, dass ihre Mutter nach dem Tod des Vaters lange nicht in der Lage war, ihre Kinder zu versorgen, und dass ihre Großeltern sich liebevoll um sie und ihren Bruder gekümmert hatten, obwohl sie doch ihren ältesten Sohn verloren hatten.

Während des Gespräches kam eine Nachricht von ihrer Mutter auf dem Handy an, dass die Katze nicht fressen würde. Also rief Leni nach dem Frühstück ihre Mutter zurück. Wie sie vermutet hatte, ging es den Katzen eigentlich gut, Lilly fraß zwar nicht richtig, schien aber sonst nicht krank zu sein. Wahrscheinlich vermisste sie nur ihr Frauchen. Die Mutter war besorgt, weil Leni sich nicht mehr gemeldet hatte. Was Leni aber gar nicht wahrhaben wollte, denn sie hatte ihrer Mutter nach ihrer Ankunft in Hamburg eine kurze Nachricht geschickt, dass sie gut angekommen war und fand, dass das genügte. Sie fühlte sich genervt und hielt sich bedeckt. Sie sagte nur, dass alles in Ordnung sei und dass sie sich keine Sorgen um sie machen solle, als

Vorwürfe von ihrer Mutter kamen. Nie im Leben würde sie ihrer Mutter irgendwelche Details berichten. Später erzählte sie Johannes, dass sie seit Anfang des Jahres zwei Katzen habe und dass er hoffentlich nicht an einer Katzenhaarallergie leide, was dieser lachend verneinte.

Leni schlug vor, nach dem Frühstück nochmals zum Botanischen Garten zu gehen, weil es ihr dort so gut gefallen hatte und es zu zweit sicher noch mehr Spaß machen würde, durch den Garten zu gehen. So schlenderten sie Händchen haltend durch den Garten, und Leni machte das eine oder andere Selfie von ihnen. Als sie sich dann auf eine Bank gesetzt hatten, nahm sie allen Mut zusammen und fragte vorsichtig, wie es denn jetzt mit ihnen weitergehen würde. Er sah sie erstaunt an, und sie erklärte, dass sie nicht am Montag nach Freiburg zurückfahren wolle, um dann wieder für Monate oder länger auf dem Abstellgleis zu landen. Er drehte sich zu ihr, fasste sachte ihr Kinn und hob ihren Kopf an, wobei er feststellte, dass sie grüne Augen und süße Sommersprossen auf der Nase und über den Wangen hatte. Da war er wieder, dieser fragende Blick, wie vergangenen Herbst im Lift. Nur dieses Mal sollte sie ihn nach seiner Antwort nicht wieder wie ein waidwundes Reh anschauen. Dieser Blick ging ihm seitdem nicht mehr aus dem Kopf. Er küsste sie sanft und sagte: „Meine süße kleine Kaiserin, du wirst nie mehr auf irgendeinem Abstellgleis landen. Das verspreche ich dir."

Gegen ihren Willen fühlte sie schon wieder Tränen in ihren Augen. Er sprach dann darüber, dass er momentan auf der Suche nach einem neuen Job sei. Seit er dem Inhaber der Kanzlei klar gemacht hatte, dass er dessen Tochter Jessica niemals heiraten würde, rechnete er jeden Tag damit, dass dieser ihm die Sozietät kündigen würde. „Aber ich habe noch keine Ahnung, wohin es mich verschlägt. In Hamburg möchte ich auf keinen Fall bleiben." Er machte eine kurze Pause und fragte dann: „Lene, sag, wärst du bereit, mit mir neu anzufangen, egal wo?"

Sie hatte einen Kloß im Hals und konnte erst mal nur nicken. „Wenn es nicht in der Wüste Sahara ist, ja", brachte sie dann mühsam raus.

Er lachte schallend, ein klangvolles dunkles Lachen. „Oh nein, keine Angst, ich glaube in der Wüste Sahara brauchen sie keine Spezialisten für Wirtschaftsrecht."

Sie vereinbarten, dass sie sich jetzt regelmäßig alle zwei Wochen treffen wollten, möglichst von Freitagabend bis Montagmorgen, abwechselnd mal in Hamburg, mal in Freiburg und alles andere auf sich zukommen lassen wollten.

„Hör mal Schätz-chen", sagte er zärtlich, wobei das „Schätzchen" nicht abwertend, sondern einfach nur liebevoll klang, „ich möchte dir da noch ein unmoralisches Angebot machen."

Sie sah ihn verwirrt an. Er schlug vor, dass sie ihr schönes braunes Kleid für das Konzert am Sonntagmorgen und was sie sonst noch für die Nacht brauchte, einpacken solle, denn dann könnten sie morgens gleich von seiner Wohnung aus zur Elphi fahren.

„So ein Angebot kann ich wohl schlecht ausschlagen", erwiderte sie glücklich lächelnd.

Leni war begeistert von der Architektur der Elbphilharmonie und bewunderte, was ihre weltberühmten Kollegen Herzog und de Meuron da vollbracht hatten.

„Du hättest hier jetzt sicher noch ein paar asymmetrische Bögen und Säulen verbaut", neckte er sie, da sie in ihrer Wohnung und auch in den Arkaden vor dem Haus solche Bögen hatte bauen lassen.

„Du wirst lachen, meine Kollegen bezeichnen die jetzt schon als Kaiserbögen. Jeder Architekt hat halt so seine Handschrift."

Sie erzählte ihm, dass sie ihr Praktikum schon bei ihrem jetzigen Chef gemacht habe, und dass dieser ihr die Aufgabe gegeben hatte, einen Entwurf für die Sanierung dieses Hauses anzufertigen. Eigentlich wollte er sie einfach nur beschäftigt wissen und war erstaunt, dass sie so ernsthaft an die Sache rangegangen war. Die Idee für diese Art Bögen und Säulen war einfach allmählich während des Zeichnens entstanden, und sie war stolz, dass das Projekt mit nur geringen Änderungen so umgesetzt worden war. „Außer in einer gewissen Wohnung", neckte sie ihn. Auf seine Frage, warum sie Architektur studiert habe, erzählte sie ihm, dass das schon immer ihr Kindheitstraum war. Ihr Vater war Bauingenieur und beklagte sich beim Abendessen nach einem anstrengend Tag öfters über die verrückten Architekten, die unsinnige Sachen entwarfen, oder über Kunden, die Unmögliches verlangten. Da habe sie als kleines Kind schon gesagt, dass sie später mal tolle Häuser entwerfen wolle, die ihr Vater dann bauen sollte. Zunächst habe sie ständig aus Legosteinen Häuser gebaut und später auch mit dem Zeichnen von Häusern begonnen. Als ihr Vater merkte, dass sie wohl wirklich Talent hatte, installierte er ihr das Zeichenprogramm auf dem PC und hatte das ein oder andere Mal seine Projekte mit ihr zusammen bearbeitet. Aber nicht nur die Architektur, sondern auch das Konzert beeindruckte beide sehr, obwohl sie bisher nicht unbedingt viel für Kultur übrig hatten. Leni war so begeistert von der Musik und der Akustik, dass es sie kaum auf dem Sitz hielt. Sie waren sich einig, so etwas öfters zu machen.

Am Nachmittag trafen sie sich noch mit Henrik und seiner derzeitigen Freundin. Der war natürlich neugierig auf Leni und hatte Johannes so lange bearbeitet, bis dieser einem Treffen zugestimmt hatte. Da Johannes die Konzertkarten umsonst bekommen hatte, lud er die beiden in ein Straßencafé ein, und sie verbrachten einen schönen Nachmittag zu viert.

Das Wochenende verging viel zu schnell, und am Montagmorgen standen sie eng umschlungen auf dem Bahnsteig. Leni konnte ihre Tränen nicht zurückhalten. Als der Zug einfuhr, küsste Johannes sie nochmals innig, und sie stieg schweren Herzens ein. Sie blieb an der Tür stehen und warf ihm Kusshändchen zu, als der Zug losfuhr. Zum Glück hatte sie eine Fahrkarte für die erste Klasse, und hier war der Zug noch so gut wie leer. Sie hatte absolut keine Lust, andere Leute zu sehen und war so in ihren Abschiedsschmerz versunken, dass der Schaffner sie mehrmals ansprechen musste. Er kontrollierte ihre Fahrkarte und meinte väterlich: „Na, scheiß Wochenend-Beziehung, was?" Sie nickte unter Tränen.

Als Johannes vom Bahnhof zu seinem Auto zurückkam, war auch ihm wehmütig ums Herz. Er blieb einen Moment nachdenklich sitzen und schreib dann eine Nachricht:

Liebste Kaiserin meines Herzens, du fehlst mir jetzt schon ♥♥♥

Als Leni das sah, lächelte und weinte sie gleichzeitig. Sie schrieb zurück:

♥♥♥ Du mir auch. Ich liebe dich ♥♥♥

Sie schickte gleich noch eine zweite Nachricht hinterher:

PS: Ich würde mit dir auch in die Wüste Sahara gehen ☺

Bevor er losfuhr, verfasste Johannes dann noch eine Nachricht an seinen Bruder:

DANKE!!!

Maximilian hatte in den letzten Tagen mehrmals versucht, sowohl Johannes als auch Leni zu erreichen, aber beide hatten ihn immer weggedrückt. Sie wollten ihr junges Glück einfach mit niemandem teilen.

Einerseits schwebte Leni wie auf Wolken, anderseits konnte sie es kaum erwarten, bis Johannes am Ende der folgenden Woche endlich bei ihr ankam. Sie verbrachten ein schönes, harmonisches Wochenende. Allerdings war Leni ständig etwas unruhig, da sie seit Freitag ihre Tage bekommen sollte, und außerdem waren ihre Brüste sehr empfindlich auf Berührungen, was sie aber der bevorstehenden Regel zuschrieb. Als sich am Sonntagabend leichte Blutungen einstellten, war sie erleichtert. Sie hatte zuerst überlegt, wegen der bevorstehenden Regel den Besuch von Johannes zu verschieben, aber die Sehnsucht war dann doch zu groß gewesen.

Zwei Wochen später fuhr sie dann wie vereinbart nach Hamburg. Johannes holte sie mit einer roten Rose in der Hand am Bahnhof ab, und sie konnten es beide kaum erwarten, in seiner Wohnung anzukommen und sich zu lieben.

Sie waren gerade mitten im Liebesspiel, als plötzlich jemand im Schlafzimmer stand und sagte: „Ach, das ist wohl die kleine Lene aus Freiburg?!“

Sie erschraken beide heftig, ließen voneinander ab, und Johannes deckte sie rasch zu.

„Jessica, was machst du hier? Wie bist du hier reingekommen?“

„Du hast wohl vergessen, wem diese Wohnung gehört? Wir haben für alle unsere Wohnungen einen Ersatzschlüssel. DU gehörst mir, und ich werde dich nicht mit dieser kleinen Schlampe teilen.“

An ihrer Stimme merkte er, dass sie getrunken hatte und überlegte krampfhaft, wie er sie wieder loswerden konnte. *Verdammt, wie komm' ich aus dieser Nummer wieder raus? Wie lange hat sie uns schon beobachtet?* So nackt wie er war, wollte er nicht aus dem Bett springen, und seine Hose lag zu weit weg auf dem Boden. Da war guter Rat teuer.

Leni war unfähig, sich zu rühren, sie war total schockiert. So etwas hätte sie nie erwartet, hatte er doch gesagt, dass das zwischen den beiden schon lange vorbei war, und sie hatte ihm geglaubt. Sie sah ihn aus großen Augen an, er streichelte sanft ihre Wange und flüsterte beruhigend: „Sch, sch, ganz ruhig, ich liebe nur dich.“

Johannes versuchte seinerseits, ruhig zu bleiben. „Nein Jessica, du weißt, dass das mit uns nie was geworden wäre, und jetzt verschwinde einfach!“

So einfach ließ die sich natürlich nicht abschütteln, vor allem weil sie gesehen hatte, wie zärtlich die beiden miteinander umgingen. Mit ihr war er nie so zärtlich gewesen, und das stachelte ihre Wut noch mehr an. Sie tobte wie eine Wahnsinnige und warf ihm die wüstesten Schimpfwörter an den Kopf. Auch von der Drohung, die Polizei zu holen, ließ sie sich nicht einschüchtern. Als Jessica dann ins Wohnzimmer torkelte und anfing, alles Mögliche auf den Boden zu schmettern, angelte er nach seinem Smartphone, das auf dem Nachttisch lag und rief die Polizei. Er zog sich rasch an und versuchte nochmals, die Rasende zu beruhigen. Aber es war aussichtslos, im Gegenteil, sie fing jetzt an, auf ihn einzuschlagen. Zum Glück war ihre Treffsicherheit durch den Alkohol ziemlich beeinträchtigt.

Johannes kam ins Schlafzimmer zurück und versuchte, den Vater von Jessica zu erreichen. Nach längerem Läuten nahm der zum Glück das Gespräch an, und Johannes berichtete kurz, in welchem Zustand Jessica sei und dass er sie doch umgehend abholen solle, da die Polizei bereits unterwegs sei. Der Vater meinte aber nur trocken, dass das eine Angelegenheit zwischen den beiden sei und legte wieder auf.

Als die Polizei endlich eintraf, hatte Jessica sich ausgetobt und lag schreiend und heulend am Boden. Eine Ambulanz wurde gerufen, man gab ihr eine Spritze und nahm sie mit. Johannes musste noch einige Fragen der Polizisten beantworten, wollte aber keine Anzeige erstatten, da er wusste, dass er gegen diese alteingesessene Anwalt-Familie keine Chance hatte.

Als dieser Alptraum endlich vorüber war, saß Leni zitternd auf der Bettkante und sah Johannes einfach nur schweigend an. Er setzte sich zu ihr und zog sie in seine Arme, was sie aber nur widerstrebend zuließ.

„Sch, sch, Lene, mein Herz, es ist ja gut", versuchte er sie zu beruhigen. „Ich hab keine Ahnung, was in die gefahren ist."

„Ich dachte, das mit euch wäre schon längst vorbei?", fragte sie trotzig.

„Aber das ist es doch auch", versicherte er ihr. „Da kannst du alle Leute fragen, die uns kennen."

Allmählich beruhigte sie sich wieder, aber die Lust war ihr vorerst mal vergangen. Das war doch zum Verrücktwerden. Sie wurde von dem lästigen Holger verfolgt, und hier war Jessica, die Johannes zurückhaben wollte.

Warum legte ihr jemand ständig solche Steine in den Weg?

Nachdem sie einige Zeit schweigend dagesessen hatten, meinte Johannes, dass er wohl mit mehr Nachdruck einen neuen Job suchen müsse. Aber als Erstes wollte er das Schloss an der Wohnungstür auswechseln lassen. So was sollte ihm nicht noch mal passieren. Sie räumten gemeinsam das Wohnzimmer auf, ließen sich etwas zu essen liefern und verbrachten den Rest des Abends mehr oder weniger schweigend. Leni war immer noch zutiefst schockiert und verbrachte eine unruhige Nacht.

Die nächsten beiden Tage verliefen zum Glück wieder harmonischer, und sie fanden zu ihrer sanften und zärtlichen Liebe zurück, so dass der Montagmorgen und der Abschied wieder viel zu schnell kamen. Am Bahnhof nahm er sie fest in seine Arme und versicherte ihr, dass er sie liebe. Dieses Mal verlief die Heimfahrt für sie noch trauriger, falls das überhaupt steigerungsfähig war. Ihre Gefühle fuhren Achterbahn, am liebsten wäre sie einfach bei ihm geblieben. Aber sie hatte ja ihren Job in Freiburg, der ihr Spaß machte und den sie nicht einfach kündigen wollte, vor allem, da sie ja nicht wussten, wie es bei Johannes weitergehen würde. Sie skypten von jetzt an jeden Abend und konnten es beide kaum erwarten, sich wiederzusehen.

* * *

Im vergangenen Oktober

Auf dem Juristen-Kongress in Hannover machte Johannes die Bekanntschaft von Ferdinand Altenberger (von seinen Mitarbeitern respektvoll „der Alte" genannt), der in der dritten Generation der Inhaber der Hamburger Kanzlei Altenberger war. Dieser war in Begleitung seiner Tochter Jessica, die groß, schlank und schwarzhaarig war. Sie machte Eindruck auf Johannes, was ihrem Vater nicht verborgen blieb. Nachdem er noch mehrmals im Laufe der drei Tage das Gespräch mit Johannes gesucht hatte, forderte er seine Tochter schließlich auf, sich diesen Herrn von Moeltenhoff zu angeln. Die nörgelte zwar, dass sie keinen dicken Mann haben wollte, fügte sich dann aber den Wünschen ihres Vaters und umgarnte Johannes nach allen Regeln der Kunst. Und dieser fiel prompt darauf rein.

Jessica hatte sich nach einem mit Ach und Krach bestandenen Abitur an der juristischen Fakultät eingeschrieben, das Studium aber nur mit mäßigem Interesse und entsprechend wenig erfolgreich betrieben. Einen Abschluss konnte sie bis jetzt nicht vorweisen. Sie hatte ein Büro in der väterlichen Kanzlei, war dort aber selten zu finden, und keiner wusste so recht, was sie dort überhaupt machte. Wegen ihres hellen Teints und der schwarz gefärbten Haare nannten die Mitarbeiter sie despektierlich „Schneewittchen". Da sie ein Einzelkind war und ihre juristischen Fähigkeiten nicht sehr ausgeprägt waren, schien ihre einzige Aufgabe darin zu bestehen, einen passablen Ehemann zu finden, der später mal die Kanzlei übernehmen konnte.

Und Johannes schien genau in das Beuteschema zu passen, er war ein guter Jurist, und vor allem das „von" in seinem Namen und der inzwischen erworbene Doktortitel machten Eindruck auf Altenberger.

Als Johannes nach Vertragsunterzeichnung von seinem zukünftigen Chef in der Kanzlei rumgeführt wurde, lud Henrik Andresen ihn spontan ein, später mit ihm etwas trinken zu gehen. Johannes nahm an, und Henrik warnte ihn: „Hör mal Kollege, du hast hoffentlich nur einen Arbeitsvertrag und nicht gleich einen Ehevertrag unterschrieben." Er erzählte dem verwirrten Johannes, dass die beiden es auch bei ihm versucht hätten, da er einer alteingesessenen Hamburger Familie entstammte und der Alte auch nur scharf auf seinen Namen gewesen war. „Ich gebe dir einen Rat, lass die Finger davon. Bleib am besten da, wo du hergekommen bist. Diese Frau taugt nichts, sie ist lesbisch und hat null Interesse an dir. Sie wird von ihrem Vater unter Druck gesetzt." Nachdenklich fuhr Johannes am nächsten Tag nach Freiburg zurück. Dass mit Jessica etwas nicht stimmte, hatte er schon bemerkt, wollte es sich aber nicht eingestehen. Er traf sich nochmals an einem Wochenende mit ihr und lud sie zu Weihnachten auf das elterliche Gut im Münsterland ein, fand sie aber lange nicht mehr so anziehend wie bei ihrem Kennenlernen.

Als er dann die Stelle in Hamburg angetreten hatte, wurde ihm schnell klar, dass Henrik Recht gehabt hatte, und er beendete kurz danach die Beziehung mit Jessica. Als der Alte das mitbekam, bestellte er ihn zu sich. Er meinte, man könne sich doch arrangieren, er könnte sich ja eine Geliebte halten, wenn es mit Jessica im Bett nicht klappe und tobte, als Johannes dies ablehnte. Danach rief er wutentbrannt bei seiner Tochter an und beschimpfte sie, dass sie zu gar nichts zu gebrauchen sei, nicht mal zum Beine-breit-machen. So hatte sie ihren Vater noch nie erlebt und versprach, an Johannes dranzubleiben. Aber der ließ sich zu ihrem Leidwesen auf nichts mehr ein.

In der Kanzlei hatte es sich dank der Assistentin Frau Schneider, die ihre Augen und Ohren überall hatte, schnell herumgesprochen, dass Johannes nicht mehr solo war. Sie war auch diejenige, die Jessica stets mit aktuellen Informationen versorgte, und diese beschloss zu handeln und sich Johannes doch noch zurückzuerobern. Der Druck ihres Vaters war gewaltig.

* * *

Am folgenden Donnerstagmorgen hatte Leni sich mit ihrer Mutter zum Frühstück im Café bei ihr an der Ecke verabredet. Sie hatten das schon länger nicht mehr gemacht und freuten sich beide darauf.

„Der Kaffee schmeckt heute komisch", sage Leni mit vor Ekel verzogenem Gesicht.

„Also meiner schmeckt ganz normal." Stéphanie Kaiser nahm einen Schluck aus der Tasse ihrer Tochter, konnte aber nichts Ungewöhnliches feststellen. „Der schmeckt doch auch normal." Sie sah ihre Tochter an, deren Blässe ihr vorher beim Begrüßen schon aufgefallen war. „Geh es dir nicht gut?"

„Ich weiß nicht, mir ist die letzten Tage so schwindlig."

„Ma puce, du bist schwanger".

Leni sah ihre Mutter entsetzt an. „Wie kommst du denn auf die Idee?!"

„Ich habe doch Augen im Kopf, und zudem spürt eine Mutter so was", entgegnete diese. „Du willst ja wohl nicht behaupten, dass du nicht mit Johannes schläfst. Habt ihr denn nicht verhütet?", fügte sie vorwurfsvoll hinzu.

„Doch", brummelte Leni.

„Hast du sonst noch Symptome, Übelkeit, Spannungen in den Brüsten", forschte sie weiter.

Leni schüttelte den Kopf: „Nein, mir ist nicht übel."

Sie hatte zwar das Gefühl, dass ihre Brüste gewachsen waren, führte dies aber auf die „Behandlung" durch Johannes zurück, der

49

diese kleinen festen Brüste gerne liebkoste und an ihren Brustwarzen knabberte oder saugte.

„Aber ich hatte doch vor knapp drei Wochen meine Tage“, beteuerte sie.

Die Mutter erklärte, dass das nicht unbedingt etwas zu bedeuten habe und dass sie schleunigst einen Test machen solle. Leni hielt das nicht für notwendig, aber die Mutter bestand darauf, dass sie sich sofort nach dem Frühstück in der Apotheke gegenüber einen Test besorgen solle.

„Wenn du das nicht machst, dann hole ich den Test und gehe mit dir aufs Klo!“, sagte sie energisch.

Leni gab sich geschlagen, sie kannte ihre Mutter gut genug, um zu wissen, dass sie das tatsächlich machen würde. Von den Augen der Mutter verfolgt, ging sie schweren Schrittes zur Apotheke. Der Apotheker fing an, ihr alle möglichen Test zu erklären, was sie total verwirrte.

„Hören Sie, ich will einfach nur wissen, ob ich schwanger bin oder nicht. Geben Sie mir den zuverlässigsten Test“, meinte sie leicht gestresst.

Zum Glück schaltete sich eine ältere Apothekerin in das Gespräch ein und empfahl Leni freundlich einen Test, den sie dann kaufte. Sie sah auf die Uhr, eigentlich hätte sie jetzt ins Büro gehen sollen. Ihre Assistentin wusste aber, dass sie mit ihrer Mutter verabredet war und dass es eventuell später werden würde, und so ging sie hoch in ihre Wohnung, um den Test hinter sich zu bringen, bevor sie es sich anders überlegte. Sie war überzeugt, ganz sicher nicht schwanger zu sein, verbrachte die Wartezeit aber trotzdem voller banger Unruhe. Und wie zum Trotz zeigte der Test „positiv“ an. *Das kann doch gar nicht sein.*

Sie musste unbedingt Sarah erreichen und hatte Glück, dass sie sie noch knapp vor Beginn der Sprechstunde erwischte.

„Hallo Leni, was gibt’s, du klingst so aufgeregt?“

„Sarah, ich brauch dringend einen Termin bei dir. Ich glaub, ich bin schwanger, der Test war auf jeden Fall positiv“, stammelte sie aufgeregt.

„Trotz Portiokappe und Kondom?“

„Nein, Scheiße, nichts davon?“

„Aber warum hast du dir dann nicht die Pille danach besorgt?“

„Mist, auf die Idee bin ich überhaupt nid gekommen“, gab sie zerknirscht zu.

„Leni, Leni, entweder du bist total verrückt, oder du hast endlich die große Liebe deines Lebens gefunden.“

„Es ist wohl eher die große Liebe, die mich endlich gefunden hat.“

„Johannes?“, fragte Sarah, die die Leidensgeschichte kannte.

„Ja“, hauchte Leni glücklich.

„Willst du es behalten?“

„Wie? Was? Äh, keine Ahnung, darüber habe ich wirklich noch nicht nachgedacht, ich denke schon. Ich muss doch erst mal wissen, ob es wirklich so ist“, kam die zerstreute Antwort. „Bitte, kann ich so bald wie möglich kommen?“

Sarah schlug vor, dass Leni um 18 Uhr, zum Ende der Sprechstunde kommen solle.

Dann versuchte sie, Johannes zu erreichen, wurde ober sofort auf die Sprachbox umgeleitet. Deshalb schrieb sie eine kurze Nachricht: Liebster Jo, bitte ruf sobald wie möglich zurück, es ist dringend!!! Kurz darauf kam die Antwort:

Melde mich sofort nach dem Meeting bei dir.

Johannes war total beunruhigt und verfolgte das Meeting ziemlich unkonzentriert weiter. *Was hatte das zu bedeuten?* Als die Besprechung endlich beendet war, stürmte er sofort in sein Büro und rief zurück. „Lenchen, ist was passiert?“

„Moment, ich geh schnell nach draußen.“ Kurz darauf: „Ja, so kann man das ausdrücken. Du kannst mächtig stolz auf dich sein!“

Johannes konnte sich keinen Reim daraus machen, was sie wohl meinte und fragte nach.

„Ich bin vermutlich schwanger“, gab Leni etwas kleinlaut zu.

„Bist du sicher? Warst du schon beim Arzt?“

„Der Test war auf jeden Fall positiv. Ich habe heute Abend einen Termin bei Sarah.“

Er fragte nach, ob das die Praxis bei ihr im Haus sei und wann der Termin wäre. Er bat sie, einen Moment zu warten, und sie hörte, wie er Frau Schneider zu sich rief und ihr auftrug, alle seine

Termine bis einschließlich Montag zu verschieben, da er in einer dringenden Familienangelegenheit verreisen müsse. Als diese Einwände erheben wollte, wies er sie barsch zurecht: „Nicht dumm fragen, einfach nur machen, was ich sage!" Er konnte diese Frau einfach nicht leiden. Dann sagte er Leni, dass er sich sofort auf den Weg machen würde. Sie war sprachlos, denn sie hatte mit allem Möglichen gerechnet, eher mit Ungläubigkeit oder Vorwürfen, aber nicht damit, dass er umgehend von Hamburg nach Freiburg kam. Als sie ihn darauf ansprach, meinte er nur, dass er das ja wohl verbockt habe und sie jetzt nicht alleine lassen wollte. Lächelnd meinte sie: „Dazu gehören aber immer noch zwei."
„Ja, aber ich habe es, wie man auf Juristendeutsch sagt, billigend in Kauf genommen. Und dazu steh ich jetzt natürlich auch", sagte er mit Bestimmtheit.
Sie verabschiedeten sich und sie ermahnte ihn, vorsichtig zu fahren. Schon während des Telefonats hatte Johannes sein Geschäfts-Handy und seinen Laptop eingepackt und lief schnellen Schrittes Richtung Ausgang. Henrik hatte beobachtet, dass Johannes während der Besprechung nach Erhalt einer Nachricht plötzlich unruhig wurde, und sein plötzlicher Aufbruch konnte nichts Gutes bedeuten. Er fing ihn an der Tür ab und fragte, ob etwas passiert sein. Auf ein kurzes Nicken von Johannes fragte er: „Lene?"
„Hm, ja. Ich muss sofort nach Freiburg fahren."
Johannes schien zwar sehr aufgewühlt aber nicht unbedingt besorgt zu sein. „Was ist denn passiert?" Als Antwort bekam er nur ein schiefes Grinsen und verstand plötzlich. Er deutete mit den Händen einen dicken Bauch an und Johannes nickte. „Mann, gratuliere, du verlierst aber auch keine Zeit", verabschiedete er sich.
Johannes eilte nach Hause, warf ein paar Klamotten in seine Reisetasche, legte eine kleine Schachtel auf die Sachen und sagte: „Na, jetzt kommst noch früher zum Einsatz als gedacht." Nach Lenis Abreise am Montag hatte er beschlossen, ihr beim nächsten Treffen einen Heiratsantrag zu machen und hatte deshalb einen zierlichen Diamantring gekauft.
Er, der sonst so ruhig und besonnen war, bretterte mit Höchstgeschwindigkeit über die Autobahn und wurde bei jeder kleinen

Stockung nervös. Gegen 18 Uhr kam er in Freiburg an. Er besorgte noch einen Strauß roter Rosen, den er vorerst ins Auto legte und ging dann zur Arztpraxis. Die Rezeption war unbesetzt, und auch im Wartezimmer war niemand. Er sah auf die Uhr und stellte fest, dass es fünf Minuten nach 18 Uhr war. Ratlos und enttäuscht, dass Leni jetzt wohl doch alleine die Untersuchung über sich ergehen lassen musste, stand er da, als Sarah mit einer Hochschwangeren aus einem Behandlungszimmer kam. Sie sah ihn fragend an. „Johannes?“

Als er bejahte, sagte sie ihm, dass Leni noch bei der Blutabnahme sei und er doch im Wartezimmer Platz nehmen solle. Einen kurzen Moment später kam Leni, einen Zellstofftupfer auf die Armbeugen drückend, zu ihm und sie küssten sich scheu. Als sie seine Stimme gehört hatte, war sie gleich nach dem die Blutabnahme beendet war, vom Stuhl gesprungen und ins Wartezimmer gestürmt. Die Sprechstundenhilfe kam lächelnd hinter ihr her und klebte ein Pflaster auf ihre Armbeuge, und bald darauf holte Sarah sie auch schon ins Sprechzimmer. Dort saßen sie dann wie zwei Pennäler, die etwas ausgefressen hatten.

„So ihr beiden, da habt ihr ja schön was angerichtet“, meinte Sarah lachend, als sie die beiden ansah. „Also Leni, du bist definitiv schwanger. Da gibt es keinen Zweifel.“ Leni warf zwar nochmal ein, dass sie doch ihre Tage gehabt hatte, aber wie schon ihre Mutter erklärte ihr Sarah, dass das nichts Ungewöhnliches sei. Als sie die beiden ins Untersuchungszimmer bat, bemerkte sie deren Zögern. Sie schickte Leni voraus, um sich schon mal freizumachen, schloss die Tür noch mal und blieb bei Johannes stehen. „Was ist, willst du kneifen? Das Kind habt ihr doch auch hingekriegt“, meinte sie lachend. Sie duzte ihn einfach, denn Leni hatte ihr schon so viel über ihn erzählt, dass sie meinte, ihn schon ewig zu kennen.

Johannes erklärte, dass Leni sehr schamhaft sei und er sie nicht kompromittieren wolle, wenn er sie da so auf diesem Untersuchungsstuhl liegen sähe.

„Ja ich verstehe, das ist mir auch schon aufgefallen, selbst bei mir gibt sie sich so. Ich red mit ihr. Das kriegen wir schon irgendwie

hin. So wie ich sie kenne, zieht sie ihr T-Shirt bis fast in die Knie-
kehlen, wenn sie aus der Kabine kommt", meinte Sarah lachend.
„Aber ich finde das süß."
„Ja eben, ich auch", bestätigte Johannes lächelnd.
Sarah redete mit Leni und ließ sie sich erst mal auf den Stuhl setzen, bevor sie Johannes reinholte und ihn so neben dem Stuhl
postierte, dass er Leni ins Gesicht sah. Dann ließ sie Leni die Beine hochnehmen und begann die Untersuchung.
Als Johannes ihren angespannten Gesichtsausdruck wahrnahm,
streichelte er sanft ihre Wange und flüsterte: „Entspann dich
Schätz-chen." Er hatte die andere Hand auf Lenis Schultern gelegt und drückte sie zärtlich. Worauf sie sich sichtlich entspannte.
„Das sieht so weit alles gut aus. Wenn der Termin der Empfängnis stimmt, den ihr mir genannt habt, dann müsste man sogar
schon was im Ultraschall sehen." Die beiden konnten auf dem
Monitor zwar nichts erkennen, glaubten ihr aber, als Sarah ihnen erklärte, dass das Dunkle, das da zu sehen war, die Frucht-
höhle mit dem Embryo sei. Nachdem Leni sich wieder angezogen hatte und zurück in das Besprechungszimmer gekommen
war, wollte Sarah wissen, ob sie sich Gedanken darüber gemacht
hätten, ob sie das Baby behalten wollten, was Johannes spontan
bejahte. Daraufhin gratulierte sie den beiden und stellte einen
Mutterpass aus. Nachdem sie noch einige Ratschläge und Er-
mahnungen an Leni losgeworden war, sah sie die beiden glücklich und eng umschlungen die Praxis verlassen. *Um DEN hätte
ich auch monatelang geheult,* dachte sie, wobei sie den beiden ihr
Glück aus vollem Herzen gönnte. Oft genug hatte sie eine unglückliche Leni erlebt.

Leni ging schon mal in ihre Wohnung hoch, während Johannes zum Parkplatz eilte, um seine Sachen aus dem Auto zu holen. Oben angekommen, stellte er seine Reisetasche ins Schlafzimmer, nahm die Schachtel mit dem Ring raus und begab sich
mit dem Rosenstrauß in der Hand zu Leni ins Wohnzimmer.
Dort kniete er vor ihr nieder: „Liebste süße Kaiserin, möchtest
du meine Frau werden?"

Sie war zunächst sprachlos vor Überraschung und meinte dann unter Tränen: „Aber du musch mich doch nid heiraten, weil ich schwanger bin!"

„Ich muss nicht, ich will aber. Zudem hätte ich dich dieses Wochenende sowieso gefragt."

Sie zog ihn an der Hand noch oben, sah ihm in die Augen und sagte: „Wenn du das wirklich willst, dann ja."

Glücklich nahm er sie in seine Arme und streifte ihr den Ring über den Ringfinger der linken Hand. Es folgte ein langer, inniger Kuss, der aber leider durch das Klingeln an der Tür gestört wurde.

„Maman, was machst DU denn hier?", fragte Leni leicht genervt, als ihre Mutter zur Tür reinkam.

„Ich habe den ganzen Tag versucht, dich zu erreichen, aber du drückst mich jedes Mal weg. Ich will endlich wissen, was los ist!", schimpfte sie sofort los.

Als sie Johannes lächelnd im Wohnzimmer stehen und den Rosenstrauß auf dem Tisch liegen sah, wusste sie, dass ihre Vermutung richtig war.

„Was habt ihr euch nur dabei gedacht? Ich vermute mal nichts", schimpfte sie wild gestikulierend weiter.

„Maman, wir sind alt genug, und das ist einzig und allein unsere Angelegenheit", hielt Leni dagegen. Aus Rücksicht auf Johannes, der kaum französisch verstand, sprach sie jetzt deutsch mit ihrer Mutter. Die schüttelte nur den Kopf, und als sie merkte, dass die beiden allein sein wollten, verabschiedete sie sich wieder. Sie wusste ja jetzt, dass sie bald wieder ein Enkelkind haben würde, und sie musste Tobias und Miriam die Neuigkeit berichten und dann noch ihrer Mutter und, und, und … Sie würde den ganzen Abend am Telefon verbringen.

Leni meinte immer noch zu träumen und sah lächelnd auf den Ring an ihrem Finger. Die nächsten Stunden hatten sie einiges zu besprechen. *Wie sollte es weitergehen? Wann und wo wollten sie heiraten? Und wo wollten sie zusammen leben?*

Sie beschlossen, dass Johannes auf jeden Fall am nächsten Vormittag, während Leni im Büro war, zum Standesamt gehen und sich nach den benötigten Papieren erkundigen sollte. Sie wollten in Freiburg standesamtlich heiraten, wobei unbedingt Maximilian der Trauzeuge sein sollte. Denn ohne ihn wären sie nie zusammengekommen, darin waren sich beide einig. Die kirchliche Trauung sollte dann 14 Tage später, an Lenis Geburtstag, im Münsterland stattfinden. Anschließend wollten sie auf eine mehrwöchige Hochzeitsreise nach Frankreich gehen. Johannes entschied, sofort nach seiner Rückkehr seine Stelle in Hamburg zu kündigen, und wenn er nach Ablauf des Vertrags nichts Neues gefunden habe, wolle er erst mal wieder nach Freiburg zu Leni ziehen. Als Architektin sei sie ja auch nicht unbedingt mittellos und könnte ihn schon mit durchfüttern, meinte diese belustigt. Leni hingegen wollte erst kündigen, wenn sie sicher wären, wie es bei ihm weitergeht. *Zukunftspläne schmieden war doch was Schönes!*

Am nächsten Morgen auf dem Weg ins Büro musste sie natürlich unbedingt Romy anrufen und ihr von dem romantischen Heiratsantrag erzählen. Die konnte es erst gar nicht glauben, und als Leni ergänzte, dass sie schwanger sei, blieb Romy erst mal die Luft weg. „Oh Mann, Leni, habt ihr denn schon mal was von Verhüten gehört?", tadelte sie ihre Freundin. Aber die meinte nur, dass sie sich beide riesig auf das Baby freuen würden. „Na dann", lautete der etwas einsilbige Kommentar von Romy.
Als Leni am Nachmittag von der Arbeit nach Hause kam, zeigte Johannes ihr die Liste mit den Papieren, die er zu besorgen hatte. „Du als waschechtes Freiburger Bobbele brauchst praktisch gar nichts zu bringen, die haben alles von dir hier." „Ich hab mich aber ganz schön blamiert", fügte er hinzu, und auf ihren fragenden Blick meinte er, dass er weder ihr genaues Geburtsdatum, noch ihren zweiten Vornamen gekannt hatte. „Das nächste Mal musst du mitkommen, die glauben mir sonst nicht, dass du in unsere Hochzeitspläne eingeweiht bist."
„Das wäre mir aber genau so ergangen, ich weiß ja nicht mal, wann du Geburtstag hast", meinte Leni und sah ihn fragend an. Er erwiderte schmunzelnd: „Gestern."
Leni war verwirrt, „gestern? Aber warum hast du denn nichts gesagt?", wollte sie wissen.

„Ich mach mir nichts daraus, schon wieder ein Jahr älter geworden zu sein, und außerdem hast du mir mit der Nachricht, dass ich Vater werde, das schönste Geschenk gemacht, das ich mir denken kann." Er zog sie an sich und küsste sie sanft. „Was kann ich mir Schöneres wünschen?", fragte er mit einem glücklichen Lächeln im oft so ernsten Gesicht.

Sie sahen sich die Formulare, die er mitgebracht hatte durch, und irgendwann begann eine heftige Diskussion, als es um den bzw. die Namen ging, die sie tragen wollten. Dass von Moeltenhoff der Familienname werden sollte, stand außer Frage, aber Leni wollte unbedingt ihren Namen behalten. Johannes konnte das nicht verstehen, er war davon ausgegangen, dass sie gerne seinen Namen tragen würde und fragte, was so falsch an seinem Namen sei. „Mein lieber Schatz, in welchem Jahrtausend lebst du eigentlich? Dein Name ist doch nicht das Problem, und ich möchte ja auch, dass unsere Kinder ihn tragen, aber ich sehe keinen Grund, warum ich meinen Namen ändern soll. Schau mal, unsere Kanzlerin heißt ja auch nicht wie ihr Mann, und obwohl der Bundespräsident seiner Frau eine Niere gespendet hat, heißt sie auch nicht Steinmeier. Ich bin und bleib nun mal die Kaiserin!" Sie wurde wütend: „Ich habe echt keine Lust, alle meine Papiere, Versicherungen usw. umzuschreiben!" Sie ließ sich auf keinen Kompromiss ein, und Johannes gab resigniert auf.

Als er den Eindruck gewonnen hatte, dass sie sich wieder beruhigt hatte, fragte er vorsichtig: „Habe ich da was falsch verstanden, oder hast du vorhin von *Kindern* gesprochen. Gibt es da etwas, was ich wissen sollte?" Sie sah ihn zunächst verwirrt an, meinte dann aber lächelnd, dass sie, wenn sie schon eine Familie gründeten, doch nicht nur ein Kind haben wollte. Er lachte: „Na, an mir soll es nicht liegen, ich mach dir so viele, wie du willst", nahm sie in den Arm und dirigierte sie zum Schlafzimmer, denn das schönste an einem Streit ist bekanntlich die Versöhnung.

Am Sonntag luden sie Lenis Mutter zum Mittagessen ein, und Johannes hielt förmlich um Lenis Hand an. „Na ja, immerhin hast du Anstand", war ihre Antwort.

4

Maximilian wurde als Eventmanager damit beauftragt, die Hochzeit zu organisieren, was dieser liebend gerne tat, und die nächsten Wochen vergingen in ihrem üblichen 14-Tage-Rhythmus. Leni war mal mit ihrer Mutter, mal mit Romy unterwegs, um die Kleider für die beiden Trauungen auszusuchen, wobei ihre Mutter sich als wirklich gute Ratgeberin erwies. Leni hätte sich sonst sicher ein tailliertes Kleid ausgesucht, in das sie vermutlich im Oktober gar nicht mehr reingepasst hätte. Diese Kleider und die dazugehörigen Schuhe wurden dann bei der Mutter deponiert, damit Johannes sie auf keinen Fall zu Gesicht bekam. Als Johannes vier Wochen später bei Leni anrief, um ihr zu sagen, dass er dieses Mal nicht nach Freiburg käme, bekam sie erst mal einen Schreck. Er erklärte ihr dann aber, dass ihre zukünftigen Schwiegereltern sie endlich kennen lernen wollten und dass sie sich deshalb bei ihm zu Hause treffen würden. Sie sollte mit dem Zug nach Münster fahren, und er oder Max würden sie dann dort am Bahnhof abholen. Sie machte ihn darauf aufmerksam, dass sie aber am Montagmorgen einen Termin bei Sarah hätte, und dass er doch dabei sein wollte, worauf er bestätigte, daran gedacht zu haben und dass sie am Sonntag zusammen nach Freiburg fahren würden.

Leni betreute wieder eine Altbausanierung und hatte am Vormittag noch einen Termin auf der Baustelle. Zum Glück hatte wieder Ralf Steiner, den sie sehr schätzte und mittlerweile auch duzte, die Bauleitung, und sie war mit ihm zur Besprechung einiger Details auf der Baustelle verabredet. Plötzlich kam einer der Handwerker auf sie zu und meinte, dass da jemand sei, der zu Leni wolle. Sie erschrak heftig und legte sich reflexartig die Hand schützend auf den Bauch. Sie hatte also doch richtig gesehen, als sie meinte, Holger vor ihrem Haus bemerkt zu haben. *War der Mistkerl schon wieder frei?* Sie fragte, wie der Typ denn aussehen würde, und ihre

Befürchtungen bewahrheiteten sich. Sie erklärte den beiden Männern, dass dies der Stalker sei, der sie schon ewige Zeiten verfolgte und ihr auch die Bombe geschickt habe und dass sie den unbedingt verjagen und mit der Polizei drohen sollten. Nach der Besprechung bat sie den Bauleiter, sie doch bitte bis zu ihrem Auto zu begleiten, da sie Angst habe, was dieser auch gerne tat. Diesem war ihre kleine Geste bei Erhalt der Nachricht aufgefallen, und auf dem Weg zum Auto fragte er sie: „Na Leni, kann es sein, dass da was Kleines unterwegs ist?" Sie nickte glücklich lächelnd.

Zitternd fuhr sie nach Hause und überlegte, was sie tun sollte. Sie rief im Büro an, erklärte ihrem Chef, was passiert war und dass sie sich nicht mehr aus dem Haus traue und deshalb nicht mehr ins Büro käme. Normalerweise fuhr sie mit der Straßenbahn zum Bahnhof, wenn sie zu Johannes fuhr, aber sie hatte Angst, dass Holger sie verfolgen würde. Wenn er sogar auf der Baustelle erschien, wer weiß, was dem sonst noch einfiel. Während sie duschte, überlegte sie hin und her. Ihre Mutter arbeitete und konnte sie nicht zum Bahnhof fahren. Da fiel ihr Sarah ein. Sie erreichte nur die Sprachbox, aber Sarah rief zum Glück wenige Augenblicke später zurück. Leni erzählte, was passiert war und fragte, ob Sarah mit dem Auto da sei, was diese verneinte. Sie war auch erst etwas verwirrt, da sie wusste, dass eigentlich Johannes dieses Wochenende kommen sollte, aber Leni erzählte ihr, dass sie dieses Wochenende zu ihren zukünftigen Schwiegereltern fahren würde. Sarah hatte dann zum Glück auch eine Lösung für ihr Problem, denn eine ihrer Mitarbeiterinnen kam regelmäßig mit dem Auto, und die erklärte sich auch sofort bereit, Leni schnell zum Bahnhof zufahren.

Leni war erleichtert, als sie endlich im Zug saß, und rief Johannes an, um ihm mitzuteilen, wann sie in Münster ankommen würde. Der bedauerte, dass er sie nicht persönlich abholen könne, weil er noch ein wichtiges Klienten-Gespräch habe, aber Max oder sonst jemand aus seiner Familie würde sie ganz sicher am Bahnhof abholen.

Als sie dann pünktlich um 17 Uhr in Münster aus dem Zug gestiegen war, sah sie sich suchend um und kam sich schon etwas

verloren vor, weil sie Maximilian nirgends entdecken konnte. Als der Zug längst abgefahren war und der Bahnsteig sich weitgehend geleert hatte, kam ein großgewachsener blonder Mittdreißiger auf sie zu: „Sie müssen Leni sein." Als sie bejahte, stellte er sich als Harald, Schwager von Joe und Max, vor und erklärte ihr, dass er den Auftrag habe, sie abzuholen, weil Max sich kurzfristig um Probleme bei einem Event kümmern müsste. Er nahm ihre Reisetasche und entschuldigte sich für die Verspätung, aber er habe einfach keinen Parkplatz gefunden. Sie liefen dann gemeinsam zum Auto, wobei er ihr spontan das Du anbot, da sie seines Wissens bald verschwägert sein würden. Sie unterhielten sich angenehm, und er meinte: „Du weißt ja sicher, dass Joe kaum über sich selber redet, alles was ich von dir weiß, hab ich von Max. Du kommst also aus Freiburg und bist Architektin?" Sie bejahte und erzählte, dass sie Architektur studiert und vor knapp zwei Jahren den Masterstudiengang abgeschlossen habe. Er meinte dann, dass sie aber sehr jung wäre, sie bedankte sich lachend für das Kompliment und sagte, dass sie im Oktober doch immerhin schon 28 Jahre alt werde. Aber sie habe das Studium so rasch wie möglich durchgezogen, um ihrer Mutter nicht zu lange auf der Tasche zu liegen. Zudem bestätigte sie Johannes' Wortkargheit, was Privates anging und dass sie keinerlei Ahnung von der Familie habe.
Nach einer fast einstündigen Fahrt bog er in die Einfahrt zu einem Gutshof ein und meinte: „So, da wären wir." Leni war überwältigt von der Größe des Anwesens, denn sie hatte keine Ahnung gehabt, was sie erwartet. Harald hatte ihr unterwegs zwar schon erzählt, dass sie Ackerbau betrieben und außer den Pferden und ein paar Hühnern und Kaninchen die sonstige Tierhaltung schon längst aufgegeben hatten, dafür jetzt aber einige Ferienwohnungen vermieten würden. Als sie ausgestiegen waren, zeigte er auf das Haus und erklärte ihr, dass er mit seiner Familie das Erdgeschoss bewohnen würde, während die Schwiegereltern im oberen Stockwerk wohnten, wo auch Joe und Max noch ihre Zimmer hätten. Sie dachte schon, dass sie im Zimmer von Johannes übernachten müssten und so kaum Gelegenheit

für Intimitäten hätten. Als hätte Harald ihre Gedanken gelesen, zeigte er auf das Nebengebäude. „Dort, im ehemaligen Stall, sind unsere Ferienwohnungen. Gabi hat euch ein kleines Appartement vorbereitet." Er ging rasch zum Haus, um den passenden Schlüssel zu holen, als plötzlich ein Auto die Einfahrt hochraste und mit quietschenden Reifen zum Stehen kam. *Ja klar, das kann nur Max sein*, dachte sie, als er ausstieg. Er lief sofort auf sie zu, begrüßte sie herzlich mit den üblichen Küsschen, streichelte dann ihren Bauch und fragte: „Na wie geht es euch beiden?" Leni bestätigte strahlend, dass es ihnen gut ginge und fragte, ob Johannes tatsächlich geplaudert hätte.

„Nein meine Liebe, von sich aus hätte er das nie verraten", lachte er. „Aber wenn ich so plötzlich eine Hochzeit arrangieren soll, dann mache ich mir so meine Gedanken. Und verleugnen wollte er es dann doch nicht." „Aber sag mal", forschte er weiter, „wie macht sich denn mein großer Bruder so als Liebhaber?"

Leni errötete. *Typisch Max,* dachte sie, lächelte ihn an und meinte: „Du glaubst doch nid im Ernscht, dass ich dir darüber etwas verrate."

Er tippte ihr auf die Nase, lachte sie an und konterte: „Na, so glücklich wie du aussiehst, muss ja alles in Ordnung sein."

„Bezweifelst du das etwa?", erwiderte sie lachend.

Er zuckte nur mit den Schultern. Er konnte ihr ja schlecht erzählen, dass seine verstorbene Schwägerin ihren Mann als ungeschickten und langweiligen Liebhaber bezeichnet hatte, und dass er daraufhin ein Verhältnis mit ihr angefangen hatte.

Die Mutter hatte vom Fenster aus die vertraute Begrüßung der beiden beobachtet und machte sich so ihre Gedanken: *Die sind aber verdammt vertraut miteinander, diese Frau wird doch wohl nicht auch mit beiden Söhnen was haben?* Sie wusste ja, dass Max nichts anbrennen ließ.

Harald ging mit ihr zum Appartementhaus, um ihr das Zimmer zu zeigen. „Ich hoffe, für die zwei Nächte reicht euch eine Einraum-Wohnung." Sie bestätigte lächelnd. Nachdem Harald gefragt hatte, ob sie sich etwas frisch machen wollte und sie bejahte hatte, verließ er die Wohnung und wartete draußen auf sie. Sie ging zur Toilette und zog sich dann rasch um. Während Harald wartete, dachte er lächelnd: *Dieses Mal hat mein lieber Schwager ja endlich mal einen guten Geschmack bei der Partnerwahl bewiesen.* Ihm gefiel seine zukünftige Schwägerin, und er fand ihren badischen Akzent süß. Mit Melanie war er nie warm geworden, und Jessica, die er letztes Jahr Weihnachten angeschleppt hatte, sah zwar gut aus, war aber kalt wie ein Fisch.

Zusammen gingen sie dann zum Haupthaus. In der Zwischenzeit hatte Johannes angerufen und nachgefragt, ob sie gut angekommen sei und bestätigt, dass er in spätestens zwei Stunden da sein werde. Auf dem Weg kamen ihnen zwei Jungen entgegen, und Harald stellte sie als seinen Ältesten Julian und den zweiten als Lennart vor und erklärte den beiden, dass Leni bald ihren Onkel Johannes heiraten und somit ihre Tante würde. Den kleinen Marvin lernte sie dann kurz darauf auf dem Arm seiner Mutter Gabriela kennen.

Die Mutter, Susanne von Moeltenhoff, hatte einen kleinen Imbiss vorbereitet, da sie mit dem Abendessen auf Johannes warten wollte. Sie bot Leni eine Tasse Kaffee an, die diese dankend ablehnte, kurz die Hand auf ihren Bauch legte und erklärte, dass sie momentan keinen Kaffee vertrage. Die Mutter hob kurz die Augenbrauen, und der Verdacht, den sie geschöpft hatte, als sie sah, wie Max kurz Lenis Bauch gestreichelt hatte, hatte sich für sie damit bestätigt. Nach der kleinen Mahlzeit bot Harald an, ihr das Gut zu zeigen, was sie dankend annahm. Die Mutter nahm Max beiseite und fragte, ob er etwas mit seiner zukünftigen Schwägerin habe.

„Nein, natürlich nicht. Das hat Johannes mir bei Höchststrafe verboten", erwiderte er lachend. „Wie kommst du denn auf diese Idee?"

„Na ja, ihr scheint sehr vertraut miteinander zu sein", erwiderte die Mutter, während sie das Geschirr in die Spülmaschine räumte.

„Leni ist ein echt prima Mädchen, und ich mag sie sehr, aber wir sind wirklich nur gute Freunde. Keine Sorge, Mutti. Ich weiß, das mit Melli war nicht richtig, aber zwischen den beiden lief sowieso schon lange nichts mehr", erwiderte Maximilian wahrheitsgemäß.

Als Johannes eintraf, lief Leni ihm freudestrahlend entgegen. Er schaute sie zunächst etwas überrascht an, denn er war es nicht gewohnt, dass sie ein Kleid trug. Als er sie mal darauf angesprochen hatte, dass sie immer nur Hosen trug, hatte sie ihm erklärt, dass sie ja kaum im Rock auf der Baustelle rumklettern könne, was ihm auch einleuchtete. Daraufhin hatte sie sich aber zwei luftige, weit geschnittene Sommerkleider gekauft. Sie umarmten und küssten sich innig, und vom Fenster aus sah die Mutter nun den Unterschied in der Begrüßung der beiden Liebenden und gab sich zufrieden. Als Johannes mit seiner Reisetasche auf das Haus zustrebte, erklärte Leni ihm, dass sie ein Appartement im Nebengebäude hätten, was er dankbar lächelnd zur Kenntnis nahm. Da sie den Schlüssel für ihr Zimmer hatte, begleitete sie ihn, und drinnen angekommen zog Johannes Hemd und Hose aus, um sich rasch zu duschen. Sie trat zu ihm, kraulte sein Brusthaar und meinte, dass zwei Wochen einfach zu lang wären. Er lächelte sie belustigt an, küsste sie, und seine Finger tasteten sich in ihren Ausschnitt vor. Als sie anfing, seine Brustwarzen zu streicheln, konnte er sich nicht mehr beherrschen und zog ihr die Träger von Kleid und BH nach unten und liebkoste ihre Brüste, was sie sofort aufstöhnen ließ.

Er flüsterte rau in ihr Ohr: „Na Frau Kaiser, heute haben wir es aber eilig." Das war neu, dass sie am helllichten Tag ohne Verdunklung auch noch den Anfang machte. Er zog seine Unterhose aus und setzte sich auf die Bettkante, zog sie zu sich, fasste unter ihren Rock und zog ihren Slip runter und dachte, *verdammt praktisch so ein Rock.* Sie stieg aus dem Höschen und setzte sich auf ihn. Nachdem sie beide relativ rasch zum Höhepunkt gekommen waren, blieben sei einen Moment eng umklammert sitzen, bis er mit immer noch belegter Stimme meinte: „Hör zu mein Schätzchen, ich könnte jetzt die ganze Nacht so weitermachen, aber meine Eltern warten auf uns. Sie erwarten, dass ich dich ihnen ganz offiziell als ihre künftige Schwiegertochter vorstelle. Ich denke, wir sollten jetzt schleunigst duschen und uns anziehn." Ungern lösten sie sich voneinander. Leni hob ihr Höschen auf und flitzte schnell ins Bad. Sie duschte rasch und kam mit dem

Kleid in der Hand in Slip und BH ins Zimmer zurück, was ihn erstaunte, und er musste den Blick von ihr abwenden, sonst würden die Eltern wohl lange auf sie warten müssen. Während Johannes duschte, bügelte Leni ihr Kleid, da es doch ziemlich verknittert war. Hand in Hand gingen sie anschließend zum Haupthaus rüber, gefolgt von Julian und Lennart, die sich irgendwo draußen rumgetrieben hatten.

„So, kommt mit Jungs, ich denke, die Oma hat uns was Feines gekocht", forderte Johannes die beiden auf, und gemeinsam betraten sie das Esszimmer.

„Also, nun ganz offiziell: Dies ist Helene Kaiser, meine zukünftige Frau", verkündete Johannes, als sie eingetreten waren. Sie wurden beklatscht und setzten sich auf die ihnen angebotenen Stühle. Nachdem die Mutter das Essen aufgetragen hatte, sah sie Johannes fragend an: „Na mein Junge, ich denke, da ist noch was, was du uns erzählen möchtest. Ich bin schließlich nicht blind."
Leni dachte: *Was Mütter so alles merken.* Johannes wechselte einen kurzen Blick mit Leni, und sie nickte leicht. Gerade als er anfangen wollte zu sprechen, trompetete Lennart los: „Jaa, ich weiß es! Die Tante Leni hat vorhin auf dem Onkel Joe Hoppehoppe-Reiter gemacht."
Alle Augen waren jetzt auf sie beide gerichtet. Leni wurde knallrot, stöhnte „Oh Gott", biss sich auf die Unterlippe und wusste nicht, wohin sie schauen sollte. Johannes fuhr sich mit einer Hand durch sein blondes, leicht welliges Haar und grinste verlegen, wobei er dachte, *gut dass ich ihr das Kleid nicht ganz ausgezogen habe.*
Lennart erntete einen Boxer von seinem großen Bruder: „Mensch Lenni, du solltest doch nicht verraten, dass wir zugeguckt haben." Als Kind vom Land wusste er, was das zu bedeuten hatte und fragte sein Mutter: „Du Mama, dürfen die das? Sind die denn schon verheiratet?"
Ein herzhaftes Lachen unterbrach die peinliche Stille: „Hey Leute, wisst ihr eigentlich, wie lange es gedauert hat und wie viel Mühe ich hatte, bis die beiden endlich zusammen waren? Und jetzt treiben sie es doch tatsächlich am helllicht heiteren Tag vor den Augen der Kinder." Maximilian hatte seinen Spaß an der

ganzen Situation. Er hatte schon, als die beiden ins Esszimmer kamen, in ihren Blicken und Lächeln gesehen, dass sie wohl Sex gehabt hatten, und als er sah, wie vorsichtig Leni sich hingesetzt hatte, war er sich sicher. Leni wäre vor Scham am liebsten im Erdboden versunken. Johannes spürte das und legte ihr beruhigend eine Hand auf den Arm und den anderen Arm um ihre Schultern. Er räusperte sich verlegen und sagte: „So detailliert wollten wir es eigentlich nicht unbedingt erzählen, aber ja Mutti, du hast recht, Lene ist schwanger." Zu Leni gewandt meinte er lachend: „Wie du siehst, gibt es in jeder Familie einen Whistleblower."
Das Abendessen verlief dann sehr harmonisch, und Leni erfuhr, dass Maximilian das Ergebnis einer kurzen aber heftigen Affäre des Vaters mit einer Roma-Frau war, deren Sippe ihr Lager für einige Monate unweit des Gutshofs aufgeschlagen hatte. Dass diese Frau dann ein knappes Jahr später vor der Tür stand und der verdutzen Mutter das Kind in den Arm drückte mit den Worten: „Hier, das ist von deinem Mann. Er heißt Maximilian, und ich möchte, dass er ein normales Leben hat. Sei gut zu ihm", und weinend davon gegangen war. Die Familie sprach offen darüber, auch dass die Mutter natürlich erst mal ihrem Mann eine furchtbare Szene gemacht hatte, da er sie während ihrer Schwangerschaft betrogen hatte, monatelang nur das Nötigste mit ihm sprach, ihm noch lange grollte und drohte ihn zu verlassen, sollte er sich noch einmal mit einer anderen Frau einlassen. Gabriela fügte dann auch noch lachend hinzu, dass sie das Kind der Versöhnung sei. Leni mochte ihre zukünftige Schwiegerfamilie, vor allem bewunderte sie ihre zukünftige Schwiegermutter, die dieses Kind wie ihr eigenes aufgezogen hatte.
Außerdem hatte sie festgestellt, dass Johannes und Gabi die kräftige Statur und die blonden Haare der Mutter geerbt hatten, während Maximilian eher nach dem großen, schlanken Vater kam. Die beiden Brüder gaben dann auch noch einige Anekdoten von früher zum Besten und erzählten, dass Johannes seinen kleinen Bruder, wenn es notwendig war, sogar mit den Fäusten verteidigt hatte, wenn die anderen ihn gemobbt oder „Zigeunerkind" genannt hatten.

Der Vater bat Leni, doch ein wenig von sich zu erzählen, da sein Großer verschlossen wie eine Auster sei. Außerdem käme er mit ihrem Namen nicht klar, hieße sie jetzt Lene oder Leni? „Offiziell heiße ich Helene, aber ich werde schon immer nur Leni genannt. Johannes ist der Einzige, der Lene sagt."

„Na, dann wollen wir ihm dieses Privileg lassen und nennen dich auch Leni", entschied der Vater für die ganze Familie. Dann erzählte sie, dass sie einen Bruder habe, vom Tod des Vaters, der liebevollen Fürsorge ihrer Großeltern und ihrem Studium.

Maximilian konnte es sich, nach dem die Kinder zu Bett gegangen waren, aber doch nicht verkneifen, Johannes nochmals wegen des von den Kindern beobachteten Sex' gleich nach seiner Ankunft zu foppen: „Wow, Joey, Alter, noch vor der Begrüßung der Eltern eine Nummer zu schieben, das hätte ich dir jetzt wirklich nicht zugetraut."

Als Harald dann auch noch mitmachte und schlussendlich meinte, dass er Joe gar nicht so stürmisch kenne, war Leni schon wieder knallrot angelaufen. Johannes ließ diese Hänseleien in aller Ruhe und mit breitem Grinsen über sich ergehen. Eigentlich hatten die beiden ja recht, normalerweise hätte er sich nur kurz geduscht und dann seine Eltern begrüßt und ihnen Leni vorgestellt. Die Erinnerung an die süße Verführung durch Leni ließ ihn noch breiter lächeln, er legte seinen Arm um sie, fasste sie mit der anderen Hand ans Kinn, drehte ihr Gesicht zu sich und hauchte ihr einen leichten Kuss auf die Lippen. „Ihr seid ja nur neidisch, Jungs", wies er Bruder und Schwager zurecht.

Als die beiden später eng umschlungen zum Nebengebäude schlenderten, sahen die Eltern ihnen vom Fenster aus nach und waren sich sicher, dass ihr Großer jetzt endlich die richtige Frau gefunden hatte.

Leni achtete darauf, dass alle Fenster und Vorhänge geschlossen waren, bevor sie zu Bett gingen und war am Anfang etwas gehemmt, als Johannes mit dem Liebesspiel begann, entspannte sich dank seiner Zärtlichkeiten aber schnell wieder.

Am nächsten Tag fuhren sie zusammen nach Münster, und Johannes zeigte ihr die Stadt. Irgendwann meinte sie dann, dass es vielleicht noch etwas früh sei, aber was er davon halte, wenn sie das Kind Stella nennen würden, falls es ein Mädchen würde. Da er sich sowieso ein Mädchen wünschte, fand er, dass dies ein wunderschöner Name für so eine kleine Prinzessin sei. Glücklich spazierten sie eng umschlungen weiter, und Leni konnte ihr großes Glück kaum fassen, dass dieser wunderbare Mann an ihrer Seite bald ihr Ehemann und der Vaters ihres Kindes sein würde. *Sie hätte die ganze Welt umarmen können.*

Stéphanie Kaiser fuhr nach Feierabend zur Wohnung ihrer Tochter und bemerkte, dass der Stalker wieder dort stand und das Haus beobachtete. Sie wusste, dass Leni mittlerweile in Münster angekommen war und dachte noch: *Pech gehabt, du Blödmann.* Sie fuhr mit dem Lift hoch, und in der Wohnung angekommen versorgte sie erst die beiden Katzen, die mal wieder taten, als wären sie kurz vor dem Verhungern. Sie freute sich auf einen gemütlichen Abend in der Wohnung ihrer Tochter, und nachdem sie eine Kleinigkeit gegessen hatte, machte sie es sich auf dem Sofa bequem. Die Freitags-Krimis wollte sie sich auf keinen Fall entgehen lassen. Kaum saß sie, da klingelte es an der Tür. Als sie die Sprechanlage betätigte, kreischte eine männliche Stimme: „Lass mich rein Leni, ich weiß genau, dass du da bist. Ich will endlich zu dir."
„Verschwinden Sie, Leni ist nicht da", entgegnete die Mutter erbost.
„Leni, ich liebe dich, mach endlich auf. Ich weiß doch, dass du da bist!"
„Meine Tochter ist verreist, und wenn Sie nicht sofort verschwinden, rufe ich die Polizei!"
„Lügnerin, dein Auto steht in der Tiefgarage, ich weiß genau, dass du da bist!" Der Kerl randalierte immer mehr.
Mittlerweile hatte die Mutter schon den Notruf gewählt und die Polizei informiert. Kurz darauf hatte Holger sich Zugang zum Haus verschafft, indem er alle Klingeln betätigt hatte und stand nun vor der Wohnungstür. Stéphanie Kaiser, die von Natur aus sowieso schnell nervös wurde, bekam Panik und rief erneut die 110 an und schrie hysterisch ins Telefon, dass sie sich

endlich beeilen sollten, da der Kerl schon vor der Wohnungstür stehe und versuche, sie einzutreten. Der Beamte versuchte, sie zu beruhigen und sagte, dass die Kollegen jeden Moment da sein müssten. Die trafen dann zum Glück wenige Augenblicke später ein. Keine Sekunde zu früh, denn die Tür hätte nicht mehr lange standgehalten. Die beiden Polizisten hatten alle Hände voll zu tun, den rasenden Mann zu packen und zu fesseln. Da der Beamte in der Funkzentrale nach dem zweiten Anruf Verstärkung geschickt hatte, gelang es ihnen schlussendlich mit vereinten Kräften, ihn in den Streifenwagen zu setzen und fortzubringen. Für Frau Kaiser bestellen sie den Notarzt, da diese sich gar nicht mehr beruhigen konnte und sie bat darum, dass man ihren Sohn anrufen sollte. Als die Beruhigungsspritze, die der Notarzt ihr gegeben hatte, anfing zu wirken, beriet sie mit Tobias, was sie machen sollten. Sie beschlossen, Leni erst am Sonntag zu informieren, damit diese die Tage bei den zukünftigen Schwiegereltern genießen konnte.

Leni war natürlich schockiert, als sie während der Fahrt nach Freiburg den Anruf von ihrem Bruder bekam, der ihr schonend beibrachte, was passiert war. Zu Hause angekommen, packte sie das blanke Entsetzen, als sie ihre Wohnungstür sah. Sie fühlte sich zu Hause nicht mehr sicher, und als Johannes am Montagmorgen abgereist war, zog sie mit ihren beiden Katzen erst mal zu ihrer Mutter.

Sie traute sich auch nicht mehr alleine auf die Baustelle, sondern nahm immer einen Praktikanten oder Kollegen mit. Wie sollte das nur weitergehen? Sie konnte nicht ewig bei ihrer Mutter bleiben, die ja auch etwas Privatsphäre brauchte. So freute sie sich umso mehr auf die bevorstehenden Tage mit Johannes in Hamburg.

5

Ihr Chef hatte sie zur Baustelle gefahren, und sie hatten zusammen nach einer Lösung für ein Problem im Treppenhaus gesucht. Ihr Chef hatte es dummerweise eilig und ließ Leni allein, da sie noch etwas ausmessen musste.

„Hallo Leni", sie drehte sich um und sah in die wahnsinnigen Augen ihres Verfolgers, dann wurde es schwarz um sie herum.

„Hallo Stéphanie, sag mal, hast du was von Leni gehört?", fragte Johannes beunruhigt.

„Nein, warum, ich dachte, die ist auf dem Weg zu dir?", fragte seine zukünftige Schwiegermutter zurück.

„Normalerweise ruft sie mich immer an, wenn sie im Zug sitzt, damit ich weiß, wann sie hier ankommt. Ich versuche schon seit Stunden, sie zu erreichen, aber sie geht nicht an ihr Telefon."

Höchst beunruhigt fuhr die Mutter in ihre Wohnung, um zu sehen, ob Lenis Tasche noch da wäre. Dort angekommen, stellte sie fest, dass die gepackte Reisetasche noch auf Lenis Bett stand. *Was hatte das zu bedeuten?*

Sie rief Johannes zurück und ging dann zur Polizei, um ihre Tochter vermisst zu melden. Dort kannte man zwar die ganze Geschichte von Leni und Holger, meinte aber, dass es viel zu früh sei, um etwas zu unternehmen. Außerdem sei der Stalker doch vor 14 Tagen, nach seinem Auftritt vor Lenis Wohnung, in die Psychiatrie eingewiesen worden. Da Frau Kaiser aber hartnäckig blieb, fragte man in der Klinik nach und erfuhr, dass er tatsächlich vor ein paar Tagen abgehauen war. Die Mutter geriet in Panik und machte hysterisch die Polizei dafür verantwortlich, wenn Leni etwas passieren würde. Was die dortigen Beamten aber wenig beeindruckte. Jetzt ging erst mal alles seinen gemächlichen Gang, es wurde alles aufgenommen und eine Fahndung rausgegeben. Immerhin kam man dann auch auf die Idee, Johannes zu informieren, der sowieso schon außer sich vor Sorge war, da das Handy von Leni jetzt tot war. Er beschloss, erst mal in Hamburg zu bleiben, in der Hoffnung, dass sie doch noch irgendwie den Weg dorthin finden würde, während Frau Kaiser sich von ihrem Sohn abholen ließ. Für alle begann eine Zeit des Wartens, voller Bangen und Sorgen.

Was war mit Leni geschehen?

Lenis Chef wurde befragt, und er bestätigte, bis gegen elf Uhr mit Leni auf der Baustelle gewesen zu sein und dass er nichts Auffälliges bemerkt hatte. Auf der Baustelle hatte die Polizei dann im obersten Stockwerk Schutzhelm und Laptop von Leni und im Treppenhaus einen Autoschlüssel gefunden, aber keine Spur von der jungen Frau.

Als Leni zu sich kam, spürte sie einen heftigen Schmerz in der rechten Schulter. Sie legte die linke Hand auf die Schulter und stöhnte laut auf. *Wo bin ich hier?*, dachte sie und merkte, dass sie auf einer Matratze in einem Kellerraum lag. Sie meinte sich zu erinnern, dass dieser Raum zu ihrer Baustelle gehörte, war sich aber nicht ganz sicher.

Als Holger bemerkte, dass sie wach wurde, beugte er sich über sie: „So Leni, mein Goldschatz, du gehörst jetzt ganz allein mir", sagte er siegessicher. „Den Dicken kannst du vergessen", fuhr er fort. „Ich finde es ganz schön gemein von dir, mich mit so einem Dicksack zu betrügen."

„Holger, sag mal spinnst du?", fuhr Leni ihn an. „Was soll der Scheiß, lass mich auf der Stelle gehen."

Holger aber lachte nur und fragte sie, ob sie was zu trinken haben wollte, was sie bejahte. Gierig trank sie aus der Flasche, die er ihr hinhielt. Sie überlegte krampfhaft, wie sie sich aus dieser blöden Lage befreien könnte. Zum Glück wusste sie noch nicht, welches Martyrium ihr die nächsten Tage bevorstand. Als bald danach eine plötzliche Müdigkeit sie überfiel, bemerkte sie noch, dass er sie diabolisch angrinste. Kurz darauf war sie wieder eingeschlafen.

Als sie das nächste Mal erwachte, stellte sie fest, dass sie in einem fahrenden Wohnmobil lag und dass sie nur noch ihre Unterwäsche und ihr T-Shirt trug. Jacke, Hose und Schuhe musste er ihr ausgezogen haben. „Hey du Arschloch, was soll das? Ich muss aufs Klo", rief sie. Kurz darauf hielt der Wagen an, und Holger bugsierte sie irgendwie in die Sanitärkabine, wobei sie vor lauter Schmerz in ihrer Schulter laut aufschrie. „Verdammt Holger, lass endlich den Scheiß", schnauzte sie ihn an. „Du hast mir die Schulter gebrochen, bring mich zum Arzt", flehte sie.
„Der kleine Kratzer wird dich schon nicht umbringen", höhnte er. Als sie ihren Toilettengang beendet hatte, warf er sie wieder auf das Bett und beugte sich über sie. „Wir fahren jetzt noch ein paar Kilometer, und dann zeig ich dir mal, was ich so drauf hab. Da kann der Dicke sicher nicht mithalten." Er freute sich diebisch darauf, Leni bald zu zeigen, wer hier ihr Herr und Meister war. Er gab ihr nochmal was zu trinken, was sie zunächst ablehnte, da sie bemerkt hatte, dass sie jedes Mal nach dem Trinken müde wurde. Aber er zwang sie, ein paar Schlucke zu sich zu nehmen.
Als sie wieder eingeschlafen war, zog er ihr den Slip aus und betrachtete sie eingehend. Sie wäre vor Scham im Erdboden versunken, wenn sie mitbekommen hätte, wie er ihren Intimbereich begaffte und befummelte. Eigentlich wollte er sie sich für die Hochzeitsnacht aufsparen, aber als er sie so sah, konnte er sich nicht mehr beherrschen und drang in sie ein. Aber er hatte Mühe. So hatte er sich ihre erste Nacht wirklich nicht vorgestellt. In seiner Einbildung hatte er immer geglaubt, dass Leni sich ihm bereitwillig und leidenschaftlich hingeben würde. Er wurde wütend und penetrierte sie mit einer Weinflasche. Als er genug davon hatte, legte er sich neben sie und schlief irgendwann ein.

Am nächsten Morgen erwachte Leni mit fürchterlichen Schmerzen in der Schulter und spürte zudem auch Schmerzen im Unterleib. Sie dachte an ihr Baby, legte die Hände auf ihren Bauch und fing an zu weinen.

Holger, der neben ihr lag, erwachte ebenfalls. „Was ist los? Hat es dir nicht gefallen?", fragte er brüsk. Sie hatte keine Ahnung, was mit ihr geschehen war, und das war auch gut so.

Sie wollte aufstehen, um zur Toilette zu gehen, aber er hielt sie fest. „Entweder du lässt mich jetzt sofort los, oder ich piss dich an", drohte sie ihm. Er schleifte sie wieder in die Kabine, und während sie auf der Toilette saß, überlegte sie erneut, wie sie ihm entkommen konnte. Sie hatte keine Ahnung, wo sie waren und was er mit ihr vorhatte. Er hatte alle Vorhänge zugezogen und eine Folie über die Windschutzscheibe gelegt, sodass sie weder raus- noch jemand von draußen reinsehen konnte.

„So mein Goldschatz, du trinkst jetzt nochmal was und ich geh uns Frühstück besorgen." Er zwang sie wieder, ein paar Schlucke aus der Wasserflasche zu trinken und fesselte sie dann ans Bett. Sie schrie zwar verzweifelt um Hilfe, aber es war weit und breit niemand in der Nähe, der sie hören konnte. Obwohl sie sich dagegen auflehnte, fielen ihr dann doch wieder die Augen zu. Als sie wieder zu sich kam, hatte er tatsächlich ein Frühstück vorbereitet, und da sie an ihr ungeborenes Kind dachte, zwang sie sich, etwas zu essen, obwohl sie keinen Appetit hatte.

„Schau mal Leni, was für ein schönes Kleid ich dir für unsere Hochzeit besorgt habe." Er hielt ein helles, langes Kleid im Folklore-Stil in die Höhe. „Wir fahren jetzt nach Dänemark, und dort werden wir heiraten", säuselte er weiter.

„Du hast sie doch nicht alle", entgegnete Leni genervt. „Lass mich jetzt endlich gehn. Ich will nach Hause!", protestierte sie. Holger lachte ein grausames Lachen. „Dein Zuhause ist jetzt hier bei mir."

„Vergiss es, nie im Leben. Nur über meine Leiche!" Leni wurde jetzt fuchsteufelswild, was ihn noch mehr freute.

„Du hast ja richtig Temperament, Donnerwetter Leni."

Er schob sie wieder zum Bett und fesselte sie. Durch die verletzte Schulter konnte sie ihm kaum Widerstand entgegensetzen. Dann versuchte er sie zu überreden, mit ihm zu schlafen, was sie kategorisch ablehnte, worauf er versuchte, sie zu vergewaltigen. In Panik stieß sie ihm mit voller Wucht ein Knie in seine

Männlichkeit, worauf er erst mal stöhnend von ihr abließ. „Na warte, du wirst schon sehn, was du davon hast!", drohte er ihr. Als er sich einigermaßen erholt hatte, zwang er sie wieder zu trinken und startete dann das Mobil, um ein Stück weiterzufahren. Er wollte keinerlei Aufsehen erregen, denn er stand mitten in der Landschaft, und er wusste, dass hier in Deutschland wildes Campen nicht gerne gesehen war. Als er sah, dass Leni wieder eingeschlafen war, fuhr er an eine Tankstelle, tankte, kaufte einige belegte Brote ein und fuhr dann gemächlich weiter, während seine innere Stimme ihm befahl: *Nur nicht auffallen, Holger.* Als Leni gegen Mittag wieder zu sich kam, hielt er auf einem Feldweg an, zog sie vom Bett zum Tisch, fesselte sie mit einem Fuß ans Tischbein und zwang sie zu essen, wobei sie kaum einen Bissen runter bekam. Als er auch mal die Toilette aufsuchen musste, gelang es ihr, die beiden Wasserflaschen zu vertauschen. Sie hoffte, dass er einschlafen würde und sie sich so befreien könnte. Gierig trank sie einige Schlucke aus der nicht mit Schlafmittel versetzten Wasserflasche, bevor er wieder zurückkam.

Nachdem er sie wieder aufs Bett gestoßen und gefesselt hatte, fuhr er weiter, wobei sie hoffnungsvoll bemerkte, dass er immer wieder einige Schlucke aus seiner Flasche nahm. Allmählich wurde er müde, hielt irgendwo im Niemandsland an und schlief ein. Leni versuchte verzweifelt, sich zu befreien und rief um Hilfe, aber vergebens, keiner hörte sie, und die Fesseln ließen sich nicht lösen. Verzweifelt fing sie an zu weinen und nach Johannes zu rufen.

Gegen Abend wachte Holger wieder auf und prüfte erst mal nach, ob Leni noch da war. Dann fing er an, sie zu verprügeln, wobei er ihr eine so heftige Ohrfeige versetzte, dass ihr im wahren Sinne des Wortes Hören und Sehen verging. Er versuchte wieder, sie zu vergewaltigen, aber sein Glied wollte einfach nicht steif genug werden, was sie dankbar zur Kenntnis nahm. Er flößte ihr wieder einige Schlucke von dem Schlafmittel-Wasser ein, und als er merkte, dass sie eingeschlafen war, fuhr er noch ein paar Kilometer weiter und parkte dann auf einem einsamen Rastplatz, in der Hoffnung, dass sich niemand dazustellen würde. Er

versuchte, sich an der schlafenden Leni zu vergehen, was ihm aber wieder nicht gelang. Seine Natur machte ihm da wohl einen Strich durch die Rechnung. Jetzt war er wütend auf sich selber und nannte sich einen Schlappschwanz. *Das ist doch unglaublich, jetzt hatte er sie endlich und da klappte es bei ihm plötzlich nicht mehr.* Er schlief neben ihr und fuhr am nächsten Morgen nach einem kurzen Frühstück weiter. Durch die vielen Umwege und Überlandfahrten hatte er als ungeübter Autofahrer total die Orientierung verloren. Sein Handy wollte er nicht einschalten, da man ihn sonst finden konnte, und so beschloss er, jetzt doch auf die nächste Autobahn zu fahren, um irgendwie nach Norden zu kommen. Als Leni merkte, dass sie auf der Autobahn waren, schöpfte sie Hoffnung und versuchte, andere Autofahrer auf ihre Lage aufmerksam zu machen, aber umsonst. Keiner achtete auf die Zeichen, die sie durch den Vorhang hindurch machte. Sie versuchte sogar, ein SOS auf die Scheibe zu malen, aber es half nichts. Die Insassen der vorbeifahrenden Autos hielten sie für ein spielendes Kind. Nach einigen Stunden verließen sie die Autobahn, und er fuhr wieder über Landstraßen. Als er Hunger bekam, hielt er an einer Tankstelle an, schläferte die arme Leni wieder ein und ging einkaufen. Sie konnte sich noch so wehren, irgendwie gelang es ihm immer wieder, genug von diesem Wasser in sie reinzubekommen, damit sie einschlief. Er fuhr in ein Waldstück, aß und verging sich dann an ihr. Sie war zwar nur noch halb benommen, hatte aber nicht die Kraft sich dagegen zu wehren. Sie weinte einfach nur und hoffte, dass das alles nur ein Alptraum wäre, aus dem sie bald erwachen würde.
Der Platz gefiel ihm, und er beschloss, bis zum nächsten Morgen dort zu bleiben, auch auf die Gefahr hin, dass man ihn entdecken und fortjagen würde. Am nächsten Morgen wollte er wieder über sie herfallen, aber sie wehrte sich heftig, weshalb er ihr schließlich auch noch die Beine fesselte. Sie weinte und bat ihn aufzuhören. In der Hoffnung, dass er von ihr ablassen würde, sagte sie ihm, dass sie schwanger sei und er ihr Baby gefährden würde. Jetzt rastete er vollkommen aus: „Waaas, der Dicke hat dir ein Kind gemacht? Das geht ja gar nicht, meinst du etwa, ich zieh

das Kind von einem anderen auf?", giftete er. Und er beschloss: *Das Baby muss weg.* Damit, dass Leni schwanger sein könnte, hatte er natürlich nicht gerechnet. Er überlegte, wie er das Übel beseitigen könnte und suchte sämtlich Schränke und Schubladen nach etwas Passendem durch. *Ich muss ihr das Kind wegmachen,* war der einzige Gedanke, den er noch fassen konnte. Ihm fiel ein, dass er mal gelesen hatte, dass die Engelmacherinnen das früher mit einer Stricknadel gemacht hätten, und als er einen Schaschlik-Spieß fand, war er zufrieden. „Hm, das sollte gehen", murmelte er. Er betäubte Leni, die sich zwar heftig wehrte und vor Angst aus Leibeskräften um Hilfe schrie, aber er war einfach stärker.

Als er das viele Blut sah, wusste er nicht, was er tun sollte. Er war hektisch von Freiburg abgereist, ohne an Handtücher oder sonstige Utensilien zu denken, und so fuhr er panisch mit dem Fahrrad los, um im nächsten Ort etwas zu finden, was er nehmen konnte, um das Blut aufzusaugen. Aber im Prinzip wusste er überhaupt nicht, was er machen sollte. Es kam ihm zwar kurz in den Sinn, dass Leni wohl ärztliche Hilfe brauchte, aber dann würde er sie verlieren.

* * *

In Freiburg suchte man mit Hochdruck nach Leni und ihrem Entführer. Auf der Baustelle fand man schließlich den Raum, in den er Leni geschleppt hatte, aber das half jetzt auch nichts mehr. Am nächsten Morgen gab es einen Aufruf im Radio mit den Personenbeschreibungen, und tatsächlich meldete sich eine Wohnmobilvermietung bei der Polizei. Der Inhaber berichtete, dass ein Mann, auf den die Beschreibung passe, ein Mobil Probe fahren wollte und es dann nicht mehr zurückgebracht habe. Die Nummer wurde an alle Polizeidienststellen und den Zoll durchgegeben, aber das Mobil blieb verschwunden. Es konnte ja keiner ahnen, dass Holger die Nummernschilder ausgetauscht hatte. Die Fotos der beiden und das eines Wohnmobils desselben Typs wurden an die Presse weitergegeben, und Johannes und Tobias

gaben sie in sämtliche Internetportale ein, während Lenis Mutter einen Nervenzusammenbruch erlitt.
Wohin hat dieser Wahnsinnige sie verschleppt?

* * *

Dieses Mal blieben die Schreie von Leni nicht ungehört. Ein Spaziergänger mit Hund hatte etwas gehört, und der Hund fing an zu bellen und zu knurren. Zunächst dachte der Mann, dass es wohl nur ein Liebespaar sei, das sich entweder stritt oder es einfach heftig miteinander trieb und lief weiter. Als er auf dem Rückweg war, sah er einen Mann aus dem Wohnmobil aussteigen, das Gefährt verschließen und eilig mit dem Fahrrad davonfahren. Das kam ihm doch seltsam vor. Er ging zu dem Wagen und hörte jemanden weinen und stöhnen. Er klopfte und vernahm leise Hilferufe, dachte an den Artikel, den er in der Bildzeitung gelesen hatte und verständigte die Polizei. Er versuchte, das Wohnmobil zu öffnen, was ihm nicht gelang. Er klopfte erneut an die Scheibe und rief, dass Hilfe unterwegs sei. Als endlich die Polizei kam, schilderte er nochmals, dass er Hilferufe vernommen habe und dass da wohl eine hilflose Person im Wagen sei. Die Beamten klopften ebenfalls an und baten, dass Leni die Tür öffnen solle. Sie nahm alle Kraft, die sie noch besaß, zusammen und rief so laut sie es noch konnte: „Ich bin gefesselt!"
Die Polizisten forderten Notarzt und Feuerwehr an.
Als Holger zum Waldrand zurückfuhr, sah er das Polizeiauto dort stehen und machte schleunigst kehrt. Auf seinem Fluchtweg kamen ihm dann auch schon die Feuerwehr und der Rettungswagen entgegen.
Die Feuerwehr öffnete die Tür des Wohnmobils, und als der Notarzt Leni in einer Blutlache liegend vorfand, stammelte sie nur: „Mein Baby, er hat mir mein Baby weggemacht." Man fragte sie nach ihrem Namen, während man sie von ihren Fesseln befreite, legte ihr eine Infusion und brachte sie auf schnellstem Weg ins Krankenhaus. Die Polizisten machten sofort Meldung, und die Kollegen in Freiburg wurden umgehend darüber informiert, dass

Leni gefunden sei und sich in Lübeck im Krankenhaus befinde. Kurz darauf konnten sie Holger stellen, der aber jede Schuld von sich wies und behauptete, dass Leni seine schwangere Frau sei und plötzlich heftige Blutungen bekommen habe, weshalb er losgefahren sei, um Hilfe zu holen.

Nach einer ersten Untersuchung bat Leni darum, duschen zu dürfen. Sie fühlte sich furchtbar schmutzig. Eine fürsorgliche Pflegerin begleitete sie und war ihr behilflich, da sie sich kaum auf den Beinen halten konnte und große Schmerzen in der Schulter hatte. Als Johannes erfuhr, dass Leni in Lübeck war, fuhr er sofort hin. Zum Glück war er in Hamburg geblieben und hatte somit keinen weiten Weg. Dort wollte man ihn zuerst gar nicht zu ihr lassen, da er ja nur der Verlobte und nicht der Ehemann war. „Hören sie, wir wollen in wenigen Tagen heiraten, und sie braucht mich doch jetzt", argumentierte er. Als er sie dann doch zu sehen bekam, war er erschüttert.

Was hatte dieser Verrückte mit seiner geliebten Lene gemacht?
Leni lag teilnahmslos im Bett und starrte nur vor sich hin. Sie wehrte sich gegen jeden, der sie berühren wollte. Sie brauchte lange, um zu begreifen, dass es Johannes war, der da an ihrem Bett saß. Dann fing sie bitterlich an zu weinen und erzählte stockend, dass dieser durchgeknallte Mistkerl ihr das Baby weggemacht hatte. Johannes war zutiefst betroffen und versuchte, sie zu trösten, so gut er konnte. *Das kann doch nicht wahr sein.*
Später gelang es ihm, einen Arzt zu sprechen, und der bestätigte die unsachgemäße Abtreibung und berichtete außerdem, dass Leni am nächsten Tag operiert werden müsse, da sie die Schulter gebrochen habe. Dazu käme noch, dass sie vollkommen dehydriert war sowie einige kleinere Verletzungen, Blutergüsse und ein geplatztes Trommelfell habe. Auf die Frage, ob sie wieder gesund werde, meinte der Arzt: „Physisch vielleicht schon, aber psychisch wage ich keine Prognose." Er sprach auch mit dem behandelnden Gynäkologen, und der äußerte die Hoffnung, dass voraussichtlich keine Schäden zurückbleiben würden und sie trotzdem wieder schwanger werden könnte. *Wenigstens ein Trost*, dachte er.

Zwei Polizisten kamen, um Leni zu verhören, sie waren freundlich und sachlich, aber da sie noch unter Schock stand, konnte sie nicht viel sagen, außerdem war sie ja die meiste Zeit betäubt gewesen. Dann fragte man sie noch nach ihren Papieren, da man im Wohnmobil keine gefunden habe. Nach einigem Nachdenken meinte sie, die müssten wohl noch in ihrem Auto in Freiburg sein. Ihre Handtasche sei unter dem Beifahrersitz, da sie nur den Autoschlüssel eingesteckt und das Laptop mitgenommen habe, als sie auf die Baustelle ging.

Ihr Auto hatte man kurz nach der Entführung schon in der Nähe der Baustelle gefunden, und Tobias hatte es nach Auffinden des Schlüssels in ihre Tiefgarage gefahren, aber unter den Sitz hatte er natürlich nicht geschaut.

Johannes wechselte sich mit Lenis Mutter, Tobias und Maximilian, die inzwischen alle angekommen waren, an Lenis Bett ab. Die Hochzeit hatte er schweren Herzens erst mal abgesagt. In diesem Zustand konnte sie unmöglich heiraten.

Als Tobias mit seiner Mutter wieder in Freiburg angekommen war, fanden sie tatsächlich Lenis Tasche und schickten sie per Kurier an Johannes.

Lenis Genesung machte nur langsame Fortschritte. Sie schien immer meilenweit weg zu sein, wenn man sich mit ihr unterhalten wollte. Sie war einfach nur noch ein Häufchen Elend. Belastend für sie waren vor allem auch die Verhöre durch die Polizei, die immer alles wieder aufwühlten, und so war sie froh, als Johannes die Vertretung ihrer Interessen an seinen Freund Fabian, einen Rechtsanwalt aus Freiburg, übergab.

Nach der Entlassung aus dem Krankenhaus kam sie in eine Reha-Einrichtung. Aber dort gefiel es ihr gar nicht, da sie der Meinung war, sie hätte nur Beklopfte um sich herum, und die Ärzte hätten selber einen an der Klatsche.

Als Johannes sie eines Tages besuchen kam, hatte er sie erst gar nicht erkannt, denn sie hatte ihr wunderschönes langes Haar kurz schneiden lassen. Er war schockiert, aber sie meinte, dass sie mit diesem lahmen Arm gar nichts machen könne, nicht mal ihr Haar ordentlich kämmen und frisieren. Außerdem könne sie an den ganzen Bastel- und Malkursen wegen des verdammten Arms nicht teilnehmen. Sie flehte Johannes an, sie dort rauszuholen, weil sie es einfach nicht aushielt. „Hier kann ich nicht gesund werden", jammerte sie. „Im Gegenteil, die machen mich doch erst richtig krank."

Johannes rang den behandelnden Ärzten die Erlaubnis ab, mit Leni über das Wochenende in einem Hotel zu wohnen, wo sie sich sichtlich besser fühlte. Endlich konnten sie sich ungeniert in den Arm nehmen und Hand in Hand spazieren gehen. Und es gab keine Pfleger und Ärzte, die ihr auf die Nerven gingen. Als er sie am Sonntagabend wieder zurückbrachte, brach für sie eine Welt zusammen. Sie klammerte sich an ihn und weinte bitterlich und befürchtete, dass er sie nicht mehr haben wollte. Er brachte es nicht übers Herz, sie dort zu lassen. Er bat sie, ihre Sachen zu packen und sprach mit dem diensthabenden Arzt. Sie unterschrieb, dass sie die Einrichtung auf eigenen Wunsch verließ, und er fuhr mit ihr zu seinen Eltern. Dort kümmerte die Familie sich rührend um sie, und sie blühte in den nächsten Wochen ein klein wenig auf, aber die nächtlichen Alpträume waren für beide ein Horror. Und ihre Stimmungsschwankungen setzten Johannes mächtig zu, mal klammerte sie sich an ihn, mal stieß sie ihn von sich weg. Mal machte sie einen ausgeglichenen Eindruck, dann war sie wieder total verzweifelt. Außerdem konnte sie einfach nicht mehr mit ihm schlafen, sie fühlte sich beschmutzt, erniedrigt und schuldig am Verlust ihres Babys und meinte, dass er zu gut für sie wäre. Er war sehr geduldig mit ihr, aber es war offensichtlich, dass sie Hilfe brauchte.

Aber welche Hilfe war die richtige für sie?

Johannes besprach sich mit dem Hausarzt der Familie, und der empfahl eine Einrichtung in der Nähe. Ihre Krankenversicherung stimmte zu, und da Johannes sich auch um einen neuen Job bemühte und diverse Vorstellungsgespräche hatte, konnte er sowieso nicht Tag und Nacht bei ihr sein, und so ließ sie sich schweren Herzens von ihm dorthin fahren. Dort fühlte sie sich auf Anhieb gut aufgehoben, fand rasch Anschluss an andere Patienten, und sowohl Johannes als auch seine Familie kamen sie so oft es ging besuchen. Ihre Mutter nahm Urlaub, wohnte zwei Wochen auf dem Gutshof und kam sie fast täglich besuchen. Sie machte, wenn auch sehr langsam, Fortschritte und konnte Anfang Dezember entlassen werden. Sie freute sich auf ihr Zuhause, auf ihre Katzen und auch auf ihren Job, wobei sie nie mehr alleine auf einer Baustelle blieb, davor hatte sie immer noch panische Angst. Außerdem hatte sie immer noch starke Probleme mit der rechten Schulter, weshalb sie Mühe hatte, am PC zu zeichnen. Aber sie war wieder unter Leuten, die sie kannte und mochte. Johannes wohnte mittlerweile in Leipzig, wo er eine neue Stelle angenommen hatte, kam sie aber jedes Wochenende besuchen. Er kümmerte sich rührend um sie, aber sie konnte einfach immer noch nicht mit ihm schlafen, egal wie einfühlsam und zärtlich er war. Er durfte sie zwar in den Arm nehmen, und küssen durfte er sie inzwischen auch, aber mehr konnte sie nicht ertragen. Da reagierte sie sofort panisch. Sie hatte auch schon mit Sarah über dieses Problem gesprochen, und die meinte einfühlsam, dass sie sich selber mehr Zeit geben sollte.

Dann hatte Johannes die Idee, dass sie doch mal zu ihm nach Leipzig kommen solle, sie könnten sich doch abwechselnd in Freiburg und bei ihm in Leipzig treffen. Die wöchentliche Fahrerei und die verstörte Leni setzten ihm immer mehr zu. Aber er liebte sie und wollte diesen Weg mit ihr gemeinsam gehen. Um nichts in der Welt konnte er sie jetzt im Stich lassen. Sie stimmte zögernd zu, und so machten sie es dann. Er stellte gleich beim ersten Mal fest, dass sie in Leipzig viel entspannter war als in Freiburg.

6

Es dauerte zwar noch einige Wochen, bis sie tatsächlich wieder richtig miteinander schliefen, aber dann schien sie es allmählich wieder zu genießen. Er schlug vor, dass sie doch sobald wie möglich die Hochzeit nachholen sollten und Leni endlich zu ihm ziehen solle. Sie stimmte zu und versprach, gleich nach ihrer Rückkehr zum Standesamt zu gehen, um einen neuen Termin festzusetzen und außerdem, wenn auch schweren Herzens, ihren Job und ihre Wohnung zu Ende Mai zu kündigen. Die kirchliche Trauung könnten sie ja später nachholen. Johannes wollte sich unbedingt um eine Wohnung kümmern, denn seit seiner Ankunft in Leipzig lebte er in einer Ferienwohnung.

Auf dem Standesamt schlug man Leni einen Termin am Freitag in drei Wochen vor, sie stimmte sofort zu, rief Johannes an und nannte ihm den Termin. Der wiederum informierte die beiden Trauzeugen Maximilian und Tobias, und so konnten sie noch am letzten möglichen Termin vor dem Corona-Lockdown getraut werden. Zum Glück hatte Leni den Terminvorschlag spontan zugesagt, nichtsahnend, was da auf sie und das ganze Land zukam. An der Trauung nahmen außer den Trauzeugen nur Lenis Mutter und Großeltern sowie ihre Schwägerin und ihre beste Freundin Romy teil. Für alle, die nicht direkt in Freiburg wohnten, musste sie sogar noch rasch Passierscheine beantragen, damit die überhaupt in die Stadt fahren durften.

So aufgeregt kannte sie ihren Johannes gar nicht. Sonst war er die Ruhe selbst, aber an diesem Tag zeigte er Nervosität, alles schien ihm aus den Händen zu fallen, und die Krawatte ließ sich nicht binden. Sie musste heimlich lächeln.

Sie hatte sich kurzfristig entschieden, nicht das letztes Jahr gekaufte Kleid, sondern das braune Kleid, das sie an ihrem ersten Abend in Hamburg getragen hatte, anzuziehen, was Johannes mit einem erfreuten Lächeln zur Kenntnis nahm. Ihr mittlerweile kinnlanges Haar hatte sie mit einem schmalen, perlenbesetzten Haarreif zurückgenommen, und Johannes überreichte ihr einen kleinen, in Gelb- und Weißtönen gehalten Brautstrauß. Er hatte auf Hinweis der Floristin, dass so ein Strauß zum Kleid passen müsse, vom Blumengeschäft aus bei Lenis Mutter nachgefragt, welche Farbe ihr Kleid habe und erhielt die Auskunft: blau. Mit dem braunen Kleid hatte Leni alle überrascht, aber der Strauß passte ja auch prima zu braun und wenn nicht, wäre es ihr auch egal gewesen.

Die Trauung nahm zunächst ihren normalen Verlauf, aber als der Standesbeamte bekanntgab, dass das Paar entschieden habe, dass der Familienname von Moeltenhoff lauten und die Ehefrau den Namen Kaiser-von Moeltenhoff tragen werde, schaute Johannes erstaunt zu Leni. Sie hatten nie mehr über dieses Thema gesprochen, und er hatte sich damit abgefunden, dass sie ihren Namen behielt. Dann lächelte er sie dankbar an. Und als der Standesbeamte dann die Frage an Johannes richtete: „Möchten Sie, Doktor Johannes Ferdinand Konrad von Moeltenhoff die hier anwesende Helene Marie Kaiser zu ihrer rechtmäßigen Ehefrau nehmen?", lief ihr ein kleiner Schauer über den Rücken, und sie blickte zu ihm. Er lächelten sie kurz an und antworte: „Ja, das will ich." Glücklich lächelnd ließ sie den Standesbeamten kaum aussprechen und beantwortete die entsprechende Frage mit: „Oh ja, das will ich." Hinter sich hörte sie ihre Mutter und Großmutter schniefen, was sie leicht irritierte.

Nach der Trauung hielt sie ihn am Arm zurück, ließ die anderen zuerst nach draußen gehen und flüsterte ihm ins Ohr: „Du kannst schon wieder mal mächtig stolz auf dich sein", und lächelte ihn glücklich an. Er stutzte einen Moment, begriff aber schnell, was sie meinte und küsste sie liebevoll. Sie beschlossen, es aber noch niemandem zu sagen, da Leni noch ganz am Anfang der Schwangerschaft war.

Aufgrund der empfohlenen Verhaltensregeln wegen der Corona-Pandemie wurden keine Hände geschüttelt oder Umarmungen ausgetauscht, was allen sichtlich schwerfiel, vor allem Lenis Mutter und Großmutter, denn die Franzosen tauschten doch zu gerne Küsschen aus. Es war eine eigenartige Situation, und alle kamen sich unbeholfen vor, doch man wollte auf keinen Fall die Großeltern gefährden.

Leni hatte einen Tisch in einem Restaurant außerhalb von Freiburg reserviert, und sie verbrachten ein paar Stunden in geselliger Runde, wobei sich beide Großelternpaare, die Johannes gar nicht oder nur flüchtig kannten, dahingehend äußerten, dass Leni einen guten Mann geheiratet habe. Glücklich lächelnd schaute sie ihn an. Sie beschlossen, die kirchliche Trauung am 13. Juni wie geplant im Münsterland zu feiern, und Maximilian erhielt wieder den Auftrag, alles zu organisieren. Man träumte von einer riesigen Feier mit sämtlichen Verwandten und Freunden. Die Corona-Pandemie war in ihren Köpfen noch nicht angekommen, und man rechnete einfach nicht damit, dass sich das so lange hinziehen würde.

Damit sie in der Hochzeitsnacht ungestört sein konnten, hatte Maximilian sich dieses Mal bei Lenis Bruder einquartiert. Außerdem hatten die beiden Trauzeugen eine Menge zu besprechen, was die bevorstehende Hochzeitsfeier betraf.

Eigentlich wollten die beiden eine Woche Urlaub an der Ostsee verbringen, und Leni wollte anschließend noch eine Woche bei Johannes in Leipzig bleiben. Aber aufgrund der Pandemie durften keine Touristen mehr an die deutschen Nord- und Ostseeküsten reisen, und die Bevölkerung wurde dann auch am nächsten Tag aufgefordert, das Haus oder die Wohnung nur noch in dringenden Fällen zu verlassen. So blieben sie während der Woche, die Johannes Urlaub hatte, in Freiburg und genossen ihr junges Eheglück. Solange sie zusammen waren, störte die Ausgangssperre sie kaum. Aber am Ende der Woche mussten sie entscheiden, wie es weitergehen sollte. Leni traute sich nicht, mit nach Leipzig zu fahren, da sie nicht wusste, wie sie wieder nach Hause kam, die Bahn fuhr nur noch unregelmäßig, und mit ihrem Auto mochte sie nicht alleine so eine lange Strecke fahren. Und um nichts in der Welt wollte sie ihre Schwangerschaft gefährden. Schweren Herzens fuhr Johannes dann am Montag alleine nach Leipzig. Er konnte zwar überwiegend im Homeoffice arbeiten, musste aber doch hin und wieder vor Ort sein und konnte deshalb nicht länger in Freiburg bleiben. Leni arbeitete ebenfalls im Homeoffice und überließ die Gänge zur Baustelle ihrem Chef.

Lenis Mutter beschloss, ihre Tochter nicht allein zu lassen. Die Tagesklinik, in der sie arbeitete, hatte wegen der Pandemie geschlossen, und ihr neuer Lebenspartner Maurice, zu dem sie sich vor ihren Kindern endlich bekannt hatte, lebte im benachbarten Elsass, und sie konnte ihn wegen der geschlossenen Grenzen nicht sehen. So verbrachten die beiden die nächsten Wochen gemeinsam, sehnten sich nach ihren Partnern und trösteten sich gegenseitig. Sie spielten Karten oder schauten rührselige Filme an. Zudem nahmen sie an einer WhatsApp-Tupperparty teil, und Leni bestellte alles Mögliche, das sie für ihren späteren Haushalt zu brauchen glaubte.

Stéphanie hatte bald gemerkt, dass ihre Tochter wieder schwanger war und meinte, dass Verhüten wohl nicht die Stärke der beiden wäre, worauf Leni antwortete: „Warum sollen wir denn verhüten, wenn wir Kinder haben wollen?" Leni beschwor ihre Mutter, niemandem etwas zu verraten, bis die gefährlichen ersten Monate vorbei waren, und erstaunlicherweise konnte sie dieses Mal wirklich den Mund halten. Aber sie bestand darauf, dass sie jeden Tag an die frische Luft gingen. Die Stadt war fast wie ausgestorben, und sie hätten die gemeinsamen Spaziergänge wirklich genießen können. Doch Leni fühlte sich oft beobachtet oder verfolgt, wollte sich ihrer Mutter aber nicht anvertrauen, um sie nicht zu beunruhigen. Sie fühlte sich jedes Mal erleichtert, wenn sie wieder in ihrer Wohnung angekommen waren.

Als Stéphanie eines Tages eine Anfrage bekam, Mundschutz-Masken für karitative Organisationen zu nähen, sagte sie spontan zu, brachte ihre Nähmaschine, Nähmaterial und alte Bettwäsche, aus denen sie dann die Masken nähten, zu Leni, und die beiden waren ein paar Tage lang beschäftigt. Als sie dann kein Material mehr hatten, waren sie der Meinung, dass sie jetzt genug für die Allgemeinheit getan hätten.

So allmählich nervte es Leni, dass sie nirgends hinkonnten, und ihre Sehnsucht nach Johannes wurde immer größer. Sie erkundigte sich bei der Bahn nach einer sicheren Zugverbindung, packte ihre Reisetasche und ließ ihre Mutter erst mal mit den Katzen in Freiburg zurück. Es fiel ihr zwar schwer, ihre Mutter, die sie in den letzten Wochen so unterstützt hatte, jetzt alleine zu lassen, aber sie hielt es ohne ihren Mann einfach nicht mehr aus. Und Johannes war total glücklich, als er seine junge Frau endlich am Bahnhof abholen konnte. Er hatte vorsorglich reichlich eingekauft, und sie verbrachten die meiste Zeit im Bett, oder sie gingen spazieren. Täglich lasen sie aufmerksam alle Wohnungsinserate und Stellenanzeigen, und Leni gab schließlich selber ein Inserat auf. Sie wollte versuchen, bis zur Geburt doch noch ein paar Monate zu arbeiten. Nur zu Hause rumhängen wollte sie nicht, dafür liebte sie ihren Beruf zu sehr. Außerdem beschlossen sie, da sie ja jetzt verheiratet waren, ihre jeweiligen Konten aufzulösen und ein gemeinsames Konto zu eröffnen, sobald die Bankschalter wieder geöffnet wären. Und sie fragten sich bang, ob es mit der Hochzeit im Juni überhaupt etwas werden konnte, denn die Corona-Regeln waren immer noch streng.

Kurz nach Erscheinen ihrer Anzeige meldete sich ein Architekturbüro und bot ihr eine befristete Stelle bis Ende des Jahres an. Sie vereinbarte ein Vorstellungsgespräch für den nächsten Tag, was dann mit Mundschutz versehen und in gebührendem Abstand stattfand. Sie war auch gleich so ehrlich zu sagen, dass sie schwanger war und bis höchstens November arbeiten könne, dass sie die Stelle aber gerne annehmen würde. Der neue Chef war ihr auf Anhieb sympathisch, und das Büro machte einen guten Eindruck auf sie. Sie erzählte, dass sie nach Pfingsten nach Leipzig zu ihrem Mann ziehen werde und deshalb ihre Stelle in Freiburg gekündigt hatte. Gefragt, wann sie denn anfangen könnte, sagte sie lächelnd: „Eigentlich gleich im Juni, aber am 13. Juni haben wir unsere kirchliche Trauung im Münsterland, und da wäre ich doch gerne dabei, und wir möchten dann noch gerne eine Woche dort bleiben. Ich kann aber das Laptop mitnehmen und von dort aus arbeiten."

„Na dann heiraten Sie erst mal und fangen dann danach an", erwiderte Patrick Berger, ihr zukünftiger Chef lächelnd. „Sagen wir zum 1. Juli? Ich lasse den Vertag sofort aufsetzen und schicke ihn Ihnen zu."
Glücklich und beschwingt eilte sie zu Johannes, der draußen auf sie gewartet hatte.

Nach zwei Wochen fuhr Johannes mit ihr nach Freiburg zurück, und sie bedankten sich bei ihrer Mutter, dass sie so lange alleine ausgehalten und die Katzen versorgt hatte. Sie organisierten, dass Lenis Möbel Ende Mai erst mal bei Tobias im Hobbyraum untergebracht wurden, da sie immer noch keine passende Wohnung in Leipzig gefunden hatten. Die Ferienwohnung war auf Dauer zu eng für zwei, und ihre Katzen wollte sie ja auch unbedingt mitnehmen, aber länger in Freiburg bleiben wollte Leni auch nicht, vor allem hatte sie ja bereits ihre Wohnung gekündigt, und ihrer Familie wollte sie nicht länger zur Last fallen. Sie packte schon mal einige Dinge ein, die sie die nächsten zwei Wochen entbehren konnte, in Leipzig dann aber brauchte, und Johannes nahm die Kisten mit, als er einige Tage später wieder zurückfuhr.
Die nächste Zeit war Leni dann mit Packen und Aussortieren beschäftigt. Im Büro hatte sie ihren Resturlaub eingereicht und sich schweren Herzens von allen verabschiedet. Am Donnerstag vor Pfingsten kam Johannes dann wieder, da Leni für Freitag nochmals einen Termin bei Sarah vereinbart hatte. Bei der letzten Untersuchung vor ihrer Abreise sollte er doch auf jeden Fall mit dabei sein. Zur ersten Untersuchung war sie alleine gegangen, da sie Johannes erst bei der Hochzeit mit der Neuigkeit überraschen wollte, und die nächsten beiden Male konnte er dann wegen der Pandemie nicht dabei sein.
Das Leben hatte sich drastisch geändert, die Geschäfte waren zwar wieder geöffnet, aber überall musste man Mundschutz tragen, die Hände desinfizieren und Abstand halten. Am Freitagmorgen packten sie erst mal die Sachen, die Leni mitnehmen wollte, in ihre Autos, und bald darauf kam die Spedition, um ihre Möbel

einzuladen und zu ihrem Bruder zu fahren. Die Katzen hatte ihre Mutter am Abend zuvor schon zu sich mitgenommen, damit sie nicht irgendwo dazwischen kamen oder fortliefen. Gegen Mittag war dann der Termin bei Sarah, und sie schlenderten beide Hand in Hand in die Praxis. Mundschutz anlegen und Hände desinfizieren war schon eine Selbstverständlichkeit. Nachdem Leni Urin abgegeben und die Blutabnahme hinter sich gebracht hatte, mussten sie noch einige Minuten im Wartezimmer warten. Leni wurde es wehmütig ums Herz, wenn sie daran dachte, dass dies die letzte Untersuchung bei Sarah war und dass sie ab nächster Woche in einer fremden Stadt leben würde.

Johannes schien ihre Gedanken zu ahnen und nahm sie liebevoll in den Arm. „Na komm Schätz-chen, gemeinsam schaffen wir das."

Sarah musste lächeln, als sie die beiden in einer so engen Umarmung da stehen sah, räusperte sich und bat sie ins Sprechzimmer. „Schön, euch beide nochmal zusammen hier zu sehen." Nachdem sie Leni befragt hatte, ob sie irgendwelche Probleme oder Fragen habe und diese verneinte, meinte sie dann: „So, dann wollen wir mal. Ich würde heute gerne noch ein Ultraschall machen, wenn das für euch ok ist." Da Leni immer noch ziemlich schamhaft war, hielten sie es wie bei der vorherigen Schwangerschaft, Sarah holte Johannes rein, als Leni auf dem Stuhl saß, und er schaute ihr ins Gesicht, während sie sich zurücklehnte und die Beine hochnahm. Sie lächelten sich über den Mundschutz hinweg an, als Sarahs erste Untersuchung zufriedenstellend verlief. Die wunderte sich allerdings, da ihr die Gebärmutter etwas zu groß erschien und fragte Leni, ob sie sich mit dem Termin der Empfängnis nicht getäuschte hätte.

„Nein, da bin ich mir 100 Pro sicher. Du weißt doch, dass ich vorher Probleme damit hatte."

Als Sarah dann beim Blick auf den Monitor des Ultraschalls stutzte, fragte Johannes, ob etwas nicht in Ordnung sei.

„Moment mal, ich muss mir das noch genauer ansehen."

Die beiden waren ziemlich beunruhigt, bis Sarah dann meinte: „In Ordnung ist schon alles, aber so wie es aussieht, bekommt ihr Zwillinge."

„Zwillinge!?", fragten beide wie aus einem Mund.

„Ja, zweieiige."

„Oh", meinte Johannes nur und fuhr sich mit einer Hand durchs Haar. *Da hab ich wohl ganze Arbeit geleistet,* dachte er verlegen lächelnd.

Die beiden waren erst mal sprachlos, mit sowas hatten sie natürlich gar nicht gerechnet, und Sarah bat Leni, sich erst mal wieder anzuziehen. Ihnen fehlten immer noch die Worte, als sie wieder zurück in das Sprechzimmer kamen.

„Was bedeutet das jetzt" fragte Leni dann doch.

„Vorerst eigentlich gar nichts, solange die Schwangerschaft normal verläuft. Meistens können die Kinder halt nicht ganz ausgetragen werden, und sie kommen früher zur Welt. Aber das muss heutzutage auch nichts Schlimmes bedeuten."

„Zweieiig bedeutet doch, dass es ein Pärchen sein kann, oder?", erkundigte sich Johannes.

„Ja durchaus, die können ein unterschiedliches Geschlecht und auch unterschiedliches Aussehen haben. Die sind wie Geschwister, die zufällig am gleichen Tag oder kurz hintereinander gezeugt wurden und am selben Tag zur Welt kommen."

„Schade dass ich jetzt wegziehe und du mich nid weiter betreuen kannst", meinte Leni traurig.

„Ja, aber die Kollegin in Leipzig, die ich dir empfohlen habe, hat einen sehr guten Ruf und wird dich genauso gut betreuen, glaub mir", tröstete Sarah sie. „Pass auf dich auf und übernimm dich nicht", ermahnte sie ihre junge Freundin beim Abschied. Sie hätte sie so gerne in den Arm genommen, aber als Ärztin musste sie die Corona-Regeln strikt einhalten.

In Gedanken versunken gingen sie wieder nach oben in die Wohnung, die jetzt fast komplett leergeräumt war, und Leni war den Tränen nah. Johannes nahm sie fest in die Arme und sagte zu ihr: „Hey mein Schätz-chen, auch das schaffen wir beide zusammen."

„Ja sicher." Sie seufzte: „Wenn ich dich nicht hätte, mein Liebster."

„So schlimm ist es doch hoffentlich auch nicht, wenn es gleich zwei werden, oder?"

„Nein, ich bin zwar überrascht, aber ich freu mich darauf. Nur, es isch eben, Sarah wird mir fehlen, sie isch so liebevoll und kompetent."

Er drückte sie nochmals ganz fest an sich und sie beschlossen, niemandem zu verraten, dass sie doppelten Nachwuchs erwarteten. Es sollte eine Überraschung sein.

Dann bauten sie noch zusammen das Katzennetz am Balkon ab und verstauten die restlichen Sachen in ihren Autos. Lenis Auto blieb erst mal in der Tiefgarage stehen, und sie fuhren zusammen zu Lenis Mutter, wo sie übernachteten. Am nächsten Tag verabschiedeten sie sich von den Großeltern mütterlicherseits, wobei es Leni schwerfiel, sie nicht zu umarmen. Danach fuhren sie nochmal zur Wohnung, wo sie Lenis Chef die Schlüssel übergaben und Lenis Auto abholten.

Am schwersten fiel ihr der Abschied von den Großeltern Kaiser. Diese lieben Leute hatten so viel für sie getan, und jetzt wusste man gar nicht, wann man sich wiedersehen würde. Auf Grund der Pandemie hatten sie Leni gesagt, dass sie nicht zur Hochzeit ins Münsterland kommen würden, was diese durchaus verstand. Sie weinte, als sie sich verabschiedeten und Johannes' Fähigkeiten als Tröster waren wieder mal gefragt. „Ich freu mich wirklich sehr darauf, endlich mit dir zusammen zu leben, aber der Abschied von meiner Heimat und meiner Familie fällt mir so furchtbar schwer", schniefte sie.

Am Sonntag fuhren sie dann, nach einem ausgiebigen Frühstück und nachdem sie die restlichen Sachen und die Katzen in Lenis Auto gepackt hatten, los. Da Leni keine geübte Fahrerin war, vereinbarten sie, dass sie strikt hinter Johannes herfahren und ihm Zeichen geben sollte, falls sie anhalten müsste. Da ihr kleines Auto nur wenig Sprit fasste, würde sie sicher mindestens einmal tanken und bestimmt auch mal zur Toilette gehen müssen. War sie anfangs noch etwas unsicher und auch voller Abschiedsschmerz, gefiel ihr das Fahren doch zunehmend besser. Die Katzen hatten sich auch allmählich beruhigt und schliefen friedlich. Als sie nach einigen hundert Kilometern tanken musste, schaute

Johannes sie besorgt an, aber sie erklärte, dass mit ihr und den Kiddies alles in Ordnung sei. Sie parkten die Autos im Schatten, und nachdem Leni die beiden Stubentiger mit Wasser und Trockenfutter versorgt hatte, kauften sie ein paar Sandwiches und setzen sich in die Sonne, um eine kleine Pause zu machen. Nachdem sie ihm versichert hatte, dass es ihr ganz bestimmt gut gehe, fuhren sie weiter. Sie machten nochmals eine kurze Pause und kamen gegen Abend wohlbehalten in Leipzig an. Johannes fuhr sein Auto in die Tiefgarage und kam dann vors Haus gelaufen, um Lenis Auto auszupacken, das mit blinkender Warnanlage vor der Haustür stand. Sie stellten alles, einschließlich laut miauender Katzen, in das Treppenhaus, und Johannes erklärte Leni, wo er ihr einen Garagenplatz gemietet hatte. Er ging rasch hoch in die Wohnung, um die Karte für das Garagentor zu holen, wobei er schon den Korb mit Lilly, die einen fürchterlichen Lärm machte, mitnahm. Nachdem er ihr die Karte gegeben und nochmals den Weg erklärt hatte, fuhr Leni los und parkte ihr Auto auf dem Platz, den Johannes ihr genannt hatte. Kaum war sie ausgestiegen, kam schon jemand angelaufen, der ihr in breitestem Sächsisch erklärte, dass dies kein öffentlicher Parkplatz sei. *Das fängt ja gut an,* dachte sie, erklärte dem Herrn in genauso breitem Badisch: „Des isch scho recht, mi Ma hät dä Platz für mich gmiedet", und hielt ihm die Parkkarte, auf der die Nummer ihres Platzes stand, unter die Nase. Der Mann murmelte noch etwas für sie Unverständliches und trollte sich davon.

Als sie aus der Garage kam, musste sie sich erst mal orientieren, in welche Richtung sie jetzt laufen musste. Erleichtert aufatmend kam sie einige Minuten später wieder vor dem Haus an und stellte fest, dass ihr lieber Mann schon alle Sachen die vier Stockwerke hochgetragen hatte. Nun mussten sie nur noch sein Auto ausladen, aber er verbot ihr strikt, irgendwelche schwere Sachen zu tragen. Sie fand ihn rührend und protestierte auch nur schwach. Oben angekommen ließ sie sich aufs Sofa sinken und merkte erst jetzt, wie erschöpft sie tatsächlich war. Unter Johannes' besorgtem Blick musste sie erst mal die Beine hochlegen. Da es in der Dachgeschosswohnung ziemlich warm war, öffnete er die Balkontür, bevor er daranging, die restlichen Sachen hochzutragen.

Da bin ich jetzt also, in einer fremden Stadt und einer fremden Wohnung, aber bei meinem geliebten Mann, ging es ihr durch den Kopf. Sie war gerade eingeschlafen, als es klingelte, und da Johannes im Bad war, öffnete Leni die Tür.

Eine ältere, freundliche Frau stand da vor ihr: „Bei mir ist eine Katze auf dem Balkon, ist das Ihre?"

Leni ging zum Balkon und schaute nach, und tatsächlich war Lilly schon auf Entdeckungsreisen gegangen. Leni entschuldigte sich bei der Nachbarin und erklärte, dass sie gerade erst angekommen sei und das Katzennetz erst noch montieren müsse.

„Nu, dann wohnt dieser nette Herr nicht mehr hier?"

„Ja doch, der nette Herr ist mein Mann", erklärte Leni gerade lächelnd, als Johannes dazukam. Er sah die beiden fragend an. Leni erklärte, dass Lilly ausgebüxt und bei der Nachbarin sei. Inzwischen kam die neugierige Lilly aber auch schon aus der Wohnungstür der Nachbarin gelaufen, und Leni nahm sie auf den Arm. „Na Mäusle, du kleines Lausmädle", sagte sie neckisch zu dem Tier. Sie entschuldigte sich bei der Nachbarin und versprach, das Netz so bald wie möglich anzubringen. Bis dahin mussten sie wohl mit angekippter Balkontür auskommen.

Leni war dankbar, dass Johannes eine Kleinigkeit zum Essen vorbereitet hatte und ging vollkommen erschöpft früh zu Bett. Obwohl sie die letzten beiden Nächte aus Rücksicht auf die Mutter und wegen des quietschenden Gästebetts weitgehend auf Sex verzichtet hatten, war sie jetzt zu müde dafür und dankbar, als Johannes sie einfach nur in den Arm nahm. Sie kuschelte sich an ihn und schlief sofort ein.

Als sie am nächsten Morgen das Katzennetz anbringen wollte, stellte sie fest, dass Johannes nicht mal einen Schraubenzieher besaß. Johannes zuckte die Schultern und meinte, er sei nun mal kein Handwerker. Sie schickte ihn los, um das Werkzeug aus ihrem Auto zu holen, denn das hatte sie am vorherigen Abend nicht ausgepackt, da sie nicht auf die Idee gekommen war, es in dieser Wohnung brauchen zu müssen. Mit vereinten Kräften, wobei Johannes mehr die haltende Rolle hatte, brachten sie das Netz an, und nun konnten sie die Balkontür geöffnet lassen, ohne Angst um die Katzen haben zu müssen. Anschließend machten sie einen Bummel durch die Stadt, und da die Restaurants ihre Terrassen wieder öffnen durften, setzten sie sich später in einem französischen Restaurant an einen Tisch, um zu Mittag zu essen. *Es ist schon ein eigenartiges Gefühl, von Kellnern mit Mundschutz bedient zu werden, aber lieber so, als krank zu werden,* dachte Leni. Als sie am Nachmittag wieder zu Hause ankamen, mussten sie erst mal nachholen, was sie die letzten Nächte versäumt hatten, wobei Johannes noch zärtlicher und rücksichtsvoller war als bisher. Er wollte auf keinen Fall ihre Schwangerschaft gefährden. Das Wissen um die erwarteten Zwillinge musste er erst mal verdauen, denn da er schon einmal Vater geworden war, hatte er in etwa eine Ahnung, was da auf sie zukommen würde.

Johannes hatte in den vergangenen Wochen sämtliche Makler und Vermittlungsbüros wegen einer Wohnung angefragt, aber wegen der Pandemie war einfach alles schwieriger als sonst. Sie suchten eine Wohnung mit mindestens vier Zimmern in einer ruhigen Lage, aber das schien aussichtslos zu sein. Umso glücklicher waren sie, als am nächsten Tag ein Makler anrief und ihnen eine Wohnung anbot. Sie vereinbarten einen Besichtigungstermin und fuhren am Nachmittag zur angegebenen Adresse. Von ruhiger Lage war diese Wohnung aber weit entfernt, sie lag an einer vielbefahrenen Durchgangsstraße. Es handelte sich um einen sanierten Altbau, was Leni eigentlich gut gefiel. Die Wohnung wäre auch akzeptabel gewesen, vier Zimmer im fünften Stockwerk, aber ohne Fahrstuhl. Das wäre mit zwei Babys fast nicht machbar, waren sie sich einig. Der Hausbesitzer hätte sie liebend gerne als Mieter gehabt, aber einen Lift könne er nun mal nicht herbeizaubern, meinte er. Als Leni erwiderte, dass das aber durchaus machbar wäre, schaute er sie skeptisch an, aber ganz in ihrem Element erklärte sie ihm gleich, wie man das machen könnte. Einfach die Hoftür und die Fenster weiter nach links versetzen und den Lift von außen davorsetzen, das ginge schon, meinte sie, wäre aber nicht ganz billig. „Das hab ich in Freiburg auch so gemacht", ergänzte sie.

Johannes erklärte dem verblüfften Mann, dass seine Frau Architektin und auf Altbau spezialisiert sei. Der wollte dann tatsächlich wissen, bei welcher Firma sie denn arbeiten würde, und Leni nannte ihm ihren zukünftigen Arbeitgeber. Trotzdem wollten sie sich weiter nach einer anderen Wohnung umsehen und baten den Makler, sich weiter für sie zu bemühen.

Leni war erstaunt, als ihr neuer Chef zwei Tage später anrief und fragte, ob sie wohl doch schon ein kleines Objekt übernehmen könnte. Der Hausbesitzer hatte sich tatsächlich an ihn gewandt und wollte eine Aufzugsanlage einbauen lassen. Ihr Chef hatte mit ihr, einer Baufirma und dem Hausbesitzer einen Vororttermin vereinbart. Nachdem alles geklärt war, fuhr sie glücklich nach Hause. Sobald der Hausbesitzer den Kostenvoranschlag bekommen und angenommen hätte, könnte es losgehen. Und das ging dann auch alles erstaunlich schnell.

Es war wunderschön, jetzt jeden Tag und jede Nacht mit ihm zusammen zu sein. Leni genoss es immer mehr, in der Nähe von Johannes zu sein. Am liebsten hatte sie es, wenn sie nachts mit seiner Hand auf ihrem Bauch einschlief. Das gab ihr ein Gefühl von unendlicher Geborgenheit.

Homeoffice hatte einen enormen Vorteil, nämlich dass er fast ständig zu Hause war, und wer sagt denn, dass man den ganzen Tag am Laptop sitzen muss? Was man in den Pausen machte, sah ja niemand. Johannes hatte vielleicht manchmal eine etwas heisere Stimme, wenn jemand anrief, aber das machte es umso prickelnder. Und so genossen sie ihre Liebe zu jeder Tag- und Nachtzeit, einfach wie es ihnen gefiel. Außer am Freitagmorgen, da mussten sie pünktlich aufstehen, weil die Putzfrau vor der Tür stand. Daran musste sich Leni erst mal gewöhnen, dass sich da jemand Fremdes in ihrem Haushalt zu schaffen machte, und sie einigte sich dahingehend mit Frau Werner, dass sie die Betten selber bezog und auch ihre Wäsche selber machte. Die war anfangs auch nicht sehr begeistert, dass jetzt eine Frau bei Johannes wohnte, hatte sie doch selber ein Auge auf ihn geworfen. Es war ihr in der letzten Zeit zwar beim Bettenbeziehen aufgefallen, dass da wohl öfters eine Frau mit im Bett gewesen sein musste, hatte es dem sympathischen Herrn von Moeltenhoff aber doch gegönnt. Als Leni und Johannes eines Tages miteinander beschäftigt waren, klingelte das Geschäfts-Handy von Johannes. Er angelte es von seinem Schreibtisch und meldete sich. Der Anrufer fragte, ob er der junge Jurist sei, der dem Firmenleiter Dr. Eisenbarth die Stirn geboten habe. Als er bejahte, erklärte der Anrufer, dass er ihm gerne ein Angebot als Gastdozent an der juristischen Fakultät machen würde. Johannes war nicht abgeneigt, da er sich in der Firma, in der er beschäftigt war, nicht wohl fühlte. Der Chef verlangte öfters Dinge, die nicht ganz legal waren, und dagegen wehrte er sich, da er nicht dafür den Kopf hinhalten wollte, wenn es rauskam. Und so war er oft im Clinch mit seinem Vorgesetzten und hatte schon angefangen, sich nach etwas anderem umzusehen. Die Stelle war wirklich nicht das, was er sich vorgestellt hatte. Er bekundete sein Interesse und wollte in seinem Terminkalender nachsehen, wann ein Gespräch an der Uni möglich wäre. Er erhob sich aus dem Bett und stand nackt mit dem Rücken zu Leni gewandt, vornübergebeugt an seinem Schreibtisch, um in seinem Laptop den Kalender aufzurufen. Dem Anblick seiner blanken Rückseite konnte Leni beim besten Willen nicht widerstehen, und sie küsste ihn sanft auf den Po, was ihn total aus dem Konzept brachte. Er schob sie lächelnd sanft beiseite und legte den Zeigefinger auf seinen Mund, um ihr zu bedeuten, dass sie sich ruhig verhalten solle, was sie dann schweren Herzens auch tat. Der Anrufer fragte, ob Johannes noch dran sei, was dieser mit belegter Stimme bejahte. Da sie ab Freitag für eine Woche ins Münsterland fahren würden, um zu heiraten, vereinbarte er gleich für den Montagnachmittag nach ihrer Rückkehr ein Gespräch mit dem Dekan.

Er tadelte Leni lächelnd, dass sie solche Scherze doch unterlassen sollte, wenn er geschäftlich telefoniere und erzählte ihr von dem Angebot. Sie freute sich riesig für ihn, denn sie hatte schon bemerkt, dass er in seinem Job nicht glücklich war. Und sie meinte auch, dass er ganz bestimmt ein ausgezeichneter Dozent wäre. Kaum hatten sie wieder angefangen, sich miteinander zu beschäftigen, da klingelte Lenis Handy. Es war ihr Chef, der den Eingang des Auftrags bestätigte und sie bat, sobald wie möglich anzufangen. Sie freute sich und versprach, gleich noch zu dem Haus rauszufahren, um alles auszumessen. Die Zeichnungen könnte sie dann ja im Münsterland machen und ihrem Chef zuschicken, dafür wären sicher ein paar Stunden Zeit übrig. Das waren doch gleich zwei gute Nachrichten innerhalb von wenigen Minuten, und so beschlossen sie, erst mal ihre Jobs zu erledigen und dann lieber den Feierabend in Ruhe zu genießen.

Johannes musste lächeln, als Leni nach seinem T-Shirt griff, um es sich überzuziehen, bevor sie aufstand, um die Katzen zu füttern. Egal wie intim und leidenschaftlich sie auch gerade gewesen sein mochten, sobald sie aus dem Bett aufstand, zog sie sich was über. Dabei war sie aber keineswegs wählerisch, sie nahm sich, was gerade da lag, Hauptsache nicht nackt. Ihm gefiel dieses Verhalten, er fand es süß.
So war sie eben „seine Lene".
Er sinnierte über ihre Beziehung nach. Sie kannten sich jetzt etwa drei Jahre und waren seit einem Jahr ein Paar, und obwohl sie seit drei Monaten standesamtlich verheiratet waren, lebten sie erst seit wenigen Tagen zusammen. Aber er war sich sicher, dass sie die Frau seines Lebens war. Eigentlich hatte er es schon gespürt, als er damals an ihrem Geburtstag mit ihr getanzt hatte. Am liebsten hätte er sie in den Arm genommen und gestreichelt und geküsst, aber diese plötzlich aufkommenden Gefühle hatten ihn überrumpelt und ihm Angst gemacht. Und es war in der Tat einfach zu früh für ihn gewesen, und so hatte er Leni abgewiesen, als er merkte, dass auch sie etwas für ihn empfand. Die Ehe mit Melanie war kein Zuckerschlecken, und sie hatten sich ständig wegen allem gezofft. Aber trotzdem kam ihr Tod so unerwartet, und vor allem hatte er seinen kleinen Sohn vermisst. Er hatte sich immer Kinder gewünscht, und als der kleine

Alexander endlich auf der Welt war, war er überglücklich. Aber warum er es später nie gewagt hatte, auf Leni zuzugehen, verstand er jetzt selber nicht mehr.

Als Leni wieder ins Bett zurückkam, nahm er sie fest in seinen Arm, sie kuschelte sich glücklich an ihn, und er sagte zärtlich zu ihr: „Ich liebe dich, meine süße kleine Kaiserin." Er streichelte über ihren Bauch und flüsterte: „Und auf die da drin freue ich mich riesig." Sie lächelte ihn glücklich an und meinte: „Ich bin nur gespannt, was ich da ausbrüte."

Als sie später aufstehen wollte, hielt er plötzlich ihr Nachthemd, das er im Bett gefunden hatte, in der Hand und fragte: „Sag mal, was ist das denn?"

„Mein Nachthemd, was denn sonscht?", fragte sie verwirrt zurück.

„Das ist jetzt aber nicht dein Ernst. Willst du mich mit diesem Teil verjagen?"

Leni war immer noch verwirrt. „Was isch denn damit?"

„Hast du das deiner Oma geklaut?"

„Wieso, des isch doch so schön kuschlig und bequem", antwortete sie in aller Unschuld. Sie hatte sich dieses Nachthemd, das eher ein übergroßes T-Shirt war, erst vor kurzem gekauft, und ihr gefiel es.

„Also ganz ehrlich Lene, damit jagst du jeden noch so verliebten Mann aus dem Bett", sagte Johannes belustigt.

„Oh, Mann, erst meckerst du, weil ich fast nur Hosen trage, und jetzt passt dir meine Nachtwäsche nicht", stöhnte sie. „Was kommt als nächstes?" „Soll ich im Sex-Shop einkaufen gehen? Ich bin doch keine Nutte!" Sie war wütend geworden.

Und ausgerechnet jetzt klingelte ihr Handy. Es war ihre Mutter, die gleich beim Klang ihrer Stimme merkte, dass Leni aufgebracht war.

„Was ist los, ma puce?", fragte sie.

„Jetzt meckert er nicht nur an meiner Kleidung, sondern auch noch an meiner Nachtwäsche rum", beklagte sie sich, worauf sie ein schallendes Gelächter vernahm.

„Das wundert mich nicht", meinte die Mutter, immer noch herzhaft lachend. „Du bist genauso bieder wie dein Vater. Da solltest du dich schon mal umstellen, oder willst du ihn vergraulen?"

„Nein, natürlich nicht. Aber was ist an meiner Bekleidung nicht gut?"

„Dir fehlt einfach der Chic, ma puce", kam die ehrliche Antwort ihrer Mutter. „Na warte mal, ich such dir was Schönes aus. Ich leih mir den Trois Suisses-Katalog von Mamie aus. Da sind tolle Sachen drin."

„Forget it Maman! Ich will nicht, dass die ganze Verwandtschaft weiß, was ich nachts trage oder auch nicht. Das suche ich mir dann doch lieber selber aus."

„Warum hast du überhaupt angerufen?", lenkte Leni vom Thema ab.

„Mein Vater will auch nicht mit zu deiner Hochzeit fahren. Aber Mamie lässt sich das natürlich nicht nehmen."

„Hm ja, schade", meinte Leni und verabschiedete sich dann von ihrer Mutter, die es plötzlich eilig hatte.

Es dauerte nicht lange, und auf ihrem Handy kamen Bilder mit hübschen Negligés an. Sie schüttelte den Kopf über ihre Mutter. Ganz sicher würde sie ihre Nachtwäsche nicht über die Verwandtschaft bestellen. Das musste sie wohl doch selber auf die Reihe kriegen. Außerdem hatte sie sich für die Hochzeit schon ein wunderschönes, weißes Negligé gekauft.

„Was schüttelst du den Kopf?", wollte Johannes wissen.

„Meine Mutter ist komplett verrückt. Dummereise habe ich ihr von deiner Kritik an meiner Nachtwäsche erzählt, schon schickt sie mir Fotos aus einem französischen Katalog", erzählte sie.

„Na lass mal sehn", forderte er sie auf, und sie scrollte durch die Fotos.

„Ja genau, siehst du mein Schätz-chen, sowas hab ich gemeint. Das ist chic, ich meinte nicht, dass du Reizwäsche tragen sollst. Aber falls du überhaupt ein Nachthemd brauchst, dann doch bitte sowas", erklärte er ihr.

„Aber damit kann ich unmöglich ins Krankenhaus gehen", meinte sie entrüstet.

„Das sollst du doch auch nicht, das ist nur für uns. Für die Entbindung kann es ja ruhig was Praktisches sein." Er zog sie an sich und küsste sie sanft.

„Aber ich bestell des ganz sicher nid über meine Familie, sonst weiß bald ganz Deutschland und Frankreich darüber Bescheid, mit was ich ins Bett gehe."
Johannes hatte seinen Spaß an der Situation und schlug vor, dass sie ja zusammen shoppen gehen könnten, aber Leni wäre das viel zu peinlich gewesen. Deshalb suchten sie im Internet etwas aus, das ihnen beiden gefiel.

7

Und dann war es endlich so weit, sie packten ihre Sachen und fuhren ins Münsterland. Leni verstand sich mittlerweile sehr gut mit ihrer Nachbarin Frau Bauschke, und die hatte sich spontan bereit erklärt, Lilly und Mäxle zu versorgen und die Blumen zu gießen. Beim Abendessen mit der Familie schlug Gabi vor, das Garagengebäude aufzustocken, so dass Leni und Johannes dort einziehen könnten. Leni könnte ja die Pläne dafür ausarbeiten. Sie fanden das im Prinzip eine gute Idee und würden darüber nachdenken, versprachen sie.

Am Hochzeitsmorgen war Leni total aufgeregt. Sie hatte die Tage vorher mehrmals bei ihrer Mutter angerufen und sie ermahnt, Brautkleid, Schleier und Schuhe nicht zu vergessen. Sie kannte ja ihre chaotische Mutter. Selber musste sie auch erst mal überlegen, wohin sie ihre Unterwäsche und Strümpfe gepackt hatte. Und als sie den Body heimlich probierte, stellte sie fest, dass ihr Busen da einfach nicht mehr rein passte. Sie erfand eine Ausrede und sauste los, um noch einen neuen zu besorgen. Zum Glück wohnten sie mitten in der Stadt, und so hatte sie bald etwas Passendes gefunden. Dann rief sie wieder ihre Mutter an, berichtete von dem neuen Body und fragte, was sie tun solle, falls ihr Kleid auch nicht mehr passte. Die versicherte ihr, dass sie das doch groß genug gekauft hätten und Leni es zudem vor ihrer Abreise nochmals anprobiert hatte. Für Leni war das Aufregung pur. *Man heiratet ja schließlich nicht jeden Tag!*
Johannes musste nach dem Frühstück ihr Appartement verlassen und sich in seinem alten Zimmer zurechtmachen. Gabi hatte ihr eine Friseurin besorgt, die auf den Gutshof kam, sich um ihre Haare kümmerte und ihr auch ein leichtes Makeup auftrug. Dann ging sie ins Bad, um sich Unterwäsche und Strümpfe anzuziehen, und als ihre Mutter dann mit dem Kleid kam, ließ Leni es sich ins Badezimmer reichen. Sie wollte nicht, dass ihre Mutter

den ihrer Meinung nach sexy Body und die halterlosen Strümpfe mit dem schönen Strumpfband sah, das ihre Schwägerin ihr
zugesteckt hatte. Als sie gerade ins Kleid steigen wollte, machte ihre Mutter sie darauf aufmerksam, sicherheitshalber nochmal
zur Toilette zu gehen, da das im Brautkleid nachher schwierig
würde. Dankbar für den Tipp hängte sie das Kleid auf den Bügel zurück und befolgte den Rat. Als sie das Kleid dann anhatte, kam sie aus dem Bad, und die Mutter hatte dann doch ziemlich viel Mühe, den Reißverschluss im Oberteil zuzumachen.
Das Kleid war champagnerfarben, im Empire-Stil mit hoch angesetztem, in Falten gelegtem Rock, sodass es keine Probleme mit der Taille gab. Über dem Rock war im Rückenteil eine
kleine Schleppe aus dem gleichen Stoff wie dem des Oberteils
angebracht. Darüber trug sie ein kleines Jäckchen, ebenfalls aus
dem gleichen Stoff. Als sie in ihre Schuhe gestiegen war, hatte die Aufregung ihr wunderbar rosige Wangen verliehen. Ihre
Mutter war begeistert und glücklich, so eine schöne Tochter zu
haben. Sie hauchte ihr ein leichtes Küsschen auf die Wange und
setzte ihr dann den Schleier auf.
Draußen hatten sich mittlerweile die Autos bereitgestellt, um
die kleine Hochzeitsgesellschaft zur Kirche zu fahren. Leni blieb
drinnen stehen, bis ihr Bruder, der sie zum Altar führen sollte,
kam, um sie abzuholen. Johannes durfte sie auf keinen Fall vorher sehen! Da war sie abergläubisch. Sie dachte sich nichts dabei,
als sie Pferdehufe hörte, da dies auf dem Gut zum Alltag gehörte. Als dann Tobias kam, ihr einen wunderschönen Brautstrauß
aus roten und cremefarbigen Rosen in die Hand drückte und zur
Hochzeitskutsche führte, war sie sprachlos. DAS hatte sie wirklich
nicht erwartet. Ihr Neffe Linus und seine Schwester Sina durften mit in der Kutsche fahren, was die beiden riesig freute. Leni
war so aufgeregt vor Glück, dass sie Tobias bat, sie mal zu kneifen, damit sie wisse, dass sie nicht träumte. Was dieser natürlich
auch lachend tat. Und so zuckelten sie bei blauem Himmel und
strahlendem Sonnenschein Richtung Kirche.
Maximilian hatte die wenigen Leute, die an der Trauung teilnehmen durften, in der Kirche so aufgestellt, dass in jeder zweiten

Bankreihe eine Person stand, und auf der gegenüberliegenden Seite versetzt genauso, damit die Braut nicht in eine fast leere Kirche treten musste. Vorher wurde nochmals auf die herrschenden Corona-Regeln hingewiesen, also Abstand halten, kein Händeschütteln, keine Umarmungen, und es durfte auch nicht gesungen werden.

Johannes stand aufgeregt neben seinem Bruder vor dem Altar. „Keine Angst, sie kommt schon, die Kutsche hat nun mal nur zwei PS", versuchte Maximilian ihn zu beruhigen und schaute seinerseits ständig zum Portal, um ja die Ankunft nicht zu versäumen und um dem Organisten dann rechtzeitig das Zeichen geben zu können. Seine zwei Neffen hatten zwar den Auftrag, ihm sofort Bescheid zu geben, wenn die Kutsche da wäre, aber so zuverlässig waren die beiden nun mal nicht.

Die Kutsche war vor der Kirche vorgefahren, und Tobias hatte alle Mühe, Leni zu bremsen, damit sie nicht im Galopp in die Kirche rannte. Er meinte lachend: „Ohne dich fange die nid a", und hielt sie einen Moment fest, bis er von drinnen die ersten Töne des Hochzeitsmarschs hörte. Er schickte seine beiden Kinder los, die vor ihnen hergehen und Blumen streuen sollten, und gemessenen Schrittes führte er seine Schwester zum Altar und übergab ihre Hand an Johannes. Die Brautleute lächelten sich beglückt an, und jeder fand, dass der andere wunderschön aussähe. Johannes trug eine hellgraue Hose und einen dunkelgrauen Frack, mit passender Weste, Fliege und Einstecktuch. Er sah wirklich umwerfend aus. Leni war so glücklich, dass sie von der Rede des Pastors kaum etwas mitbekam. Erst als Johannes mit „Ja" antwortete, kam sie wieder zu sich und bejahte ebenfalls die ihr gestellte Frage. *Waren das schon wieder Maman und Mamie, die da schnieften?* Aber da waren noch mehr Schniefer, die sie noch nicht kannte. Beim Ringwechsel zitterten ihnen beiden etwas die Hände, und Leni musste lachen. Den abschließenden Kuss genossen sie beide sichtlich. Am Arm ihres Mannes verließ sie dann strahlend vor Glück die Kirche, wobei er doch tatsächlich auch noch einen Zylinder aufsetzte. Im Vorbeigehen sah sie, dass fast alle Frauen und sogar ihr Schwiegervater sich lächelnd die

Tränen aus den Augen wischten. Vor dem Portal mussten sie für den Fotografen stehen bleiben, sie küssten sich zärtlich und lächelten in die Kamera. Maximilian bat sie, noch einen Moment auszuharren, während er die Gäste entlang des Weges zur Kutsche postierte.

Als Maximilian dann das Zeichen gab, dass sie loslaufen konnten, kam ihnen eines der Kinder mit einem Ball entgegen und sagte: „Ihr dürft erst weitergehen, wenn Tante Leni eine Übung vorgeführt hat." *Oh mein Gott, der verhasste Ball,* dachte sie, drückte Johannes den Rosenstrauß in die Hand, warf den Ball elegant in die Höhe, fing ihn mit dem Handrücken auf und ließ ihn über den Arm und den Rücken zur anderen Seite über den Arm bis zur Hand vorlaufen. Alles klatschte begeistert, während Johannes seinen Augen nicht traute. Ein paar Meter weiter kam ein Kind mit einem Seil, und Leni musste wieder eine kleine Übung absolvieren, so ging es dann mit den übrigen Geräten, Reifen, Keulen und Band weiter. *Was hatten die beiden Trauzeugen sich da nur ausgedacht?*

Lachend bestieg Leni dann mit Hilfe von Johannes endlich die Kutsche und nahm ihm den Strauß wieder ab. Es hatte sich im Ort rumgesprochen, dass einer der Moeltenhoff-Jungs Hochzeit feierte, und viele Leute säumten den Weg zum Gut, um ihnen Glück zu wünschen, als sie vorbeifuhren. Sie grüßten lachend und winkend zurück. Leni lächelte Johannes die ganze Fahrt über freudestrahlend an, wenn sie sich nicht gerade küssten.

Da sie merkte, dass Johannes die ihr gestellten Aufgaben nicht einordnen konnte, klärte sie ihn darüber auf, dass sie bis zu Beginn ihres Studiums rhythmische Sportgymnastik betrieben hatte. „Eigentlich hatte mich meine Mutter schon sehr früh ins Ballett gesteckt, aber dafür war ich zu undiszipliniert. Die Lehrerin hatte ihre Mühe mit mir, da mir das alles zu langsam vorwärts ging, hunderttausend Mal die gleichen Übungen und so." Sie erzählte weiter: „Eines Tages gab es vom Turnverein einen Sport-Schnupper-Tag, und da ist mein Vater mit uns hingegangen. Tobi ist bei den Turnern hängengeblieben. Du hast sicher seine Bizeps-Muskeln gesehen, er war gut am Reck und an den

Ringen. Und ich wäre fast auch schon zu den Turnern gegangen, bis ich in einer Ecke der Halle plötzlich Musik hörte und eine Gruppe Mädchen sah, die mit Keulen und dem Band turnten. Ich habe meinen Vater dorthin gezogen und war begeistert. Das wolle ich unbedingt auch machen. Und als mein Vater der Trainerin sagte, dass ich schon im Ballett sei, haben sie mir ein paar kleine Übungen gezeigt, die ich nachturnen sollte und mich sofort bei sich aufgenommen, und so konnte ich endlich meinen Bewegungsdrang ausleben", beendete sie lachend ihre Erklärungen. Endlich konnte er sich ihre Gelenkigkeit und ihr Rhythmusgefühl erklären.

Auf dem Gutshof war ein großes Partyzelt mit einer Bühne aufgebaut. Vor der Bühne waren die Tische V-förmig aufgestellt. In der Mitte waren die Plätze für das Brautpaar und rechts und links davon die Tische für die Gäste. Rechts von Leni saßen ihre Mutter, Maurice und ihre Großmutter. Dann kam der Tisch für Tobias und seine Familie und dann einer für ihre besten Freundinnen Romy und Laura. Links von Johannes saßen seine Eltern und Maximilian, dann seine Schwester mit Familie und anschließend seine Freunde Fabian und Henrik. Henrik hatte sich während der Entführung von Leni und auch in der schweren Zeit danach als wahrer Freund erwiesen, er hatte Johannes unterstützt, wo er nur konnte.

Auf der Bühne war das Büffet aufgebaut, und ein Musiker unterhielt die Gäste mit leiser Musik. Die Speisen wurden am Tisch serviert, nachdem jeder Gast seine Wünsche auf einer Liste angekreuzt hatte. Und das arme Personal musste die ganze Zeit einen Mundschutz tragen, aber mittlerweile hatte man sich an diesen Anblick gewöhnt, schließlich war es ja in jedem Restaurant so. Leni nippte beim Anstoßen immer nur an ihrem Glas und wunderte sich, dass ihr Bräutigam auch kaum mal einen Schluck nahm. Nach der Vorspeise erhob sich Tobias, um an Stelle des verstorbenen Vaters eine Rede zu halten, an deren Ende er seiner kleinen Schwester und ihrem Mann alles Gute für die gemeinsame Zukunft wünschte.

Nach dem Hauptgang erhob sich dann Johannes und hielt eine kleine Ansprache. Zunächst einmal bedauerte er, dass die Hochzeit nur in so kleinem Rahmen stattfinden konnte und versprach, die große Feier nachzuholen, sobald das möglich sei. Er bedankte sich bei Maximilian und Tobias für die ausgezeichnete Organisation dieser schönen Feier und sprach dann weiter: „Vor etwas über drei Jahren habe ich beim Bau meiner Wohnung in Freiburg die verantwortliche Architektin kennengelernt. Sie sagte mir durch die Blume, dass ich keine Ahnung hätte und erklärte mir ernsthaft und sachlich, wie sie meine Wohnung gestalten möchte. Selbst wenn sie mir erklärt hätte, dass ich den Eifelturm in meine Wohnung einbauen müsste, hätte ich zugestimmt", meinte er lächelnd. Es erhob sich ein kurzes Gelächter der Gäste. Er fuhr fort: „Ich glaube, sie war so in ihre Arbeit und Erklärungen vertieft, dass sie gar nicht gemerkt hat, dass ich nur Augen für sie hatte und nicht für ihre Zeichnungen auf dem Laptop. Eigentlich hat sie mir auf Anhieb gut gefallen, und ich habe keine Ahnung, warum ich mir diese Gefühle nicht gestattet habe. An ihrem Geburtstag ein paar Monate später hat sie mich dann wie einen Tanzbären in der Manege vorgeführt. Ich hatte tatsächlich nicht bemerkt, dass das junge Mädchen, das neben mir eingezogen war und das ich auf ihrem Balkon oder im Treppenhaus immer nur in Jeans und Schlabber-T-Shirt oder noch schlimmer Jogginghose sah, die nette Architektin war, der ich das Leben so schwer gemacht hatte." Die Gäste lachten über seine Ehrlichkeit. Er schaute zu Leni: „Liebste Lene, ich bin froh, dass du nie aufgegeben hast, auf mich zu warten, und lieber Max, dir ganz, ganz herzlichen Dank, dass du stur daran gearbeitet hast, uns beide zusammenzubringen." Nach einem kurzen Applaus der Gäste fuhr er fort: „Ja und irgendwann war dann doch, zum Glück, mein Widerstand gebrochen, und heute vor genau einem Jahr kam Lene nach Hamburg gereist. Und was soll ich euch sagen? Als sie, die ich immer nur in Business- oder Freizeitkleidung kannte, in der Hotellobby in einem wunderschönen, kurzen braunen Kleid auf mich zukam, da war es endgültig um mich geschehen. Jetzt gab es kein Zurück mehr, und am liebsten hätte ich ihr gleich in der ersten Nacht einen Heiratsantrag gemacht. Ich ließ mir noch zwei Tage Zeit, und nachdem sie mir nochmals kräftig auf die Füße getreten war, fragte ich sie dann, ob sie mit mir einen gemeinsamen Neustart wagen möchte. Erstaunlicherweise war sie einverstanden. Den offiziellen Heiratsantrag machte ich ihr dann ein paar Wochen später."

„Das musstest du ja wohl oder übel", warf Lenis Mutter ein. Johannes war leicht irritiert, fuhr sich mit der Hand durchs Haar und lächelte verlegen. Er legte den Arm um Lenis Schultern und fuhr weiter fort: „Ja liebe Schwiegermama, ich muss gestehen, dass Lenis Besuch in Hamburg Folgen hatte, aber den Ring hatte ich schon gekauft, bevor ich davon wusste, und ich hätte ihr den Antrag sowieso gemacht."

Er machte eine kurze Pause und sprach dann ernst weiter: „Wie ihr wisst, kam leider alles ganz anders als geplant, aber umso glücklicher bin ich jetzt, dass diese wunderbare Frau nun meine Ehefrau ist." Er sah Leni an und ergänzte: „Und wir möchten euch heute auch mitteilen, dass wir im November Nachwuchs erwarten." Verhaltener Applaus war zu hören. Er sah sich suchend um: „Wo ist Julian? Ach ja, also, bevor du wieder fragst, ob wir das dürfen, ja, jetzt dürfen wir das, denn wir sind schon seit März standesamtlich getraut." Die Familie von Johannes brach in lautes Gelächter aus. Johannes sprach nun Leni direkt an, die schon wieder leicht errötet war, bei dem Gedanken daran, dass die beiden Jungs sie damals beim Sex beobachtet hatten: „Liebste Lene, ich hoffe wirklich, dass wir von jetzt ab zusammen ein wunderbares, glückliches Leben haben werden. Ich werde auf jeden Fall alles dafür tun, was in meinen Kräften steht." Die Gäste applaudierten, während Leni mit den Tränen kämpfte.

Leni war zwar traurig gewesen, dass sie nur in so einem kleinen Rahmen heiraten konnten, war jetzt aber froh, dass sie es trotzdem durchgezogen hatten. Und ihr Schwager hatte zusammen mit ihrem Bruder unter den gegeben Umständen wirklich ein tolles Fest organisiert.

Nachdem das Dessert serviert worden war, entschuldigte Johannes sich bei Leni und sagte, dass er gleich wieder da wäre. Da sie ihn Richtung Appartementhaus gehen sah, nahm sie an, dass er wohl mal zur Toilette müsste und unterhielt sich angeregt mit ihren beiden Freundinnen, die dann irgendwann wissen wollten, wer denn die beiden jungen Männer auf der gegenüberliegenden Seite seien. Sie lachte: „Die gefallen euch wohl? Ich hab schon gemerkt, dass ihr dauernd rüber linst. Das sind Freunde von Johannes. Also der Dunkelhaarige isch Fabian, sein Freund aus Freiburg. Er isch mein Anwalt und vertritt meine Interessen gegen den Idioten Holger. Der andere isch Henrik aus Hamburg."
„Sind die noch zu haben?", fragte Laura.
Leni lachte. „Im Prinzip ja, also der arme Fabian hat gerade eine eklige Scheidung hinter sich und könnte Trost gut gebrauchen. Bei Henrik bin ich nicht so auf dem Laufenden, aber ich glaube, er isch immer noch auf der Suche nach der Richtigen."
Sie plauderten noch eine Weile weiter, und Leni ging dann auf Maximilian zu, der gerade von der Bühne kam. „Lieber Max, herzlichen Dank für dieses wunderschöne Fest. Das hast du wirklich super hingekriegt." Sie gab ihm einen kleinen Wangenkuss.
„Liebste Schwägerin, für dich tu ich doch alles", gab er lachend zurück.
„Weißt du, wo Johannes ist?", fragte sie ihn dann, weil seine Abwesenheit ihr doch etwas zu lange vorkam.
„Nee, also soviel ich weiß, musste er mal für kleine Königstiger." „Was ist, vermisst du ihn schon? Er wird dir schon nicht weglaufen", fügte er scherzend hinzu. „Aber er sollte hoffentlich bald mal wieder auftauchen, ich habe jetzt nämlich euren Hochzeitstanz vorgesehen." „Vielleicht übt er ja heimlich, unsere Schwester scheint nämlich auch verschwunden zu sein", meinte er nachdenklich.
„Sag mal Max, du bist doch so gut im Verkuppeln, kannst du nid die beiden Mädels und die beiden Jungs irgendwie zusammenbringen? Die Mädels glotzen sich schon die ganze Zeit die Augen aus. Er lachte: „Mal sehn, was sich machen lässt, das ist ja jetzt alles nicht so einfach mit den ganzen Vorschriften."

Leni plauderte noch eine Weile mit den anderen Gästen. Alle freuten sich für sie, dass sie wieder schwanger war. Und sie präsentierte immer wieder ihr beginnendes Bäuchlein, in dem sie ihr Kleid glatt strich.

Als Johannes nach einer gefühlten Ewigkeit wieder auftauchte, bat Maximilian sie, zum Hochzeitstanz auf die Bühne zu kommen. Während sie aufstanden, um zur Bühne zu gehen, hatte der Musiker ein paar Töne des Hochzeitsmarschs gespielt, und Leni bekam Gänsehaut, wie am Vormittag beim Betreten der Kirche. Maximilian machte die Gäste darauf aufmerksam, dass aufgrund der bestehenden Vorschriften nur das Brautpaar tanzen dürfe und dass er als Veranstalter mächtig Ärger bekäme, wenn sie diese Regeln nicht einhalten würden. Aber die Gäste könnten ja näher kommen und das Brautpaar beklatschen, wenn die ihre Sache gut machen würden.

Leni musste noch rasch die Hilfe ihrer Mutter in Anspruch nehmen, um die Schlaufe an der Unterseite der Schleppe zu finden, die sie sich dann um den Mittelfinger der linken Hand legte, damit sie beim Tanzen nicht auf die Schleppe trat. Johannes zog sie fest an sich, und sie murmelte: „Uff, ich bekomme ja so schon keine Luft mehr. Mein Kleid isch zu eng."

Irritiert sah er sie an, „aber dein süßes Bäuchlein passt da doch wunderbar rein", flüsterte er.

„Ja, aber mein Busen nid", wisperte sie zurück.

Er lachte und erzählte ihr, dass er das umgekehrte Problem hatte, sein letztes Jahr gekaufter Anzug sei ihm hoffnungslos zu groß gewesen, und er hatte einen neuen kaufen müssen. „Es ist dir ja wohl aufgefallen, dass ich mein Übergewicht nach und nach abgebaut habe."

„Ja, natürlich, du siehst jetzt super aus, vor allem heute", erwiderte sie verliebt lächelnd.

Er gab noch kurz die Anweisung: „Wir machen jetzt eine Runde rechtsrum, dann pendeln wir, und dann geht s linksrum und so weiter. Ok?"

Leni nickte noch kurz, und schon schwebten sie im Walzerschritt über die Bühne. Zum Glück hatte Johannes, als die Tanzschulen wieder öffnen durften, ein paar private Tanzstunden für sie organisiert, damit sie an diesem Tag auch eine gute Figur machten. Und das machten sie, mal rechtsrum, mal linksrum. Johannes hatte seine Braut so fest im Arm, dass sie meinte, über den Boden zu schweben. Die Gäste hatten sich um die Bühne verteilt und bewunderten dieses schöne Paar. „Zufälligerweise" kamen Lenis beide Freundinnen neben den Freunden von Johannes zu stehen, und sie bedauerten sehr, dass sie nicht tanzen durften. Nach der schönen blauen Donau ging der Musiker übergangslos zu einer anderen Melodie über und sang, wobei er den deutschen Schlagertext von „Bianca" abwandelte:

„Du bist die Schönste der Welt für mich, Helene,
Durch jedes Feuer geh' ich für dich, Helene.
Ich kann wie du mein Leben nur einmal leben.
Drum teile ich es mit dir.
Denn ich will dir allein meine Liebe geben.
Drum bleibe immer bei mir.
Trennen uns schwere Ketten aus Eisen,
Ich werde kämpfen und dir beweisen
Ich bin nur dein, für immer nur dein ..."

Und die Gäste sangen jedes Mal den Refrain mit.
Johannes drückte sie noch etwas fester an sich und sang mit seiner samtigen Stimme den Text mit. Nach einiger Zeit merkte er, dass sie schniefte. „Na, na, du willst mir doch nicht schon wieder ein Hemd ruinieren", sagte er scherzhaft. Die Erinnerung an ihren ersten Abend ließ sie wieder lächeln. Er blieb stehen, zog ein Taschentuch aus der Hosentasche und tupfte vorsichtig ihre Tränen ab. Er zog sie sanft wieder an sich und flüsterte ihr ins Ohr: „Ich liebe Dich, meine süße kleine Kaiserin. Und daran wird sich auch nie mehr was ändern." Eng umschlungen blieben sie jetzt einfach stehen, während erst leiser und dann kräftigerer Beifall erklang. Sie zogen ihre Jacken aus, und es war Leni egal, dass man bei dem ärmellosen Kleid die hässliche Operationsnarbe auf ihrer Schulter sah. Sie tanzten noch

einen gefühlvollen langsamen Walzer, bis Leni meinte, dass sie jetzt wohl erst mal Luft holen müsse. Hand in Hand verließen sie unter Beifall die Bühne.

„Wow, Joey, Alter, ich wusste gar nicht, dass du so gut tanzen kannst", ließ sich sein Bruder vernehmen, und sein Schwager ergänzte: „Echt Spitze, Joe, ihr seid ein tolles Paar."

Kaum hatten sie sich erholt, als Maximilian sie schon wieder auf die Bühne rief und zu Johannes sagte, dass er seinen Frack ruhig ausgezogen lassen könnte. *Was hatten sich die beiden Trauzeugen da noch ausgedacht?*

Tobias war mit seiner Familie schon eine Woche zuvor angereist, was vor allem den Kindern gut gefallen hatte. Die hatten sich gleich mit den drei Jungs von Gabriela und Harald angefreundet, und Maximilian und Tobias trafen die gesamten Vorbereitungen gemeinsam. Das Brautpaar sah sich fragend an und ging dann zur Bühne, wo schon eine große Leinwand aufgebaut und eine große Turnmatte ausgebreitet worden war.

„So Johannes, du schaust jetzt mal ganz besonders gut zu", wies ihn sein Schwager an. Auf der Leinwand wurden nun Zusammenschnitte der Videos gezeigt, die Lenis Vater von ihren Trainingsstunden als kleines Mädchen bis zu den späteren Auftritten bei Meisterschaften in rhythmischer Sportgymnastik aufgenommen hatte. Alle waren erstaunt und begeistert, wie grazil und gelenkig Leni als Mädchen war. Den Abschluss bildete ein Video, das Tobias von ihr vor ungefähr zwölf Jahren bei den Süddeutschen Meisterschaften gedreht hatte, wo sie mit ihrer Übung mit dem Band den zweiten Platz belegt hatte. Die Gäste waren sprachlos. Tobias brach den Bann, indem er das Brautpaar bat, die Schuhe auszuziehen und Leni dann ihre Spitzenschuhe überreichte. „Oh, meine Schläppchen." Zunächst war sie überrascht und dann sauer: „Du warsch an meine Sache!"

„Ja sorry, aber du hasch alle Kisten so gut angeschrieben, dass ich wirklich nid lang hab suche müsse", erwiderte ihr Bruder lachend. Dann wurden einzelne Bilder aus ihren Anfängen mit verschiedenen Geräten gezeigt, und Leni hatte die Aufgabe, ihrem Bräutigam die jeweilige Position vorzumachen, soweit es im Brautkleid und mit ihrer verletzten Schulter möglich war, und dann musste sie ihn in diese Position bringen. Leni krümmte sich vor Lachen, als sie ihn relativ unelegant und total verrenkt auf der Matte stehen oder knien sah. Die letzte Übung, die sie zu meistern hatten, war mit ihrem Lieblingsgerät, dem Band, und sie führte seine Hand, sodass sie zuerst kleine Kreise ausführten und dann einen großen Bogen um sie beide herum. Lachend fielen sie sich in die Arme.

Maximilian trat mit einem Geschenk zu ihnen und sagte zu Johannes: „Lieber Bruder, alle anwesenden Männer beneiden dich um diese schöne, gelenkige Frau. Ich hab hier noch ein Geschenk für dich." „Falls dir die Phantasie ausgeht", fügte er augenzwinkernd hinzu. Das Geschenk war offensichtlich ein Buch, und Johannes konnte sich denken, um was es sich handelte. Er fuhr sich, wie immer wenn er verlegen war, mit der Hand durchs Haar und murmelte ihm zu: „Oh du elender Schweinepriester."

Leni schaute beide etwas verwundert an und dachte, dass es sich wohl um einen Scherz unter Brüdern handeln musste.

8

Anschließend wurde der Kaffee serviert, und das Brautpaar schnitt gemeinsam die Hochzeitstorte an. Leni wurde noch aufgefordert, den Brautstrauß zu werfen, den sie eigentlich lieber für sich behalten hätte, und der flog doch tatsächlich in die Arme ihrer Mutter. Dann nahm Johannes Leni an die Hand, sagte geheimnisvoll: „Komm mit" und nahm ihre beiden Jacken in die andere Hand. Sie sah ihn verwundert an und folgte ihm zum Auto. Im Vorübergehen sah sie noch Fabian und Laura in ein angeregtes Gespräch vertieft und lächele. Johannes bat sie einzusteigen und fuhr dann los. Sie sah ihn total verwirrt an, aber er lächelte nur: „Wart einfach ab." Als sie die Einfahrt entlang fuhren, war ein fürchterliches Getöse zu hören. Am Ende der Einfahrt blieb Johannes stehen, um eine Schnur mit unzähligen Blechdosen von der Anhängerkupplung zu lösen. Dann fing er laut an zu lachen und bat Leni auszusteigen und sich das anzusehen. Sie kam zu ihm und lachte ebenfalls. Über die ganze Fläche der Heckscheibe prangte die Aufschrift: *Just married – Johannes & Helene*, ergänzt durch viele Herzen. „Das war sicher meine liebe Schwester, die bemalt schon das ganze Haus mit diesen Bildchen", womit er die Window-color-Bilder meinte, mit denen seine Schwester viele Fenster im Haus dekoriert hatte. Sie stiegen wieder ein und fuhren weiter bis zur Autobahn. Leni wusste nicht, was das zu bedeuten hatte und fragte nach. Aber Johannes erwiderte nur: „Lass dich einfach überraschen mein Schätz-chen."
Wo fuhr er mit ihr hin, so ganz ohne Gepäck und Handtasche?

Allmählich machte sich ihre Blase bemerkbar, und sie fragte, ob es noch weit sei. Auf seine Frage warum erwiderte sie, dass sie mal zur Toilette müsste. Daran hatte er natürlich nicht gedacht, da er selber austreten war, bevor er ihre Sachen gepackt hatte. Er hielt an der nächsten Raststätte an, gab ihr etwas Kleingeld für den Automaten, da sie ja vermeintlich keine Tasche dabei hatte.

Die anderen Leute waren erstaunt, als eine Braut, natürlich mit dem obligatorischen Mundschutz versehen, in der Warteschlange zu den Toiletten stand. Aber auch eine Braut muss halt mal. In der kleinen Kabine hatte sie Mühe, denn sie wollte nicht, dass das Kleid schmutzig wurde, und so klemmte sie sich den ganzen Stoffberg von Rock samt Schleppe unter die Arme, was sie aber daran hinderte, ihren Body wieder richtig zuzumachen. Die Druckknöpfe wollten einfach nicht halten. Als sie meinte, es geschafft zu haben, ging sie wieder zum Auto zurück. Johannes startete den Wagen und vernahm ein: „Mist, auch das noch." Er sah sie fragend an. Sie war ziemlich verlegen und meinte dann, dass ihr Body nicht richtig zu war. Da er absolut nicht verstand, was sie meinte, fügte sie verschämt lächelnd hinzu: „Ich sitze im Freien." So langsam dämmert ihm, was sie meinte, er fuhr los und steuerte eine abgelegen Parkbucht an. Sie hatte keine Ahnung, was er vorhatte, merkte aber an seiner rauen Stimme, dass er erregt war, als er sagte: „Das will ich jetzt aber genauer wissen." Es begann, in ihrem Bauch zu prickeln, und sie dachte noch: *Er wird doch wohl nicht hier im Auto?* Als er sich zu ihr rüber beugte, sie küsste und seine Hand versuchte, unter ihr Kleid zu gelangen, hauchte sie: „Jo, was wird des?" Er zeigte zur Rückbank und meinte „Wir steigen um, du bist ja gelenkig genug. „Aber mein Kleid", versuchte sie zu protestieren, aber er hatte ihr den Mund schon mit einem leidenschaftlichen Kuss verschlossen, sagte heiser „komm" und stieg nach hinten um. Als sie sich vergewissert hatte, dass niemand in der Nähe war, stieg sie ebenfalls hinten ein, und nachdem Johannes tastend festgestellt hatte, dass tatsächlich kein Hindernis zu überwinden war, zog er seine Hosen runter, und sie liebten sich leidenschaftlich. Das Kleid sah danach ziemlich verknittert aus, und der Schleier war auch nicht mehr da, wo er sein sollte. Aber sie trug es mit Fassung. Das größere Problem war, diesen verflixten Body wieder zuzukriegen. Johannes bot seine Hilfe an, was in einer erneuten Vereinigung endete. Und so blieb er eben offen, *es sieht ja keiner,* dachte sie und ließ sich von ihm ein Taschentuch geben, um das Kleid nicht vollkommen zu ruinieren.

So ganz unbeobachtet, wie sie dachten, waren sie dann doch nicht, und die Leute, die in der Nähe standen und die Aufschrift auf der Heckscheibe sahen, feixten, dass sie es wohl nicht haben abwarten können. Leni war das so peinlich, dass sie sich weigerte auszusteigen, um sich wieder nach vorne zu setzen. Johannes stieg schlussendlich mit verlegenem Grinsen und mit einer Hand im Haar aus, stieg vorne ein und fuhr los, während Leni damit beschäftigt war, den Schleier irgendwie aus ihrem Haar zu kriegen. Am nächsten Parkplatz hielt er wieder an, damit Leni umsteigen konnte. Verlegen lächelnd schauten sie sich an. „Sorry, das war so nicht geplant", meinte Johannes mit immer noch leicht rauer Stimme, „aber schön war es trotzdem", fügte er grinsend hinzu. Leni lächelte nur und errötete. Er fuhr noch ein paar Stunden weiter, bis er schließlich an einer schönen Windmühle anhielt. „So, meine geliebte Frau Kaiser-von Moeltenhoff, hier werden wir unsere Flitterwochen verbringen." Sie war erst mal sprachlos und meinte dann, dass sie doch gar kein Gepäck dabei hätten, er wiedersprach: „Doch haben wir."
Sie stiegen freudestrahlend aus, eine freundliche jüngere Frau kam ihnen aus der Mühle entgegen, begrüßte sie und bat sie reinzukommen, damit sie ihnen alles zeigen konnte. Als sie das Gebäude betreten wollte, spürte Leni plötzlich, wie sie hochgehoben und über die Schwelle getragen wurde. Vor Überraschung gab sie einen kleinen spitzen Schrei von sich. „Ich fürchte, die Treppe hoch wird es ein wenig eng, da musst wohl doch selber laufen", meinte Johannes, nachdem er die steile Treppe zu den Wohnräumen gesehen hatte. Als die Vermieterin den Bräutigam mit seiner Braut auf dem Arm sah, wollte sie unbedingt ein Foto von ihnen machen, und sie mussten nochmals vor dem Eingang der Mühle posieren. Sie zogen ihre Jacken an, und die Vermieterin steckte Leni den Schleier wieder ins Haar, damit das Foto auch stilecht wurde. Leni wollte zwar protestieren, da ihre Haare in Unordnung waren, wurde aber überstimmt. Die Vermieterin fragte, ob sie das Foto eventuell für ihre Homepage verwenden dürfte, was Johannes bejahte. Leni war das zwar nicht so recht, aber Johannes bestand darauf, denn sie sah wundervoll aus, mit

dem leicht zerzausten Haar und der Erinnerung an den offenen Body und die vorgezogene Hochzeitsnacht im Blick.

Sie liefen dann hinter der Vermieterin die Treppe hoch, und Leni war überwältigt, so etwas Schönes hatte sie noch nie gesehen. Sie war begeistert von den liebevoll ausgestatteten Räumen und dem meilenweiten Blick bis zum Wasser.

„Wir sind hier nicht weit weg von der Nordsee", meinte Johannes dann zu ihr. Als sie alles gesehen und besprochen hatten und die Vermieterin gegangen war, fiel sie ihm um den Hals. „Oh mein liebster Jo, was für eine wunderschöne Überraschung!" Sie küssten sich lange, und Johannes ging dann nach unten, um das Gepäck zu holen, da sie sich duschen und umziehen wollten, um irgendwo zu Abend zu essen. Leni war nun klar, warum Johannes nichts getrunken hatte und warum er so lange verschwunden war. Er hatte alle ihre Sachen eingepackt, und damit es nicht so auffiel, hatte Gabi später das Gepäck im Auto verstaut, und dabei hatte sie dann natürlich das Kunstwerk auf der Heckscheibe und die Blechdosen angebracht. Jetzt wusste sie auch, warum Gabi sie so komisch angesehen hatte, als sie sie fragte, ob sie wohl in den nächsten Tagen mit ihr nach Münster zum Shoppen fahren würde, da sie sich mit Umstandskleidung und Babysachen ja bestens auskannte.

Als Johannes zurück war, half er Leni aus dem Kleid und fragte dann mit rauer Stimme, ob es wohl normal wäre, dass ihre Dessous so offen ständen, was sie verneinte. „Aber mein Bräutigam konnte einfach die Hochzeitsnacht nid abwarten", fügte sie schelmisch lächelnd hinzu. Dann zeigte er auf ihr Strumpfband und erklärte ihr, dass er sie vor der Versteigerung dieses Teils bewahren wollte, wofür sie ihn dankbar küsste, denn sie hatte sich schon davor gefürchtet. Beide kannten diesen Brauch, bei dem die Braut auf der Bühne das Bein auf einen Stuhl stellen und der Bräutigam das Strumpfband ausziehen musste, das dann versteigert wurde. Er kannte seine Leni und wollte ihr diese Verlegenheit ersparen, zudem wollte er pünktlich an der Mühle ankommen. Sie beschlossen, dass sie keinen Hunger hätten und mit den Sachen, die die Vermieterin ihnen zum Empfang hingestellt hatte, bis zum nächsten Morgen auskommen könnten und genossen ihre Hochzeitsnacht. Am nächsten Morgen streichelte Johannes zärtlich ihren Bauch und entschuldigte sich bei den Ungeborenen, dass er so stürmisch gewesen war. Leni meinte, dass die beiden das bestimmt verkraften würden und lachte glücklich. Nach dem Frühstück machten sie Selfies vor der Mühle, die sie allen Freunden und Verwandten mit Grüßen aus ihren Flitterwochen an der Nordsee schickten.

Sie genossen die Tage an der See, und als Leni Johannes gegenüber bemerkte, dass sie eigentlich mit Gabi zum Shoppen gehen wollte, schlug er vor, entweder nach Husum oder Hamburg zum Shopping zu fahren. Sie entschieden sich für Hamburg, da sie dort sicher finden würden, was Leni alles brauchte. In einem Schaufenster sah Leni ein schönes, luftiges blaues Kleid, das sicher weit genug geschnitten war, und das sie dann im nächsten Sommer auch wieder tragen könnte. Johannes kaufte es ihr spontan, nachdem sie es anprobiert hatte. Als sie die Einkäufe erledigt und sich nach Kinderwagen, Wiege und was sonst alles benötigt würde erkundigt hatten, setzten sie sich in ein Straßenkaffee, aßen und tranken eine Kleinigkeit und genossen die Sonne, als Johannes plötzlich zusammenzuckte. Als Leni ihn ansah, meinte er nur: „Jessica“ und versuchte, sich so hinzusetzen, dass sie ihn möglichst nicht erkannte. Aber die steuerte schon direkt auf die beiden zu, und bei ihnen angekommen meinte sie süffisant: „Na Johannes, zieht es dich wieder nach Hamburg zurück?“ „Nicht wirklich“, antwortete er trocken und fügte mit einem strahlenden Lächeln hinzu: „Wir sind auf Hochzeitsreise“, was die Gesichtszüge von Jessica einen Moment lang entgleisen ließ. Da ihr nichts Passendes zu sagen einfiel und sie auch die Aufschrift auf den Einkaufstüten gelesen hatte, verabschiedete sie sich kühl. Die beiden waren froh, wieder allein zu sein und genossen den Nachmittag und die folgenden Tage und Nächte.
Irgendwann fiel ihr plötzlich das seltsame Geschenk von Maximilian ein, und sie fragte Johannes danach. Der sah sie etwas verlegen lächelnd an: „Kannst du dir das nicht denken?“ Aber

die immer noch etwas naive Leni hatte keine Ahnung. „Hast du schon mal was vom Kamasutra gehört?", fragte er dann vorsichtig. Sie überlegte kurz und wurde dann rot. „Ich glaub, ich weiß, was du meinsch", sagte sie verlegen. Er nahm sie lächelnd in den Arm und meinte, dass sie dieses Buch wohl vorerst nicht anzuschauen bräuchten, außer sie wäre mit ihm unzufrieden, was sie vehement verneinte.

An ihrem Abreisetag wurden sie durch lautes Klopfen an der Eingangstür aufgeschreckt. Die Vermieterin stand vor der Tür und berichtete, dass sich jemand an ihrem Auto zu schaffen machte. Johannes lief nach unten und sah, dass Jessica wie wild auf sein Auto eintrat und schrie, dass er ihr gehöre und niemals dieser kleinen Schlampe Lene. „He Jessica, bist du jetzt ganz übergeschnappt?", fragte er. „Was soll der Scheiß?" Aber die raste und tobte wie wild, faselte etwas davon, dass er ihr Bauernlümmel sei und er sich unterstehen sollte, ihn nochmals irgendwo anders reinzustecken. Als sie dann auch noch in die Mühle stürmen wollte, hielt Johannes sie fest und bat die Vermieterin, die Polizei zu verständigen. Er musste seine ganze Kraft aufwenden, um die Rasende, die wieder ziemlich betrunken war, zu bändigen. Zum Glück schloss die Vermieterin geistesgegenwärtig die Eingangstür, so blieb zumindest ihr Mobiliar verschont. Leni war wie versteinert und musste sich erst mal setzen, so zitterten ihre Knie. *Was ist das nur für ein Weib, die gibt wohl nie auf,* dachte sie. *Warum legt man uns immer wieder solche Steine in den Weg?*
Auf die Frage von Johannes, wie sie ihn gefunden habe, grinste Jessica bösartig und meinte, ob er wohl noch nie was von einem Peilsender und Handyortung gehört habe. Er schüttelte über so viel Verschlagenheit nur den Kopf und war erleichtert, als die Polizei endlich eintraf. Die nahmen die Schäden am Auto auf, und nach einigem Suchen wurde auch der Peilsender gefunden. Dieses Mal wollte Johannes doch Anzeige erstatten, auch wenn er sich wenig Hoffnung auf Erfolg ausrechnete. Aber einen Denkzettel wollte er Jessica trotzdem verpassen, und er hoffte, dass sie dadurch gezwungen war, professionelle Hilfe in Anspruch zu nehmen.

Wie hatte er nur auf sie reinfallen können?

Nachdem sie das Auto gepackt und sich herzlich von der netten Vermieterin verabschiedet hatten, fuhren sie zur Polizeiwache, wo Johannes die Anzeige aufgab und seine Aussage zu Protokoll gab. Nach der ganzen Aufregung war Leni froh, als sie endlich Richtung Leipzig fahren konnten. Sie bedauerten beide, dass diese wunderschönen Tage so ein unangenehmes Ende gefunden hatten. Leni nahm sich vor, nie mehr nach Hamburg zu fahren, obwohl ihr die Stadt eigentlich ganz gut gefiel. Auf die Beulen im Auto angesprochen, meinte Johannes nur, dass sie sich ja wohl sowieso demnächst ein familientaugliches Auto kaufen müssten.

9

Auf der Rückfahrt mussten sie sich beeilen, denn Johannes hatte vor ein paar Tagen einen Anruf vom Makler erhalten und für den frühen Abend einen Termin für eine Wohnungsbesichtigung vereinbart. Durch den Zwischenstopp bei der Polizei war ihr Zeitplan ziemlich durcheinander geraten. So mussten sie direkt von der Autobahn in einen südlich gelegenen Vorort fahren. Die Gegend kannte Leni schon, weil sie dort schon einmal eine Wohnung besichtigt hatte. Dieser Ort gefiel ihr ganz gut, er war ruhig, fast ländlich, und doch war die Stadt schnell zu erreichen. Die Wohnung hätte ihr auch zugesagt, aber der Vermieter hatte einen Rückzieher gemacht, als er erfuhr, dass sie schwanger war. Er wollte keine kleinen Kinder in seiner Wohnung, wohingegen die Katzen ihn nicht gestört hätten. Sie war damals ziemlich niedergeschlagen nach Hause gefahren, und auch Johannes fand keine Worte, als sie ihm das berichtete.

Jetzt waren sie gespannt, die Wohnung befand sich im Nachbarhaus des bereits besichtigten und gefiel ihnen ausgesprochen gut, sie hatte fünf Zimmer über das ganze obere Stockwerk eines noch relativ neuen Hauses, einen Balkon über die ganze Länge der Wohnung und einen Lift. Genau das, was sie gesucht hatten, so hätten sie neben Wohn- und Schlafzimmer noch ein Kinderzimmer, Gästezimmer und Arbeitszimmer. Der jungen Familie, die diese Wohnung ursprünglich gemietet hatte, war plötzlich ein Haus in der Verwandtschaft angeboten worden, und sie suchten jetzt dringend Nachmieter für diese Wohnung. Da Leni und Johannes praktisch sofort einziehen konnten, waren sie sich schnell einig, und der Vermieter war mit diesen neuen Mietern ebenfalls einverstanden. Die Wohnung wurde zum ersten Juli frei, und sie vereinbarten, einen Mietvertrag zum 15. Juli abzuschließen. Überglücklich zu Hause angekommen, bedankten sie sich bei der Nachbarin für die Katzenbetreuung und gaben ihr ein kleines Geschenk von der Nordseeküste. Frau Bauschke wiederum hatte ein kleines Geschenk zu ihrer Hochzeit für sie. Diese Nachbarin war für Leni in der kurzen Zeit, die sie jetzt in Leipzig wohnte, schon zu einer mütterlichen Freundin geworden, und sie war froh um jeden Tipp, den sie von ihr erhielt. Die Nachbarin war natürlich nicht sehr erfreut, als die beiden ihr sagten, dass sie eine Wohnung gefunden hätten und Ende Juli umziehen würden. Und die beiden Katzen waren erst mal ein paar Stunden beleidigt, weil sie so lange alleine gewesen waren.

Als sie ein paar Tage später den Mietvertrag unterschrieben hatten, waren sie total glücklich, und Johannes kündigte die Ferienwohnung, in der sie wohnten, zum 1. August. So hatten sie genug Zeit, alles zu organisieren. Als Nächstes kümmerten sie sich darum, dass ihre Möbel Ende Juli von Freiburg zu ihrer neuen Wohnung gebracht wurden. Johannes hatte seine Möbel bei seinem Wegzug von Freiburg bei einer Spedition eingelagert und wohnte seither in diversen Ferienwohnungen. Leni war einfach nur glücklich, endlich hatten sie ein eigenes, gemeinsames Zuhause in Aussicht, und machte sich mit Feuereifer daran, die Einrichtung der neuen Wohnung zu planen. Es gab da nur das kleine Problem, dass Johannes keine Ahnung hatte, was seine Möbel für Maße hatten. Als sie ihn nach der Größe von Bett und Kleiderschrank fragte, zuckte er nur die Schultern und meinte: „Ein ganz normales Bett und ein normaler Schrank." Leni schüttelte lächelnd den Kopf. „Immerhin habe ich einen Kleiderschrank, im Gegensatz zu einer gewissen Frau Kaiser, die nur ein Metallgestell für ihre Kleider besitzt." Das stimmte allerdings, denn Leni hatte sich keinen Kleiderschrank gekauft, sondern ihre Kleidung an einem metallenen Garderobenständer aufbewahrt. Aber der würde jetzt im Gästezimmer gute Dienste leisten.

Als sie eines Nachts nach einem besonders schönen Liebesspiel aneinander gekuschelt dalagen, meinte Johannes plötzlich: „Meine Liebe, weißt du eigentlich, dass ich in meinem ganzen Leben noch nie so viel Sex hatte, wie in den letzten Wochen?"
„Na, was soll ich denn erst sagen? Ich war fast die ganze Zeit Single, bis auf die zwei Jahre während des Studiums, als ich eine

feste Beziehung hatte, während du immerhin schon mal verheiratet warst", erwiderte sie.

„Trotzdem, so wie mit dir habe ich das noch nie erlebt. Ich wundere mich über mich selber, so verrückt war ich noch nie nach einer Frau. Sie machen mich unendlich glücklich, Frau Kaiser." Leni kuschelte sich noch enger an ihn und meinte, dass er und Little Joe sie auch sehr glücklich machten, und gestand, dass sie Sex bisher nie gemocht hatte, was er ihr nicht glauben wollte.

„Doch", bestätigte sie, „in unserer ersten Hamburger Nacht hab ich das zum ersten Mal genossen, ich wusste vorher nid, dass es sooo schön sein kann."

Er nahm dieses Geständnis mit einem liebevollen Lächeln zur Kenntnis, wonach das Spiel von Neuem begann.

Am nächsten Morgen begegnete Johannes einem Nachbarn im Treppenhaus, der ihn angrinste und fragte, ob er Herr Kaiser wäre. Er verneinte und meinte, er hieße Moeltenhoff und ergänzte, dass die Kaiserin seine Frau sei. „So so, ihre Frau, dann sind sie wohl noch in den Flitterwochen?"

„Im Prinzip schon, warum?" fragte Johannes immer noch total ahnungslos nach.

„Na ja, die ganzen Frauen im Haus beneiden Ihre Frau", sagte er und auf den fragenden Blick von Johannes ergänzte er: „Na, ähem, also, so oft und ausdauernd wie Sie es ihr besorgen, da können wir anderen nicht mithalten."

Johannes fuhr sich mit der Hand durchs Haar und grinste verlegen. Er dachte daran, dass sie wegen der Hitze in der Dachgeschoss-Wohnung die Fenster immer offen hatten und dass Lenis Stöhnen und ihre Ja-ja-ja-Rufe wohl den Nachbarn nicht verborgen geblieben waren. Er wusste nicht, was er dem Nachbarn antworten sollte, und der verabschiedete sich dann auch mit einem süffisanten „Nu, nichts für ungut, Herr Kaiser". Das konnte er seiner schamhaften Leni natürlich nicht erzählen, und er war froh, dass sie bald ausziehen würden. Aber die Fenster ließ er trotzdem geöffnet, sollten die anderen doch neidisch sein.

Leni war auf dem Balkon mit Blumengießen beschäftigt und hörte deshalb das Klingeln ihres Handys nicht. Maximilian, der zu Besuch war, nahm das Gespräch an, als er auf dem Display sah, dass es Lenis Mutter war. Die war zunächst erstaunt, dass es nicht Leni war, die sich meldete. Als er ihr sagte, dass Leni auf dem Balkon war, fragte sie nach, wie es ihr ginge und Maximilian antwortete, dass sie ihr junges Eheglück in vollen Zügen genieße. Und welcher Teufel ihn auch geritten haben mochte, er konnte es sich nicht verkneifen zu sagen, dass die beiden es wohl ziemlich wild trieben und er befürchte, dass sein Bruder sie kaputt mache, mit seinem Riesending. Schockiert verlangte Stéphanie sofort ihre Tochter zu sprechen. Als die sich meldete, prasselte ein Redeschwall auf sie nieder, aus dem sie nur entnahm, dass Johannes ja wohl Rücksicht auf ihren Zustand nehmen müsste und was Max wohl mit dem Riesending gemeint hätte. Leni war erschrocken, was hatte Max ihrer Mutter da erzählt? Sie versuchte, ihre Mutter zu beruhigen, in dem sie sagte, dass alles in Ordnung sei, es ihr sehr gut gehe und Max nun mal gerne solche Scherze machte. So ganz wollte die Mutter das doch nicht glauben und bohrte nach, und Leni versuchte zu erklären, dass die Brüder nun mal nicht gleich wären und Max offensichtlich etwas weniger Männlichkeit abbekommen und deshalb Komplexe habe. Die Mutter warf ihr daraufhin vor, was denn offensichtlich hieße, dass sie es ja wohl genauer wissen müsste, da sie ja wohl schon mit beiden geschlafen habe. Leni war entsetzt, dass ihre Mutter sowas von ihr dachte und warf ihr wütend vor, dass sie das erstens gar nichts anginge, und dass zweitens Max zwar hin und wieder bei ihr übernachtete, aber dass sie niemals miteinander geschlafen hätten. Sie war total außer sich. Kochend vor Wut beendet sie das Gespräch.

Kannte ihre eigene Mutter sie so schlecht?

„Max, sag mal, was hast du meiner Mutter erzählt!?", schimpfte sie mit ihrem Schwager. Der hatte zwar mitbekommen, dass Leni aufgebracht mit ihrer Mutter gesprochen hatte, aber da sie in rasendem Tempo französisch gesprochen hatte, war ihm der Inhalt des Gespräches verborgen geblieben. Der grinste verlegen und meinte entschuldigend: „Da bin ich wohl doch zu weit gegangen, es tut mir leid Leni.“

„Mensch Max, meine Mutter ist die wandelnde Bildzeitung, morgen weiß es die ganze Verwandtschaft.“ „Und untersteh dich, nochmal mein Handy abzunehmen!“ Sie war echt sauer auf ihn. Sie mochte es nun mal nicht, wenn man über ihr Intimleben sprach. Das ging nur sie und Johannes etwas an, und das sagte sie ihrem Schwager auch. Der sich daraufhin nochmals entschuldigte. „Hallo Johannes, hier ist Stéphanie“, meldete sich Lenis Mutter kurze Zeit später bei ihrem Schwiegersohn. „Ich muss mal mit dir reden, bist du gerade alleine, oder ist Leni in der Nähe?“ Er bestätigte, dass er alleine an seinem Schreibtisch im Schlafzimmer säße, während Leni mit Max wohl im Wohnzimmer oder in der Küche sei. „Hör zu, das geht ja wohl gar nicht, was du da mit meiner Tochter treibst. Nimm gefälligst Rücksicht auf ihre Schwangerschaft, oder soll sie dieses Baby auch wieder verlieren?“, prasselte eine Schimpftirade auf ihn ein. Der so beschimpfte wusste gar nicht, wie ihm geschah, er konnte sich beim besten Willen nicht vorstellen, dass Leni sich bei ihrer Mutter beklagt hatte. Er schlief nie gegen ihren Willen mir ihr und war äußerst rücksichtsvoll, und er wusste auch, dass seine Frau nie Intimitäten ausplaudern würde. Deshalb versuchte er, seiner aufgebrachten Schwiegermutter den Wind aus den Segeln zu nehmen, indem er ihr einfach nur sagte, dass er nie etwas tun würde, was Leni und die Schwangerschaft gefährden würde, und dass er sehr enttäuscht sei, dass sie so etwas von ihm dachte. „Ich weiß nicht, wo du deine Informationen her hast, aber die sind schlicht und ergreifend falsch. Es tut mir leid, aber ich habe noch zu tun. Tschüs“, und damit legte er auf. Er hatte vor ein paar Minuten gehört, dass Leni aufgebracht mit Max geschimpft hatte und vermutete, dass der mal wieder seinen Mund zu weit aufgemacht hatte. Maximilian merkte, dass es wohl besser war, sich zu verabschieden, was er dann auch tat. Leni verabschiedete ihn kühl, und auch Johannes schien nicht gut auf ihn zu sprechen sein. Als er gegangen war, schauten die beiden sich an, und Leni meinte kopfschüttelnd: „Jetzt ist er aber eindeutig zu weit gegangen.“

Johannes nahm sie in den Arm und sagte nur: „So ist er halt“ und berichtete von dem Anruf ihrer Mutter. Leni war wütend auf Max und vor allem auch auf ihre Mutter. „Stell dir vor, meine Mutter denkt doch tatsächlich, dass ich mit Max geschlafen habe“, berichtete sie ihm ärgerlich.

„Und, hast du?“

Sie warf ihm einen vernichtenden Blick zu. „Nein, natürlich nicht, glaubst du das etwa auch noch?“, erwiderte sie ziemlich aufgebracht.

„Aber er war doch öfters bei dir, oder? Und was vor unserer Hamburger Nacht war, das geht mich ja auch nichts an.“

Leni schüttelte aufgebracht den Kopf.

„Ja klar, jedes Mal wenn er in der Nähe zu tun hatte, kam er vorbei, und er hat auch ein paar Mal bei mir übernachtet. Aber ganz brav auf der Gästeliege im Arbeitszimmer. Er hat nie auch nur einen Versuch unternommen. Max ist ein Kumpel für mich, fast wie ein Bruder, aber kein Mann, mit dem ich ins Bett gehen würde.“ „So gut solltest du mich aber inzwischen kennen“, fügte sie beleidigt hinzu.

Sie brauchte lange, um sich wieder zu beruhigen. Zum Glück war ihr Johannes die Ruhe selbst und wusste inzwischen, wie er mit ihr umzugehen hatte, und er freute sich schon auf die Versöhnung.

Als sie zu den Privatstunden in der Tanzschule waren, hatten sie sich spontan für einen Tanzkurs angemeldet. Sie freuten sich beide darauf, denn sie tanzten gern zusammen, wollten aber ihre Kenntnisse etwas auffrischen. Der Tanzlehrer bemängelte, dass Leni in Hosen erschienen war. Sie legte lächelnd eine Hand auf ihren Bauch und meinte, dass sie momentan ein kleidungstechnisches Problem und doch wohl mildernde Umstände verdient hätte. Sie hatte sich zwar zwei weitgeschnittene Sommerkleider gekauft, aber an diesem Tag war es einfach nicht warm genug dafür, und so hatte sie sich für eine Hose und eine lockere Tunika entschieden. Der Tanzlehrer schaute zuerst etwas verwirrt, schien dann aber zu verstehen. Sie übten zunächst eine Zeit lang getrennt ein paar Grundschritte Foxtrott, und als Johannes sie dann in den Arm nahm, um das Gelernte gemeinsam zu üben, hatte sie wieder diese wunderbaren Schmetterlinge im Bauch und Mühe, sich zu konzentrieren. Johannes merkte das, zog sie noch näher an sich ran und raunte ihr mit belegter Stimme ins Ohr: „Haltung Frau Kaiser."

„Da hat aber wohl noch jemand anderes Haltung angenommen", flüsterte sie ihm zu. Leni befürchtete, die Tanzstunde nicht zu überstehen und versuchte, sich etwas von Johannes zu lösen, aber der Tanzlehrer meinte, sie sollten doch bitte auf Tuchfühlung bleiben und versuchte, ihre Armhaltung zu korrigieren, was Leni aber nun mal vor Schmerzen im Arm nicht hinbekam. Das hatte sie dann wieder etwas abgekühlt, und irgendwie überstanden sie die Stunde doch noch, ohne sich allzu sehr zu blamieren.

„Was war denn das, Frau Kaiser?", fragte Johannes augenzwinkernd beim Rausgehen.

„Ich weiß auch nicht, jedes Mal wenn ich mit dir tanze, dann kann ich mich kaum beherrschen", gestand sie. „Du bist halt so sexy", fügte sie verschämt lächelnd hinzu. Er nahm das grinsend zur Kenntnis, eng umschlungen gingen sie nach Hause, und auf das Abendessen wurde verzichtet.

10

Während ihrer Flitterwochen war die Vorladung für Johannes eingetroffen, dass er beim Prozess gegen Lenis Entführer als Zeuge aussagen musste. Der Prozess war auf Anfang Juli terminiert, also noch vor ihrem geplanten Umzug. Er sagte Leni noch nichts davon und telefonierte ausgiebig mit Fabian, der als Anwalt Leni, das Opfer bzw. die Nebenklägerin vertrat. Er fürchtete, dass Leni auch eine Vorladung erhalten würde, aber Fabian versprach alles, was in seiner Macht stand zu tun, um zu verhindern, dass Leni aussagen musste.

Leni erhielt kurz darauf die Aufforderung, sich bei einem in Leipzig ansässigen Gutachter einzufinden, der ihren jetzigen Zustand und die Folgen der erlittenen physischen und psychischen Schäden beurteilen sollte.

Sie bat Johannes sie zu begleiten, alleine wäre sie dazu nicht imstande gewesen, da dadurch natürlich alles wieder in ihr hochkam. Sie musste zunächst eine ärztliche Untersuchung über sich ergehen lassen, wobei vor allem ihre Schulter begutachtet und ihr Gehör getestet wurde. Da sie schwanger war, wurde zum Glück auf eine gynäkologische Untersuchung verzichtet. Als sie dann in dem Büro des Gutachters saßen, war Leni ziemlich zittrig und den Tränen nah, und Johannes versuchte, sie zu beschützen, indem er die ersten Fragen des Gutachters beantwortete und berichtete, dass sein Frau lange in psychiatrischer Behandlung war, immer noch sehr angeschlagen sei, zudem ihren Arm nicht richtig gebrauchen konnte, den sie für ihren Beruf als Architektin aber brauche, und auch einen Gehörverlust auf einem Ohr erlitten hatte. Außerdem würde sie an Konzentrationsschwäche und Schlafstörungen leiden. Als Jurist wusste er, welche Fakten wichtig waren. Der Arzt sagte dann aber energisch: „So geht das nicht, ich muss ihre Frau begutachten und nicht sie, warten sie bitte draußen." Leni versuchte, sich an ihrem Mann festzuklammern, der umarmte sie und sagte: „Das schaffst du schon, ich bin

125

ja nicht weit weg." Schweren Herzens und mit besorgtem Blick verließ er den Raum. Verzweifelt sah sie ihm nach.

„So Frau Kaiser-von Moeltenhoff, mir scheint, ihr Mann ist ziemlich dominant." Sie widersprach und erklärte, dass das keineswegs der Fall sei, sondern dass er einfach besorgt um sie sei.

„Dann erzählen sie mal", forderte der Arzt sie auf. Als sie verstockt schwieg, versuchte er sie zu beruhigen, in dem er ihr sagte, dass er ja nur ihr Bestes wolle und dass sie keine Angst zu haben brauche. Er fragte sie behutsam nach ihrer Kindheit, und sie erzählte stockend von der glücklichen Kindheit, die sie zusammen mit dem Bruder hatte, bis zu dem Tag, als der Vater verunglückte. Auf weiteres Nachfragen berichtete sie von den liebevollen Großeltern, die sich um sie und den Bruder gekümmert hatten, weil die Mutter sich für einige Zeit in psychiatrische Behandlung begeben musste. Als der Arzt weiterbohrte, erzählte sie von ihrem Sport und dem Studium.

„Und jetzt haben sie sich einen älteren Mann als Vaterersatz genommen." Leni wies das entschieden von sich: „Mein Mann ist zwar vom Typ her genauso ruhig wie mein Vater, aber so groß ist unser Altersunterschied nicht. Es sind nur sechs Jahre. Ich habe keinen Vaterersatz gesucht!"

Als sie sich wieder gefangen hatte, musste er doch allmählich auf die Entführung zu sprechen kommen, wobei Leni während des Erzählens immer wieder in Tränen ausbrach. Es war offensichtlich, dass sie zwar oberflächlich das Trauma überwunden hatte, dass aber immer noch tiefe Wunden zurückgeblieben waren. Er fragte sie, wie sie sich selber beurteilte, und sie meinte, dass es ihr, seit sie in Leipzig lebte, viel besser ginge und dass sie sich in Freiburg immer verfolgt gefühlt hatte. Dass sie einen guten Job gefunden hatte und sich auf ihren Nachwuchs freue. Unter Tränen sagte sie, dass sie fürchterliche Angst vor dem Prozess habe und nie im Leben dort aussagen könnte. „Ich kann mit diesem Mann nicht zusammen in einem Raum sein, das ist unmöglich, da würde ich zusammenbrechen, und ich muss doch an die Kleinen denken." Sie legte sich schützend die Hand auf ihren Bauch.

„Machen Sie sich keine Sorgen. Ich habe mir jetzt ein Bild von Ihnen gemacht und werde mein Gutachten entsprechend verfassen. Jetzt wollen wir Ihren Mann mal befreien, der macht sich sicher große Sorgen um Sie."

Sie nickte unter Tränen, und Johannes nahm sie gleich in den Arm, als er den Raum wieder betreten durfte.

Schweigend fuhren sie nach Hause, und Johannes war sehr besorgt. Er fürchtete, dass ihre Alpträume wiederkämen. Aber scheinbar hatte es ihr gut getan, über all das mit einem Fremden sprechen zu können, denn sie beruhigte sich bald wieder.

Der Gutachter schickte ein objektives Gutachten, in dem er alle physischen und psychischen Folgen der Entführung auflistete, an die Staatsanwaltschaft, und Fabian konnte erreichen, dass falls es überhaupt notwendig wäre, Leni unter Ausschluss der Öffentlichkeit und per Video befragt werden sollte.

Je näher der Prozess rückte, umso nervöser wurde Leni, am liebsten wäre sie gar nicht nach Freiburg gefahren. Fabian hatte ihnen ein Zimmer in einem Hotel gebucht, und die beiden reisten einen Tag vor Prozessbeginn an. Am Abend unternahmen sie noch einen Bummel durch die Stadt, aber Johannes merkte, dass Leni sich ständig nervös umschaute. „Was ist los mein Schätz-chen?", fragte er dann auch besorgt.

„Ich finde es schön, wieder in meinem geliebten Freiburg zu sein, das Martinstor und das Schwabentor, die Kaiser-Joseph-Straße, der Münsterplatz, das Fressgässle, die Bächle, das habe ich alles so vermisst. Aber ich habe das Gefühl, aus allen Fenstern und Türen grinst mich dieser verdammte Mistkerl an." Und sie brach in Tränen aus.

Johannes brachte sie auf dem schnellsten Weg ins Hotel zurück und fragte sich, wie das die nächsten Tage weitergehen sollte. Er telefonierte nochmals mit Fabian, und der schlug vor, einen Arzt zu konsultieren, da sie offensichtlich an Verfolgungswahn leide. Aber weder Lenis Hausarzt, noch der Psychologe, der sie noch eine Zeitlang behandelte hatte, war zu erreichen. Da fiel ihm Sarah ein, die auch versprach, gleich nach ihrer Sprechstunde im Hotel vorbeizukommen. Als sie ankam, sah sie ihre

Freundin besorgt an, fragte nach ihren Beschwerden und gab ihr dann ein leichtes Beruhigungsmittel. Sie untersuchte sie noch, aber es schien alles in Ordnung zu sein. Sie fragte Johannes, wie lange sie bleiben würden und bat darum, sie sofort zu verständigen, falls Lenis Zustand sich verschlimmern würde. Dank des Beruhigungsmittels verbrachte Leni eine ruhige Nacht und erwache am nächsten Morgen ziemlich ausgeruht.

Da sie nicht allein im Hotelzimmer zurückbleiben wollte, machten sie sich zusammen auf den Weg zum Gerichtsgebäude. Dort trafen sie auf Fabian, ihre Mutter und die anderen geladenen Zeugen. Fabian versprach ihr, dass sie sich keine Sorgen machen sollte, und dass alles gut werden würde, worauf sie dankbar nickte.

Als Johannes sah, dass der Peiniger seiner Frau zum Gerichtssaal geführt wurde, nahm er seine Frau in den Arm und drückte ihren Kopf an seine Schulter. Sie ahnte, warum er das machte und blieb ganz ruhig stehen, bis sie hörte, dass die Tür wieder geschlossen wurde.

Stéphanie Kaiser, die diese rührende Szene mit verfolgte, bekam ein schlechtes Gewissen, dass sie ihren Schwiegersohn vor einigen Wochen so hart angegangen war und ihm Vorwürfe gemacht hatte, keine Rücksicht auf Leni zu nehmen. Fürsorglicher konnte ein Mann ja kaum sein.

Das Gericht hatte beschlossen, zunächst die aus Lübeck angereisten Zeugen, also den Mann, der sie gefunden hatte, die Polizisten und den Notarzt zu vernehmen, damit diese sobald wie möglich wieder zurückfahren konnten. Dann wurde das Gutachten des unabhängigen Gutachters aus Leipzig verlesen. Anschließend machte das Gericht eine Pause, und bevor die Zuschauer wieder zugelassen wurden, wurde Leni in einen separaten Raum gebeten. Fabian begleitet sie, und sie beantwortet per Video die ihr gestellten Fragen, bei denen es im Prinzip nur darum ging, wie sie Holger kennengelernt hatte und wie er an ihre Handynummer gekommen war. In diesem Punkt hatte er nämlich eine ganz andere Aussage gemacht als sie. Er beharrte darauf, dass sie sich ihm wie eine Nutte angeboten und ihm die Nummer auf einen Zettel geschrieben habe. Zum Glück kannte sie diese Aussage nicht. Ihre Version klang aber weitaus glaubwürdiger, auch wenn sein Anwalt nochmals nachfragte. Und aufgrund der ganzen Vorgeschichte mit dem Stalking, der Bombe und dem versuchten Eindringen in ihre Wohnung wollte man auf eine weitere Befragung Lenis verzichten, was sie ganz sicher Fabian zu verdanken hatte. Bis dann der Anwalt des Angeklagten ums Wort bat und meinte, da Frau Kaiser ja wieder schwanger sei, wäre der Schaden, den sein Mandant angerichtet hätte, wohl zu verkraften. Da konnte Leni nicht mehr an sich halten, obwohl Fabian versuchte, sie zu beschwichtigen, erklärte sie unter Tränen: „Dieses Kind, das mir dieser Mann genommen hat, ist durch kein anderes zu ersetzen, selbst wenn ich noch zehn Kinder bekäme. Wir haben uns auf unser erstes gemeinsames Kind gefreut, das uns immer an eine besondere Nacht erinnert hätte, auf unsere kleine Stella. Aber jetzt ist unser ganzes Leben zerstört, denn ich bin nicht mehr dieselbe. Ich war glücklich und verliebt, wir haben uns auf unser Baby gefreut und unsere gemeinsame Zukunft geplant. Jetzt muss mein Mann mit meinen Alpträumen und Depressionen leben." „Außerdem", fuhr sie schluchzend fort, „bin ich Architektin und liebe meinen Beruf, aber jetzt traue ich mich nicht mehr alleine auf eine Baustelle." Aggressiver fuhr sie fort: „Und sie meinen wirklich, es sei kein großer Schaden entstanden? Hätte man den Kerl gleich ordentlich weggesperrt, dann wäre uns das alles erspart geblieben!" Schluchzend brach sie zusammen. Fabian bat darum, die Befragung einzustellen, da seine Mandantin nicht mehr in der Lage sei, weitere Fragen zu beantworten, dem auch stattgegeben wurde. Von Fabian gestützt verließ sie, nachdem sie sich etwas beruhigt hatte, den Raum und wurde von Johannes in den Arm genommen. Er führte sie zu einer Bank, wo sie sich an ihn lehnte und weinte. Sie verbrachten noch einige Zeit wartend im Gang des Gerichtsgebäudes, bis bekannt gegeben wurde, dass die Zeugenbefragung am nächsten Tag fortgeführt werden solle.

Zunächst schien Leni sich beruhigt zu haben, und sie verbrachten den Abend bei Tobias. Als sie ins Hotel zurückkamen, spürte Johannes, dass sie zunehmend unruhiger wurde und schlug vor,

zu Bett zu gehen, da er am nächsten Morgen wieder bei Gericht erscheinen musste. Er nahm sie in den Arm und versuchte, zärtlich zu sein, aber sie stieß ihn weg. In der Nacht waren die Alpträume wieder da, und sie erwachte schreiend. Er versuchte, sie zu beruhigen, indem er sanfte Musik auf dem Smartphone auswählte und ihr die Kopfhörer aufsetzte. Zunächst schien das auch zu helfen, was aber nicht lange anhielt. Da er Angst um die Babys hatte, verständigte er den Notarzt. Zum Glück hatte Lenis Freiburger Hausarzt Dienst, und der war mit ihrer Vorgeschichte vertraut. Johannes schilderte ihm, dass sie wegen des Prozesses da seien, dass Leni sich am Abend zuvor schon verfolgt gefühlt hatte und am heutigen Tag vor Gericht aussagen musste. Der Arzt wollte Leni in eine Spezialklinik einweisen, was sie aber vehement ablehnte. Er untersuchte sie gründlich und gab ihr eine Beruhigungsspritze, nachdem er festgestellt hatte, dass mit der Schwangerschaft offensichtlich alles in Ordnung war. Er riet aber vorsichtshalber, einen Gynäkologen hinzuzuziehen, sobald sich ihr Allgemeinzustand verschlechterte. Allmählich schien sie sich wieder zu beruhigen, und als die Spritze wirkte, schlief sie ein. Am Morgen rief Johannes dann bei Tobias an und fragte, ob er oder Miriam bei Leni bleiben könnten, da er und ihre Mutter nochmals zu Gericht mussten. Tobias sagte sofort zu, da er seine Schwester natürlich nicht im Stich lassen wollte. Eigentlich wollte er zusammen mit seiner Frau den Prozess verfolgen, aber Leni war wichtiger. Er versprach, dass Miriam ihn am Hotel absetzen und dafür Johannes mitnehmen würde, wenn sie zum Gericht fuhr und dass er sich selbstverständlich um Leni kümmern werde. Dann verständigte Johannes auch noch Sarah, die versprach, noch vor der Sprechstunde vorbeizukommen.
Während Johannes telefonierte, wankte Leni ins Bad, da sie das dringende Bedürfnis hatte, sich zu duschen. Sie hatte wie damals im Krankenhaus das Gefühl, sie müsse alles das, was geschehen war, von sich abwaschen. Sie duschte ausgiebig und schlüpfte dann in T-Shirt, Slip und Hose, und als das Frühstück gebracht wurde, nahm sie Johannes zuliebe ein paar Bissen zu sich und trank den Tee, den er ihr bestellt hatte. Er erklärte ihr, dass er

gleich gehen müsse, da er noch vor Gericht aussagen müsse. Als sie ihn erschrocken ansah und bat, sie nicht alleine zu lassen, fügte er hinzu, dass Tobias bei ihr bleiben würde und dass außerdem Sarah noch vorbeikäme. Dankbar lächelte sie ihn an. Da sie sich nach dieser schrecklichen Nacht noch müde fühlte, zog sie die Hose wieder aus, legte sich ins Bett und schlief erstaunlicherweise wieder ein. Als Tobias angekommen war, machte sich Johannes auf den Weg. Einige Zeit später kam dann auch Sarah, legte Leni den Mundschutz an, der auf ihrem Nachttisch lag und nahm ihre Freundin sanft in den Arm. „Leni, Liebes, was machst du denn für Sachen?", sagte sie sanft zur erwachenden Leni. Dann fragte sie, ob sie Kontraktionen oder Blutungen habe, was Leni verneinte, und untersuchte sie ebenfalls gründlich. „So weit scheint alles in Ordnung zu sein. Du brauchst jetzt vor allem Ruhe. Ich geb dir noch ein leichtes Beruhigungsmittel und komme am Nachmittag nach der Sprechstunde wieder vorbei." Sie bat Tobias, sie unbedingt anzurufen, falls sich der Zustand von Leni verschlechtern oder Blutungen auftreten würden.

Als Johannes alleine im Gerichtsgebäude eintraf, stürzte sich Stéphanie sofort auf ihn und fragte nach Leni. Sie sah, wie übernächtigt und besorgt er aussah und war entsetzt. Er sagte ihr nur, dass Leni eine schlechte Nacht gehabt habe und dass Tobias jetzt bei ihr sei. Er suchte nach Fabian und rief ihn dann an, als er ihn nirgends sehen konnte. Der war in einer Besprechung mit Richter, Staatsanwalt und dem Verteidiger des Angeklagten, nahm aber das Gespräch trotzdem entgegen, als er sah, dass es Johannes war. Dieser berichtete kurz über den Zustand von Leni und sagte, dass er so bald wie möglich wieder zum Hotel zurück wollte. Fabian bat daraufhin darum, doch Johannes als ersten Zeugen zu vernehmen, wogegen keiner etwas einzuwenden hatte. Als Johannes dann tatsächlich als Erster in den Gerichtssaal gerufen wurde und anfangen wollte, die ihm gestellte Frage zu beantworten, rastete der Angeklagte plötzlich aus. Er schrie, dass der Dicke ihm seine Frau weggenommen habe und dass man das nicht zulassen dürfe. Niemals würde er ihm seine Leni überlassen.

Er wollte sich auf Johannes stürzen, wurde aber zum Glück von den beiden Aufsehern noch rechtzeitig zurückgehalten. Er wurde ermahnt, Ruhe zu geben, da er sonst aus dem Gerichtssaal entfernt werden müsse, was dann schlussendlich auch geschah, da er schimpfte und keifte und mehrmals versuchte, an Johannes ranzukommen.

Johannes versuchte, die Ruhe zu bewahren und beantwortete die ihm gestellten Fragen sachlich und wahrheitsgemäß. Viel konnte er auch nicht zur Klärung des Sachverhalts beitragen, da er ja in Hamburg gewesen war und auf Leni gewartet hatte, als diese entführt wurde. Er gab an, dass er von dem Stalker gewusst und auch die Wohnungstür gesehen hatte, die dieser zwei Wochen zuvor versucht hatte einzutreten. Er versuchte, seine Emotionen im Griff zu behalten und so sachlich wie möglich zu antworten, als der Anwalt ihn nach den Auswirkungen der Entführung und den dadurch erfolgten Verlust des Kindes auf Leni und ihre Beziehung gefragt wurde. Da ihn Fabian über die gestrige Aussage von Leni informiert hatte, berichtete er im Prinzip das Gleiche, führte aber die physischen und vor allem psychischen Probleme seiner Frau noch detaillierter aus.

Als er seine Aussage beendet hatte, bat er darum, das Gericht verlassen zu dürfen, um sich um seine Frau kümmern zu können, was ihm gestattet wurde. Als er im Hotelzimmer ankam, berichtete Tobias ihm, dass Leni fast die ganze Zeit geschlafen habe und dass Sarah da gewesen sei und am Nachmittag nochmals vorbeikommen würde. Johannes bedankte sich herzlich bei seinem Schwager, und dieser meinte mit Blick auf das seidene, weiße, hauchzarte Nachthemd, das über dem Stuhl hing, dass er sich wohl bei der Wahl der Nachtwäsche seiner kleinen Schwester durchgesetzt habe. Johannes verstand erst nicht, und Tobias meinte, dass sie so etwas früher nie getragen hätte. Die Dinger, mit denen sie früher daheim ins Bett gegangen war, wären der reine Alptraum gewesen. Aber sie habe nur gemeint: „Das sieht doch niemand, Hauptsache bequem und kuschlig." Beide lachten, ja so war sie halt. Johannes erzählte dann, dass sie dieses Nachthemd seines Wissens nach wohl für die Hochzeitsnacht gekauft hätte. Auf den fragenden

Blick seines Schwagers hin meinte er nur: „Meinst du wirklich, dass meine Braut in der Hochzeitsnacht oder in den Flitterwochen ein Nachthemd gebraucht hat?" Tobias antwortete zwinkernd: „Nee, eigentlich nid, nachdem was man von euch so hört, wundert es mich, dass sie überhaupt eins braucht." Beide verabschiedeten sich lachend voneinander, wobei Johannes meinte, dass er sich jetzt einige Kleinigkeit zu essen bestellen und dann aufs Ohr hauen würde, da er die ganze Nacht nicht geschlafen hatte.

Johannes wurde durch das Läuten von Lenis Handy geweckt. Er stütze sich auf den Unterarm und griff über Leni hinweg zum Nachttisch. Als er sah, dass es Sarah war, die anrief, meldete er sich schlaftrunken.

„Hallo Johannes, würdest du mich bitte reinlassen?", fragte Sarah, und als keine Reaktion kam: „Ich steh hier vor eurer Tür und klopf mir die Finger wund."

So langsam kam er zu sich. „Oh ja, sicher, sorry." Er stieg aus dem Bett, schlüpfte in seine Hose und öffnete die Tür.

Sarah war einen Moment verwirrt, als sie ihn so mit nacktem Oberkörper vor sich stehen sah. Sie kannte ihn ja jetzt schon ungefähr ein Jahr, aber so sexy hatte sie ihn noch nie erlebt. Der regelmäßige Besuch des Fitnessstudios und die Ernährungsumstellung hatten aus dem eher pummeligen Johannes einen kräftig gebauten, aber sehenswerten Mann gemacht.

Den würde ich auch nicht von der Bettkante schubsen. Dagegen ist Felix ja ein echter Spargeltarzan, verglich sie ihn in Gedanken mit ihrem Mann, mit dem sie seit 15 Jahren glücklich verheiratet war und zwei Kinder hatte.

Johannes fing den Blick der bereits mit Mundschutz versehenen Ärztin auf, was seinen prächtigen Oberkörper vor Stolz nochmals um ein paar Millimeter anschwellen ließ. Lächelnd fuhr er sich mit einer Hand durch das zerzauste Haar und bat sie reinzukommen.

„Wie geht es Leni, sind Blutungen aufgetreten?", fragte Sarah, als sie sich wieder gefangen hatte, nun wieder ganz die besorgte Freundin und Ärztin.

„Sie schläft noch. Sorry, ich war so hundemüde, dass ich mich auch erst mal aufs Ohr gelegt habe, nachdem Tobi gegangen war und wir etwas gegessen hatten."

Er setzte sich zu der langsam erwachenden Leni auf die Bettkante. Sie lächelte ihn an, legte eine Hand auf seine Brust und fing an, sein Brusthaar zu kraulen. „Sie sehen verdammt gut aus, Herr von Moeltenhoff", flüsterte sie aufreizend.

Diese kleine Geste erregte ihn noch genauso wie an ihrem ersten Abend, und normalerweise würde er in wenigen Augenblicken bei ihr im Bett liegen. Behutsam nahm er ihre Hand von seiner Brust, küsste sanft ihre Fingerspitzen und sagte mit rauer Stimme: „Hm, ja, Frau Kaiser, meine Frau hat so etwas auch schon mal erwähnt."

„So, so, Ihre Frau", erwiderte sie mit einem spitzbübischen Lächeln. „Die muss aber sehr glücklich sein."

Er beugte sich zu ihr, küsste sie sanft und sagte leise: „Das will ich doch hoffen."

Gerade als er Leni darauf aufmerksam machen wollte, dass Sarah da war, meldete die Ärztin sich: „Na ihr beiden Turteltauben, könnte ich jetzt vielleicht meine Arbeit machen?"

Johannes legte Leni den Mundschutz an, der auf ihrem Nachttischlag lag, und trat beiseite. Während er sich ein T-Shirt überzog, berichtete er, dass Leni etwas Hühnersuppe gegessen und ein Kännchen Tee getrunken habe. Kurz danach hätte sie sich aber wieder schlafen gelegt.

Sarah hatte die Decke von Leni geschoben und ihr T-Shirt etwas hochgestreift, um den Bauch abzutasten. „Na, dann scheint es ja wieder aufwärts zu gehen." Und als Leni auf die Frage nach Kontraktionen oder Blutungen wiederum verneinte, bestätigte sie, dass alles in Ordnung sei. Nachdem die beiden Frauen sich voneinander verabschiedet hatten, bat Sarah Johannes, der inzwischen auch seinen Mundschutz trug, noch mit in den Flur und schärfte ihm ein, sicherheitshalber die nächsten Tage keinen Sex mit Leni zu haben, um die Kinder nicht zu gefährden. „Lass sie erst mal wirklich zur Ruhe kommen. Denn wie ich gehört habe, wollt ihr nach dem Prozess gleich abreisen. Das wird sonst zu viel für sie."

„Ja klar, du weißt, dass ich für Leni und die Kleinen alles tun würde." *Auch wenn es mir schwerfällt,* dachte er bei sich.

„Ich komm morgen früh nochmal vorbei", ergänze sie noch und verabschiedete sich.

„Hör zu Schätz-chen, Tobi hat gefragt, ob wir am Abend nochmal vorbeikommen möchten. Er wollte ein paar Steaks auf den Grill werfen." Als Leni einverstanden war, rief er seinen Schwager an, um ihren Besuch zu bestätigen. Als sie dort ankamen, war auch die Mutter der beiden da und freute sich, ihre Tochter doch wieder einigermaßen wohlbehalten zu erleben. So verbrachten sie einen gemütlichen Abend im Kreis der Familie und fuhren am späten Abend ins Hotel zurück.

Leni war zwar etwas enttäuscht, dass ihr Mann keinen Versuch unternahm, um mit ihr zu schlafen, schlief dann aber bald an ihn gekuschelt ein. Es fiel ihm schwer, sich zurückzuhalten, vor allem, wenn er sich an die kleine verführerische Szene vom Nachmittag erinnerte, aber er dachte an die mahnenden Worte von Sarah. Leni schlief die ganze Nacht ohne Alpträume und erwachte am Morgen frisch und munter. Sie lächelte ihren schlafenden Mann an und fing an, ihm das Brusthaar zu kraulen. Er wachte jetzt langsam auf und murmelte: „Hm, Schätz-chen, du spielst schon wieder mit dem Feuer."

„Und, ist das schlimm?"

„Normalerweise nicht, aber Sarah hat mir strikt verboten, mit dir zu schlafen."

„Und wenn ich es aber trotzdem will!", erwiderte sie trotzig.

„Denk doch bitte an die Kiddies, willst du die gefährden? Das kannst du doch nicht wirklich wollen? Oder Lene?"

Sie schmollte, und er nahm sie in den Arm und hielt sie fest, als sie sich ihm entwinden wollte. „Lene, bitte", flehte er.

„Gib doch zu, dass du mich nicht mehr willst!"

„Sag mal, spinnst du jetzt?", erwiderte er heftig, worauf sie anfing zu weinen. Er nahm sie sanft in den Arm, und sein „Sch, sch" schien sie tatsächlich zu beruhigen. Sie küssten sich zuerst sanft und zärtlich, dann aber immer leidenschaftlicher, und er merkte, dass Leni tatsächlich voller Lust war. Er befriedigte sie mit den Händen und dem Mund und kam dann schließlich selber zwischen ihren Beinen, aber nur mit der Spitze seines Glieds in ihrer Vagina. Später sagte er zärtlich zu ihr: „Du Verführerin, du kleine Hexe."

Nachdem das Frühstück gebracht worden war, ging er duschen und war kaum in seinen Kleidern, als auch schon Sarah anklopfte. Als sie Leni untersucht und alles für gut befunden hatte, bat sie ihn mit nach draußen, als sie ging. Dort schimpfte sie mit ihm: „Hab ich dir nicht gesagt: keinen Sex!?"

„Ja schon, aber weißt du, was sie mir für eine Szene gemacht hat, weil ich nicht wollte? Es war ja nur Petting, und besser das, als dass sie sich noch mehr aufregt." Sarah verabschiedete sich kopfschüttelnd, wobei sie noch darum bat, sie unbedingt zu verständigen, falls es Leni schlechter ginge.

11

Johannes ging nochmals zum Gericht, da er sich die Plädoyers der Anwälte anhören wollte, und Leni verbrachte den Tag mit ihrer Mutter und besuchte die geliebten Großeltern. Den Abend verbrachten sie wieder bei Tobias und fuhren dann den nächsten Morgen weiter ins Münsterland. Die Urteilsverkündung wollten sie nicht abwarten, Fabian würde ihnen dann schon berichten.

Dort angekommen fühlte sich Leni im Kreis der Familie sichtlich wohl, und Johannes schlug vor, dass sie doch am nächsten Tag mit Gabi zum Shoppen fahren solle. Sie meinte zwar erst, dass er doch mitkommen sollte, aber er sagte ihr, dass das doch Weiberkram sei und sie den Tag mit Gabi genießen solle. Und so machten sie es, die beiden Frauen verbrachten viele schöne Stunden zusammen. Sie kauften ein wie die Weltmeister, und Gabi war eine gute Beraterin, da sie den Geschmack ihres Bruders ziemlich gut kannte. Sie unterhielten sich über dieses und jenes, und Gabi wiederholte ihren Vorschlag, dass die beiden doch zu ihnen ziehen sollten. „Ja, die Idee ist nicht schlecht, dann könnten unsere Kinder gemeinsam aufwachsen. Ich schau mir das Gebäude nachher mal an. Aber jetzt ziehen wir nächste Woche erst mal in unsere neue Wohnung, und dann warten wir ab, wie sich Johannes als Dozent macht. Ich könnte mir schon vorstellen, dass ihm das Spaß macht." Dann schaute sie ihre Schwägerin prüfend an: „Sag mal Gabi, täusch ich mich, oder ist bei dir auch wieder was unterwegs?"

Gabi sah sie verblüfft an: „Woher weißt du das? Es weiß doch noch gar niemand."

„Sagen wir mal, weibliche Intuition. Aber ich sag es niemandem, das musst du dann schon selber machen."

„Ich hoffe nur, dass es dieses Mal endlich ein Mädchen wird", sinnierte Gabi. „Und was wird es bei euch?"

„Keine Ahnung, aber wir wünschen uns auch mindestens ein Mädchen. Hauptsache sie sind gesund."

Gabi stutzte: „Leni, wie meinst du das?" Leni legte den Zeigefinger auf ihren Mund, „bitte, bitte nicht weitersagen, es weiß sonst niemand, und dabei soll es auch bleiben. Es werden Zwillinge."

„Jetzt wird mir einiges klar", lachte Gabi.

Dann erzählte Gabi noch von früher und davon, wie die Mädchen hinter ihren Brüdern her waren, aber Joe sich eigentlich gar nicht viel daraus gemacht hatte. Bis dann Melanie es auf ihn abgesehen hatte und ihn unbedingt heiraten wollte, was er schlussendlich, als sie ihm sogar bis Freiburg gefolgt war, auch tat. „Aber die beiden waren nie glücklich, und ich bezweifle, dass der kleine Alexander wirklich sein Sohn war. Die hat doch alle drüber gelassen, sogar Max, nur ihren Mann nicht."

Leni meinte nur: „Armer Johannes", und Gabi betonte, dass sie ihren Bruder noch nie so glücklich erlebt habe wie mit Leni. „Du hast ihn verzaubert", meinte sie zu ihrer Schwägerin.

„Ja, aber die letzten Monate hatte er es auch nicht leicht mit mir", gab Leni zu bedenken.

„Aber er liebt dich, und mit der Zeit wird es dir ja auch wieder besser gehen."

„Gabi, du bist echt super, genau so lieb wie dein Bruder." „Dem besten Ehemann der Welt", fügte sie glücklich lächelnd hinzu.

Beschwingt und fröhlich und mit unzähligen Einkaufstüten bepackt, kehrten die beiden einige Stunden später auf den Gutshof zurück. Dieser Frauentag hatte Leni wirklich gut getan.

Der Abend verlief harmonisch, und Leni war wie ausgewechselt. Johannes war froh darüber, sie fühlte sich offensichtlich wohl bei seiner Familie.

Vergangene Nacht hatte Johannes sich nochmals zurückgehaltenen, und da sie dieses Mal in seinem alten Zimmer schlafen mussten, weil alle Appartements belegt waren, war Leni auch nicht so erpicht darauf, dass die anderen etwas mitbekamen. Aber in dieser Nacht waren die Gefühle stärker, und sie liebten sich, als wären sie allein auf der Welt, wobei Leni ihm unbeabsichtigt aus lauter Leidenschaft einen mächtigen Knutschfleck verpasste.

Als sie am nächsten Morgen erwachte, merkte sie, dass etwas gegen ihren Schenkel stieß, sie öffnete die Augen und sah, dass Johannes noch schlief, aber Little Joe, wie sie sein Glied liebevoll nannte, sich unbedingt in ihren Schenkel bohren wollte. *Was er wohl träumt,* fragte sie sich, drehte sich zu ihm um und fing an, sein Brusthaar zu kraulen und seine Brustwarzen zu liebkosen. Er stöhnte tief auf, und da sie mittlerweile selber ziemlich erregt war, drückte sie ihm gegen die Schulter, sodass er auf dem Rücken zu liegen kam und setzte sich auf ihn drauf. Der so verführte wurde allmählich wach und wusste gar nicht, wie ihm geschah, wehrte sich natürlich nicht, und so kamen sie beide bald stöhnend zum Höhepunkt. Nachdem sie eine Weile beieinander gelegen hatten, meinte er: „Sagen Sie mal Frau Kaiser, was war das denn, verführen Sie jetzt auch schon friedlich schlafende Männer?"

„Friedlich schlafend ist gut. Little Joe hätte mir fast ein Loch ins Bein gebohrt", wehrte sie sich schelmisch blickend.

„Du weißt aber schon, was Sarah gesagt hat", drohte er schimpfend mit dem Zeigefinger.

„Ja, schon, aber ich wollte ihn endlich mal wieder richtig in mir spüren", gestand sie leicht errötend.

Er zog sie lächelnd an sich, was sollte er da noch sagen? Und da er den Beginn dieses wunderschönen Morgens verschlafen hatte, verwöhnte er seine Frau auch noch ein weiteres Mal.

Da wegen der Hitze alle Fenster im Gutshof geöffnet waren, blieb den anderen Bewohnern ihr Tun natürlich nicht verborgen, und Johannes, der alle Geräusche im Haus kannte, stellte lächelnd fest, dass sie da wohl die anderen Paare im Haus auch auf den Geschmack gebracht hatten. Und er bedauerte ein wenig den armen Max, der sich alleine begnügen musste.

Sie dösten nochmal ein, und als er später hörte, dass sich in der Küche etwas tat, stand er auf und ging ins Bad. Als er zurück war, versuchte er, Leni zu überreden auch aufzustehen, der war aber mittlerweile bewusst geworden, dass das Fenster offenstand und man sie sicherlich gehört hatte. „Da musst du durch mein Schätz-chen, aber du weißt ja, dass wir verheiratet sind und das dürfen“, ergänzte er lachend. „Und wenn hier einer blöd angemacht wird, dann bin ich das. Und im Übrigen, schau was du gemacht hast“, er zeigte auf den Knutschfleck.

„Oh, da muss ich wohl mal ein ernstes Wort mit Frau Kaiser reden“, meinte sie vergnügt. „Soll ich dir ein Halstuch leihen, oder trägst du ihn stolz wie ein Mann, der seiner Frau eine wunderschöne Nacht bereitet hat?“

Als sie sich endlich ins Bad aufmachte, ging er schon mal in die Küche, wo er eine glücklich lächelnde Mutter vorfand. *Hab ich mich doch nicht getäuscht,* dachte er. Er wünschte ihr einen guten Morgen, hauchte ihr ein Küsschen auf die Wange und fragte, ob er etwas helfen könne. Die Mutter verneinte und fragte nach dem Befinden von Leni. Johannes antwortete, dass es ihr wieder sehr gut ginge und dass der Nachmittag mit Gabi die beste Medizin für sie gewesen sei.

„Du treibst es aber nicht zu wild mit ihr, mein Junge? Denk an ihre Schwangerschaft.“

Johannes stöhne auf. „Jetzt fang du nicht auch noch damit an, Mutti.“ Auf ihren fragenden Blick hin erzählte er, dass seine Schwiegermutter ihn schon dauernd ermahnte und Sarah, die Gynäkologin mit der Leni befreundet war, ebenfalls. „Ich halte mich wirklich so gut es geht zurück, aber …“, er stockte, denn Intimes wolle er seiner Mutter eigentlich nicht erzählen.

„Ja, ja“, meinte sie, „stille Wasser gründen tief. Dein scheues Reh scheint wohl eher eine kleine Wildkatze zu sein.“ Johannes nickte, und sie lachten sich beide verständnisvoll an, als der Vater die Küche betrat.

„Na, was baldowert ihr denn aus?“, fragte er vergnügt lachend.

„Nichts, wir haben uns nur unterhalten, sozusagen von Mutter zu Sohn“, antwortete die Mutter lächelnd. „Meinst du, Leni kommt gleich, soll ich den Tee schon mal aufbrühen?“ Johannes sah auf die Uhr und meinte, dass sie wohl noch etwas brauchen würde.

Leni hatte unterdessen geduscht und eines der neuen Kleider angezogen, das sie sich am vorherigen Tag gekauft hatte. Leider hinderte ihr lahmer Arm sie daran, den Reißverschluss ganz zu schließen, und sie rief auf dem Flur nach Johannes. Der unterhielt sich aber in der Küche mit seinen Eltern und hörte nichts, so kam Maximilian verschlafen aus seinem Zimmer und wollte wissen, was los sei.

„Oh nichts, Entschuldigung ich wollte dich nicht wecken, ich krieg nur meinen Reißverschluss nicht alleine zu.“

„Nicht wecken ist gut, ich hab die ganze Nacht kein Auge zugetan, bei dem Lärm, den ihr gemacht habt.“ Leni wurde knallrot und wusste keine Antwort auf diesen Vorwurf. Maximilian machte ihr das Kleid zu und schlurfte dann ins Bad, während Leni Richtung Küche ging. Mit immer noch geröteten Wangen kam sie dort an, und als Johannes sie fragte, was los sei, sagte sie nur: „Max, was sonst. Von wegen, dass man nur dich dumm anmacht.“ Sie biss sich wieder vor Verlegenheit auf die Unterlippe. Er zog sie lachend an sich und küsste sie zärtlich und hoffte, dass sie sich noch lange diese Scheu bewahren würde. Er liebte sie so, wie so war, scheu in der Öffentlichkeit und leidenschaftlich im Bett.

„Demnach ist Max also auch schon auf?“, lenkte die Mutter sie ab.

„Hm, ja, der ist im Bad.“

Sie fingen schon mal an zu frühstücken, und als Maximilian in die Küche kam, nahm er gegenüber von seinem Bruder Platz, und sein Blick fiel natürlich auf dessen Hals. Er ließ einen anerkennenden Pfiff ertönen und lachte. „Alle Achtung Leni, das hast du aber gut hingekriegt. Mein Bruder hatte in seinem ganzen Leben noch nie einen Knutschfleck.“

„Nur kein Neid, Kleiner“, erwiderte der, während Leni schon wieder nicht wusste, wo sie hinschauen sollte. Johannes legte den Arm liebevoll um Leni: „Hör mal Schätz-chen“, sagte er zärtlich, „von dem Neidhammel lassen wir uns jetzt den Tag, der so wunderschön begonnen hat, nicht verderben.“

Sollten doch alle wissen, wie glücklich er war.

Nach dem Frühstück half Leni ihrer Schwiegermutter noch beim Abräumen, und die bedankte sich bei ihr, weil sie ihren Sohn noch nie so glücklich gesehen hatte. Leni erwiderte aber, dass er wohl doch eine schlimme Zeit mit ihr durchgemacht habe und auch jetzt ständig Rücksicht auf sie nehmen müsste.

„Das macht er doch gerne, Kleines", erwiderte ihre Schwiegermutter liebevoll.

Dann ging sie ins Zimmer zurück, und sie packten beide ihre Sachen zusammen und verstauten alles zusammen mit den Hochzeitsgeschenken, die sie bei der Hochzeitsfeier zurückgelassen hatten, im Auto. Leni machte noch ein paar Fotos von dem Gebäude, das es aufzustocken galt, nahm die Maße und erkundigte sich nach Wasseranschluss, Kanalisation und sonstigen Dingen, die sie wissen musste und worüber Schwiegervater und Schwager gerne Auskunft erteilten.

12

Zu Hause angekommen aßen sie noch eine Kleinigkeit, und Leni fiel todmüde ins Bett. Das Reisen strengte sie allmählich doch ziemlich an. Am nächsten Morgen stand Johannes frisch geduscht und nur mit seiner Hose bekleidet am Bett und versuchte, die schlafende Leni zu wecken. Als sie endlich die Augen aufschlug, hielt er ihre Hände fest und mahnte sie, dass sie jetzt unbedingt aufstehen müsse, da sie sonst zu spät zu ihrem Termin in der Entbindungsklinik kämen.

„Und warum hältst du mir die Hände fest?“, wollte sie wissen. „Weil ich genau weiß, was passiert, wenn ich das nicht tue“, erwiderte er lachend. „Ich lasse mich zwar liebend gerne von meiner süßen Frau verführen, aber wir haben keine Zeit mehr. Komm, steh jetzt auf.“ Gehorsam tat sie, was er sagte und zog sich nach dem Duschen das schöne blaue Kleid an, das er ihr während ihrer Flitterwochen in Hamburg gekauft hatte, stellte dabei aber fest, dass sie es wohl nicht mehr lange tragen könnte, da es doch nicht so weit geschnitten war, wie sie gedacht hatte. Er betrachtete sie bewundernd und sagte ihr, wie hübsch sie sei, und nach einem kurzen Frühstück fuhren sie glücklich zu der Adresse, die ihre neue Gynäkologin ihnen genannt hatte.

Unterwegs erzählte sie vergnügt von einem Telefonat mit Sarah, die ihr gebeichtet habe, wie sexy sie ihn an jenem Nachmittag im Hotel fand, als er ihr mit nacktem Oberkörper die Tür geöffnet hatte.

„Worüber ihr Frauen alles redet“, meinte er leicht verlegen, weil er sich ebenso an den Blick von Sarah erinnerte.

„Na ja, lieber sie erzählt mir, dass ich einen sexy Mann habe, als dass sie dich heimlich anschmachtet“, meinte sie immer noch vergnügt. „Ich bin jedenfalls stolz auf dich, Sexy-Boy.“ Sie lächelte ihn verliebt an.

Er lächelte sie ebenfalls an und sagte: „Lene, weißt du eigentlich, wie sehr ich dich liebe?“

„Ich hoffe, ebenso sehr wie ich dich“, antwortete sie, immer noch glücklich lächelnd.

In der Klinik angekommen wurden sie von einer ziemlich rundlichen, aber sehr freundlichen Frau in Empfang genommen, die erklärte, dass sie eine der Hebammen im Haus sei. Sie erklärte ihnen alles, was sie wissen wollten und begann dann, sie rumzuführen. Die Klinik und die Atmosphäre hatten ihnen beiden gut gefallen, bis … Leni dachte, ihren Augen nicht zu trauen, trotz des Mundschutzes hatte sie ihn sofort erkannt, und sie blieb wie angewurzelt stehen. Die Hebamme stellte ihnen Doktor Weber vor, und Leni stammelte nur: „Oliver?“

„Na so was, Leni. Ich hab dich erst gar nicht erkannt. Gut siehst du aus“, sagte Oliver Weber. „Man trifft sich doch immer zweimal im Leben“, meinte er dann lachend.

„Darauf hätte ich gerne verzichtet“, erwiderte sie brüsk. „Komm Johannes, wir gehn. Hier kann ich unmöglich meine Kinder zur Welt bringen!“

„Die Herrschaften kennen sich offenbar“, meinte die Hebamme erstaunt.

„Ja, leider“, erwiderte Leni ungehalten und wandte sich zum Gehen.

„Hey Leni, jetzt sei doch nicht so“, versuchte Oliver einzulenken. „Das ist doch schon so lange her. Was kann ich dafür, dass du so prüde bist“, rief er ihr hinterher.

Sie drehte sich um und zischte: „Du kannst froh sein, dass ich dich nicht angezeigt habe.“ „Und wo hast du eigentlich den Doktortitel gekauft?“, fragte sie wütend.

Eiligen Schrittes lief sie davon, und Johannes, der keine Ahnung hatte, was da los war, folgte ihr beunruhigt. Am Ausgang hatte er sie eingeholt, und da er merkte, wie aufgeregt sie war, nahm er sie erst mal in den Arm. „Sch, sch, was ist los mein Schätzchen?“ Sie klammerte sich an ihn und sagte unter Tränen: „Das willst du nid wirklich wissen.“ Dann wetterte sie los: „Verdammt noch mal, warum muss immer mir so was passieren? Wer legt mir immer solche Steine in den Weg? Deutschland ist so groß, aber ausgerechnet hier muss der jetzt sein Unwesen treiben. Des isch doch zum Kotzen!“ Und ihr war wirklich speiübel.

Die Hebamme hatte sie inzwischen eingeholt und dirigierte sie zu einer Sitzgruppe, damit Leni, die inzwischen zitterte wie Espenlaub, sich erst mal setzen konnte. Sie brachte ihr ein Glas Wasser, und dann wollte sie wissen, ob mit Doktor Weber etwas nicht in Ordnung sei.

„Meines Wissens darf er gar nicht praktizieren. Hat man denn mal seine Papiere überprüft?", sagte Leni immer noch unter Tränen.

„Das weiß ich nicht, er ist erst seit knapp zwei Monaten hier bei uns. Aber ich werde die Klinikleitung informieren, dass sie dem nachgehen. Es wäre sehr schade, wenn Sie deswegen nicht bei uns entbinden würden."

„Solange DER da ist, ganz sicher nicht", sagte Leni trotzig. „Sie können mir ja sicher nicht garantieren, dass er nicht da ist, wenn ich entbinde. Es tut mir leid, es geht einfach nicht."

„Ich kümmere mich darum", versprach die freundliche Hebamme, „und ich gebe Ihnen Bescheid. Wenn es stimmt, was Sie sagen, dann kann er nicht hier bleiben, das ist selbstverständlich, und er bekommt zudem noch ein Gerichtsverfahren."

Sie verabschiedeten sich, und Johannes führte die noch völlig verstörte Leni zum Auto. „Möchtest du darüber reden?", fragte er sanft. „Jetzt nicht, später", seufzte sie. „Den Schock muss ich erst mal verdauen." „Warum nennt er dich prüde?", fragte Johannes dann doch, nachdem sie eine Weile schweigend Richtung Innenstadt gefahren waren.

„Weil er ein perverses Arschloch ist!", erwiderte sie heftig.

„Das erklärt einiges", meinte er sinnierend. Leni sah ihn fragend an, aber er schien auf den Verkehr konzentriert zu sein.

Als sie wieder zu Hause waren und sie sich einigermaßen gefasst hatte, fragte er noch mal, ob sie reden wolle und ob das der Typ sei, von dem Max ihm berichtet hatte. Sie sah ihn erst fragend an, dann fiel ihr aber ein, dass Maximilian sie damals mit Sicherheit vor einer Vergewaltigung bewahrt hatte. „Ich denke schon." Dann erzählte sie, dass sie Oliver in der Praxis von Sarah kennengelernt hatte und der sich einfach ihre Telefonnummer aus der Krankenakte notiert und sie um ein Date gebeten hatte.

„Das darf der doch gar nicht", erwiderte Johannes.

Leni zuckte die Schultern und erzählte weiter, dass sie sich ein paar Mal verabredet hätten, im Kino, im Club oder so und dass er anfangs ganz charmant und aufmerksam war. „Als du dann meine WhatsApp zu Ostern derart kühl beantwortet hast, war ich so frustriert, dass ich mich auf ihn eingelassen habe", schon wieder kullerten die Tränen. „Aber er war gleich beim ersten Mal komisch, hat sich dabei aufgegeilt, als er mir demonstriert hat, wie ich die Kappe einsetzen muss. Das war mir so unendlich peinlich, und ich wollte eigentlich gleich wieder Schluss machen, aber er meinte, dass ich nicht so verklemmt sein soll. Die nächsten Male hat er dann immer mehr komische Sexspielzeuge mitgebracht, und ich wollte das alles gar nicht, das war mir so zuwider aber er hat mich gezwungen. An dem Abend, als Max kam, wollte ich sowieso Schluss mit ihm machen. Ich hatte ihn angerufen und gesagt, dass ich nicht mehr mit ihm zusammen sein will. Aber er hat mich dann am Abend, als ich vom Pilates zurückkam, abgepasst und wollte mit mir sprechen. Und ich dumme Kuh, hab mich darauf eingelassen. Er hat mich dann in meiner Wohnung sofort mit Gewalt ins Schlafzimmer geschleppt. Du wirst es kaum glauben, der hatte einen Dildo dabei, der war so groß, dagegen ist Little Joe ein Zwerg." Sie schüttelte sich bei dem Gedanken daran. „Zum Glück hat Max im richtigen Moment geklingelt, und er war einen Moment so verwirrt, dass ich ihm entwischen konnte."

„Oh Gott, Lene", seufzte Johannes. „Ich hab deine Nachricht so brüsk beantwortet, weil Max mir erzählt hatte, dass du jemanden kennengelernt hattest, und ich wollte dir nicht im Wege stehen. Dabei wollte er mir nur Beine machen, damit ich endlich aktiv werde, und ich hab es mal wieder gründlich vermasselt", erklärte er kopfschüttelnd.

„Jedenfalls habe ich gleich am nächsten Tag mit Sarah telefoniert, und sie meinte, dass sich schon andere Patientinnen beschwert hätten, dass er sie beim Untersuchen so lange und seltsam angefasst hätte, und ich weiß, dass sie es gemeldet hat, denn einige Zeit später hat sie mir erzählt, dass er seine Approbation verloren hätte und niemals praktizieren dürfe."

„Aber warum hast du ihn nicht angezeigt?", wollte Johannes wissen.

„Weil ich mich so geschämt habe", gestand sie unter Tränen. „Hätte ich denn der Polizei all diese pikanten Sachen erzählen sollen, die er mit mir gemacht hat oder machen wollte?"

„Im Prinzip ja, dann wäre er sofort aus dem Verkehr gezogen worden, und du kannst ihn auch jetzt noch anzeigen, es ist noch nicht verjährt. Fabian würde das sicher übernehmen."

„Ich hab halt gedacht, dass ich nicht normal wäre und dass anderen Frauen gefällt, was er macht", sagte sie dann beschämt.

Er nahm sie in den Arm, küsste sie sanft und meinte zärtlich: „Ich kann dir versichern, du bist ganz normal. Und nicht nur das, du bist eine wunderbare Frau und Geliebte."

Sie lächelte ihn unter Tränen an und schmiegte sich an ihn. Eine Weile später musste er sich auf den Weg zu seinem Termin an der Uni machen und fragte Leni mehrmals, ob er sie wirklich alleine lassen könnte. Sie beruhigte ihn und meinte, dass sie schon mal anfangen würde zu packen, da ja ihre Möbel in zwei Tagen kommen würden und sie diese Wohnung bis Ende der Woche geräumt haben müssten. Als er sich verabschiedete, sagte sie, dass sie ihm die Daumen drücken würde, dass es klappt, und dass sie ihn sehr liebe und küsste ihn liebevoll.

Während des Packens überlegte sie, wie sie das mit der Geburt am besten machen könnte. Diese Klinik hatte ihr gefallen, sie war auch nicht so weit von ihrer neuen Wohnung entfernt, und ohne die Begegnung mit Oliver hätte sie sich ohne zu zögern dort angemeldet. Dann kam ihr die Idee, die Kinder doch in Münster zur Welt zu bringen. Aber da Sarah ihr gesagt hatte, dass die Kinder wahrscheinlich früher zur Welt kommen würden, verwarf sie diese Idee wieder, da sie dann ja einige Wochen früher, ohne Johannes, der ja sicherlich arbeiten musste, bei den Schwiegereltern warten müsste. Sie war immer noch in Gedanken versunken, als Johannes freudestrahlend, mit einem wunderschönen Blumenstrauß in der Hand nach Hause kam. Er nahm sie in den Arm, hob sie etwas hoch und drehte sich mit ihr im Kreis.

„Ich kann das nächste Semester einmal pro Monat als Gastdozent lehren." Leni freute sich mit ihm, und zur Feier des Tages trank sie ein Schlückchen Sekt mit ihm.

„Ich habe den ganzen Nachmittag überlegt, wo ich entbinden möchte, aber ich bin mir einfach nicht schlüssig", erzählte sie ihm dann, als sie gemütlich auf dem Sofa saßen und Leni die Beine auf seinen Schoß gelegt hatte, während er sanft ihre Beine streichelte.

„Diese Klinik würde mir im Prinzip schon zusagen, aber bei dem Gedanken an den Typen wird mir echt schlecht", ergänzte sie.

„Na ja, warte erst mal ab, ob sich diese Hebamme nochmal meldet", schlug Johannes vor.

„Ja schon, aber zu lange sollten wir nicht mehr warten, im Prinzip sind wir schon zu spät dran. Mir scheint, hier muss man sich anmelden, bevor man überhaupt schwanger ist." Dann erzählte sie ihm von ihrer Idee mit Münster und dass sie etwas Sorge hätte, mit zwei Babys nicht zurecht zu kommen.

„Ich bin ja auch noch da, mein liebes Schätz-chen", meinte er dann.

„Ja, aber du musst doch arbeiten. Wer weiß, wie lange das mit dem Homeoffice noch so einfach geht."

Er schlug dann vor, ihre Mutter kommen zu lassen, was sie gleich ablehnte, da diese ihr zu anstrengend sei und sie vermutlich noch mehr durcheinander bringen würde.

„Und wie wäre es, wenn wir meine Mutter fragen?", schlug Johannes vor. „Im November hat Gabi sowieso keine Gäste, und da kommen die auf dem Hof schon mal ein paar Wochen ohne Mutti zurecht. Ich glaube, die würde sich riesig freuen."

„Das ist eine gute Idee, mein liebster Schatz. Platz genug haben wir in der neuen Wohnung dann ja auch." Glücklich küsste sie ihn und seufzte dann: „Ach, wenn ich dich nicht hätte."

Er schlug ihr vor, dass sie jetzt vielleicht mal eine Kleinigkeit zu essen zaubern solle, und er würde währenddessen seine Mutter anrufen.

„So machen wir das", erwiderte sie lächelnd und eilte in die Küche.

„Oh, hallo mein Junge, ist was passiert?" Frau von Moeltenhoff war es nicht gewohnt, dass ihr Ältester unter der Woche am späten Nachmittag anrief. Johannes erwiderte, dass alles in bester Ordnung sei und unterbreitete ihr dann den Vorschlag, ob sie

ihnen vielleicht in der ersten Zeit nach der Geburt zur Seite stehen könnte. Sie meinte zuerst, ob das nicht eher Lenis Mutter machen sollte, aber er gab zu verstehen, dass die chaotische Stéphanie wohl noch mehr Unruhe in Haus bringen würde, und außerdem verriet er ihr unter dem Siegel der Verschwiegenheit, dass sie Zwillinge erwarten würden und deshalb am Anfang auf erfahrene Hilfe angewiesen wären. Sie freute sich riesig über das doppelte Vaterglück ihres Großen und erklärte sich liebend gerne bereit zu kommen, wenn es dann so weit wäre. Leni war glücklich, als Johannes ihr erzählte, dass seine Mutti sich sehr darauf freue, ihnen nach der Geburt der Kiddies zu helfen.
Das wäre also auch geklärt.

Am nächsten Tag fuhr Leni zu ihrer neuen Wohnung, wo sie sich mit der Putzfrau traf, die gerne bereit war, bei ihnen weiterzuarbeiten, und sie brachten zusammen die Wohnung auf Hochglanz und montierten das neue Katzennetz, das Leni gekauft hatte, am Balkon, damit die beiden Katzen nicht vor Neugierde aufs Dach kletterten oder runterfielen. So, jetzt konnten die Möbel kommen.
Zwischenzeitlich hatte sie einen Anruf aus der Entbindungsklinik bekommen, in dem ihr mitgeteilt wurde, dass die Klinikleiterin um ein Gespräch mit ihr bat. Sie sagte zu, bat aber um einen Termin für die nächste Woche, da sie mitten im Umzug wären. Sie hatte für jedes Zimmer einen Plan vorbereitet und an die jeweilige Türklinke gehängt. Die Putzfrau war total begeistert von der neuen Wohnung, meinte aber, dass sie da doch ein paar Stunden mehr zu putzen hätte als bisher. „Kein Problem Frau Werner, wir machen einen neuen Vertrag. Ich weiß jetzt nicht, was Sie bisher verdient haben, soviel ich weiß, bezahlt Sie ja unsere bisherige Vermieterin, aber das kriegen wir schon hin. Mein Mann ist ja schließlich Jurist, da soll er mal zeigen, was er kann", meinte sie lachend. Sie freute sich auf ihr neues Zuhause. Nach getaner Arbeit gingen die beiden Frauen noch ein Eis essen und Leni fuhr müde, aber glücklich nach Hause. Unterwegs bekam sie noch einen Anruf von ihrem Chef, der ihr mitteilte, dass er

einen prima Auftrag an Land gezogen habe, es ging um die Sanierung eines Altbaus außerhalb der Stadt, und ob sie sich das wohl mal anschauen könnte. Er habe für den nächsten Vormittag einen Vorort-Termin vereinbart.

„Wenn wir fertig sind, bis unsere Möbel ankommen, liebend gerne", erwiderte sie lachend und ließ sich von ihm die Adresse geben. Voller Begeisterung stürmte sie zuhause in die Wohnung und fing an, Johannes von dem Auftrag zu berichten, als sie merkte, dass er in einer Videokonferenz war.

„Oh, Entschuldigung", sie zog sich sofort aus dem Schlafzimmer zurück und machte die Tür zu, als sie ihren Fauxpas bemerkte. Normalerweise schloss Johannes die Tür, wenn er eine Konferenz hatte. Johannes entschuldigte sich bei seinen Gesprächspartnern, die die Unterbrechung teils humorvoll, teils verärgert zur Kenntnis nahmen, und fügte erklärend hinzu, dass sie ab nächster Woche eine neue Wohnung mit Arbeitszimmer hätten, was das Arbeiten dann erheblich erleichtern würde. Bis Johannes seine Konferenz beendet hatte, beschäftigte Leni sich mit der Planung für das Haus bei ihren Schwiegereltern. Eigentlich wollte sie weiter packen, aber das Schlafzimmer war ja blockiert, und im Wohnzimmer wusste sie nicht, was zur Wohnung gehörte und was das Eigentum von Johannes war. Da müsste er selber rangehen, entschied sie.

Endlich kam er aus dem Schlafzimmer, aber sein Gesicht verhieß nichts Gutes. „Ärger?", fragte sie. Er nickte nur und wollte aber wissen, was sie denn so glücklich machte.

„Außer der Tatsache, dass ich einen wunderbaren Mann habe und mich riesig auf unsere neue Wohnung freue, hat mein Chef einen Superauftrag an Land gezogen, und wir treffen uns morgen Vormittag mit dem Eigentümer und dem Bauleiter", erzählte sie strahlend. „Aber was ist mit dir? Du wirkst nicht sehr glücklich, mein Liebster."

„Hör zu Lene, ich schmeiß den Job hin, das hat keinen Wert, in dieser Firma werde ich nicht glücklich. Ich bin nicht bereit, Kopf und Kragen zu riskieren und nachher im Bau zu landen, bloß weil der Boss sich nicht an die Gesetze halten will."

„Ja klar, das versteh ich, du wirst schon was Neues finden."
„Sonst musst du halt im November in Elternzeit gehen", neckte sie ihn. „Und ein paar Euro wirst du an der Uni ja wohl auch für die Vorträge kriegen. Wir werden schon nicht verhungern, wenn du mal ein paar Monate keinen Job hast." Sie umarmte ihn, und er bedankte sich für ihr Verständnis.
„Na also hör mal, wofür hast du denn eine Frau?", meinte sie mit ernstem Blick.
„Das werde ich dir gleich zeigen", und schon hatte er sie hochgehoben und ins Schlafzimmer getragen und den vorgetäuschten Protest mit einem Kuss beendet.

Am nächsten Morgen hatte sie verschlafen. Hastig machte sie sich im Bad zurecht und wollte ohne Frühstück aus dem Haus eilen, um rechtzeitig an der von ihrem Chef angegeben Adresse zu sein.
„Lene", versuchte Johannes sie aufzuhalten, aber sie stürmte schon zur Tür.
„Helene Kaiser", rief er jetzt energisch, und sie blieb wie angewurzelt stehen.
„Aber ich komm doch zu spät, es ist der erste Termin für das neue Projekt", jammerte sie.
Inzwischen war Johannes auch an der Tür angelangt und hielt sie fest.
Sie wehrte sich, aber er hielt sie mit eisernem Griff fest. „So lass ich dich nicht gehen, du flatterst ja wie ein Kolibri. Nachher fällst du noch die Treppe runter oder baust einen Unfall. Denk doch bitte an die Kiddies!", sagte er erzürnt. Dann redete er mit ihr wie mit einem kleinen Kind „Du setzt dich jetzt hin, rufst deinen Chef an und sagst, dass du später kommst, und dann wird erst mal was gefrühstückt."
Sie sah ihn mit großen Augen an, so kannte sie ihn noch gar nicht. Aber ihr wurde bewusst, dass er recht hatte, sie wollte tatsächlich total panisch aus dem Haus stürzen. Kaum hatte sie sich gesetzt, klingelte ihr Handy.
„Ja, hallo Herr Berger, es tut mir leid, es wird bei mir etwas später. Ich habe leider verschlafen", stammelte sie.

„Das macht nichts, der Bauleiter wird sich auch verspäten. Ich gebe dem Kunden Bescheid, dass es eine Stunde später wird."
„Ja gut, dann bis später", erwiderte Leni. Erleichtert atmete sie aus und lächelte ihren Mann dankbar an.
Das Gebäude gefiel ihr auf Anhieb, vor allem die schöne Giebelfront. „Die muss man unbedingt erhalten", sagte sie dem Eigentümer, der zunächst nicht davon begeistert war. Aber Leni war schon in ihrem Element und erklärte den Anwesenden, wie sie sich das in etwa vorstellte. „Die Dachgauben würde ich größer und rund machen und den Eingangs-Bereich ebenso rund gestalten, dann ist das alles viel harmonischer", fing sie ihren Vortrag an. Nach der Besichtigung lud ihr Chef sie und den Bauleiter noch auf einen Kaffee ein, und sie besprachen noch ein paar Details. Leni musste lachen, als sie auf der Eiskarte las, dass es Birne Belle Helene gab. Sie erzählte den beiden, dass sie daher ihren Namen habe, und ihr Chef bot ihr spontan das Du an und nannte sie von da an Bella. Nach einiger Zeit sah Leni auf die Uhr und musste sich verabschieden, denn sie wollte unbedingt vor Ort sein, wenn die Möbel kamen. Sie rief Johannes an, und sie vereinbarten, dass sie sich in der neuen Wohnung treffen würden, da es für Leni zu umständlich gewesen wäre, erst wieder in die Stadt reinzufahren. Sie besorgte noch Getränke und Sandwiches und fuhr los.
Johannes traf kurz nach ihr dort ein und brachte die Sachen mit hoch, die sie am Abend vorher schon in sein Auto gepackt hatten. In der Zwischenzeit hatte Leni das Kunstwerk ihrer Schwägerin, das sie nach den Flitterwochen vorsichtig von der Heckscheibe abgelöst und auf Folie gelebt hatten, am Schlafzimmerfenster angebracht. So wurden sie immer an ihre Hochzeitsfeier erinnert. Sie gingen nochmals durch alle Räume und entschieden dann aber, dass sie die Aufteilung so beibehalten wollten, wie sie es am Anfang vorgesehen hatten, wobei Johannes erfreut auf das Bild am Fenster schaute und lächelte. Leni freute sich vor allem über die beiden Badezimmer, so hatten die Gäste ein eigenes, wenn sie zu Besuch waren, oder man konnte mal auf die andere Toilette ausweichen, wenn jemand im Bad war. Das Gäste-WC aus

ihrer früheren Wohnung hatte sie in der engen Ferienwohnung manchmal vermisst, vor allem, wenn dann auch noch Maximilian zu Besuch war.

Endlich war es so weit, und die Möbelpacker standen vor der Tür. Nach und nach füllte sich die Wohnung, und obwohl man Lenis Pläne hin und wieder etwas großzügig auslegen musste, da sie die Möbel von Johannes einfach nicht kannte, fand schließlich alles seinen Platz. Alle Kisten und überzähligen Möbel wurden erst mal in das spätere Kinderzimmer gepackt und die zweite Waschmaschine im Keller abgestellt. Nachdem die Möbelpacker sich reichlich gestärkt sowie ein großzügiges Trinkgeld eingesteckt hatten, verabschiedeten sie sich, und die beiden standen alleine in ihrem neuen Zuhause. Leni ging in das Schlafzimmer, bewunderte das tolle Boxspringbett und fragte dann aber, wo sie wohl ihre Kleider unterbringen solle, da dieser Schrank ja wohl gerade mal für ihn reichen würde. Außerdem besaß Johannes nur einen Nachttisch. Lachend beschlossen sie, sich nach einem größeren Schrank und dazu passenden Nachttischen umzusehen und machten sich auf den Weg zum nahegelegenen Möbelhaus. Lieferzeit zwei Monate.

„Na ja, ich hab ja meinen Kleiderständer und auch einen einzelnen Nachttisch", meinte sie scherzend.

Am nächsten Tag brachte eine Spedition den Schreibtisch und den Kratzbaum sowie die übrigen Kisten aus der Ferienwohnung zu ihrer neuen Wohnung. Und dann waren sie da, in ihrem neuen Zuhause. Als sie die restlichen Sachen aus ihren Autos hochgeholt hatten und wieder die Wohnung betreten wollten, hob Johannes sie hoch, trug sie wieder über die Schwelle und schloss mit dem Ellbogen die Tür. „Kann es sein, dass sie schwerer geworden sind, Frau Kaiser?", fragte er schnaufend.

„Unverschämtheit", erwiderte sie und zwinkerte schelmisch.

Er trug sie gleich weiter ins Schlafzimmer und meinte, dass die neue Wohnung ja wohl gebührend eingeweiht werden müsste, wogegen sie sich kaum wehrte. Während die Katzen gemeinsam neugierig die neue Wohnung erkundeten, zeigte Johannes seiner Frau wie gemütlich sein eigenes Bett doch war. Als sie danach

aneinander gekuschelt dalagen, meinte er: „Frau Kaiser, wissen
Sie eigentlich, dass sie die erste Frau sind, mit der ich dieses Bett
jetzt eingeweiht habe?“ Sie stutze zunächst, lächelte ihn schelmisch an und sagte: „Selber schuld.“
„Ja ich weiß“, seufzte er. „Dabei war ich in dem einen Sommer, als du so aufreizend im Bikini auf deinem Balkon rumge-
turnt bist, drauf und dran, bei dir zu klingeln und dich einfach
auf den Arm zu nehmen, zu mir rüber zu tragen und in genau
dieses Bett zu legen.“
„Und warum hast du es nicht getan?“, fragte sie spitzbübisch.
„Da habe ich mir mal wieder selbst im Weg gestanden. Ich hatte nicht den Mut“, gestand er. „Wenn ich damals gewusst hätte,
was ich heute weiß, dann hätte ich es wirklich gemacht“, fügte
er hinzu und küsste sie zärtlich.
„Mein geliebter Feigling“, erwiderte sie lächelnd. „Max hatte
mir den Rat gegeben, im sexy Outfit bei dir zu klingeln, aber
den Mut hatte ich auch nicht, da wäre ich mir wie eine Nutte
vorgekommen. Also habe ich gehofft, dass du mich auf dem Balkon siehst und anbeißt.“ „Aber vergebens“, fügte sie theatralisch
hinzu. „Ich hab dich hinter dem Fenster stehn sehn, und dann
kam ich mir irgendwie blöd vor und bin wieder reingegangen.“

Die nächsten Tage verbrachten sie mit Auspacken und fuhren
dann zum vorgesehenen Termin nochmals in die Klinik. Die
Klinikleiterin empfing sie sehr freundlich und sprach darüber,
dass sie tatsächlich entdeckt hätten, dass mit den Zeugnissen von
Herrn Weber etwas nicht stimmen könne. Sie hätten Anzeige
erstattet, und nun wollte sie von Leni wissen, ob sie bereit wäre,
als Zeugin auszusagen. Nach einigem Zögern sagte sie zu und
gab dann aber auch den Namen von Sarah an, die ihn damals
bei der Ärztekammer gemeldet hatte. Da würde Fabian schon
wieder für sie in die Bresche springen müssen, aber dieses Mal
sollte der perverse Oliver nicht so einfach davonkommen. Und
sie meldete sich dann auch gleich definitiv in dieser Klinik zur
Entbindung an.

Die nächsten Wochen vergingen mit Arbeiten und Auspacken, und endlich fühlten sie sich angekommen in ihrem neuen gemeinsamen Zuhause. Es nervte Leni zwar manchmal, dass ihr Mann so pedantisch darauf bestand, dass sie ihre Medikamente einnahm und die Übungen für ihre Schulter machte, aber da sie wusste, dass er recht hatte und sie oft nachlässig in diesen Dingen war, fügte sie sich, wenn auch manchmal heimlich seufzend. Leni hatte sich voll in ihr neues Projekt gestürzt und verbrachte viele Stunden am Computer. Johannes hatte seine Stelle gekündigt und wurde sofort von der Arbeit freigestellt. Er nutze die freie Zeit, die er jetzt hatte, um sich auf seine ersten Vorlesungen an der Uni vorzubereiten und schrieb einige Artikel für Fachzeitschriften. Es war ein ganz neues Gefühl für sie beide, so in die Arbeit vertieft in einem gemeinsamen Arbeitszimmer Zeit zu verbringen, und sie fühlten sich wohl dabei. Leni hatte das Gefühl, dass ihr Bauch täglich dicker wurde und war froh, ihren eigenen Schreibtisch wiederzuhaben, da sie ihn in der Höhe verstellen und damit zeitweise im Stehen arbeiten konnte.
Johannes begleitete Leni zu ihren Außenterminen, und sie war ihm dankbar dafür. Er hielt sich dann stets im Hintergrund und beobachtete lächelnd, wie sie voll in ihrem Beruf aufging und eine gute Idee nach der anderen entwickelte und ihren jeweiligen Gesprächspartnern zu vermitteln versuchte. Und er hoffte, auch bald einen Job zu finden, in dem er sich genauso glücklich fühlte. Sein Beruf an sich war nicht das Problem, er fühlte sich wohl als Jurist, er hatte nur noch nicht das passende Umfeld gefunden. Da ihr mit fortschreitender Schwangerschaft das Tragen des Mundschutzes immer schwerer fiel, erledigte Johannes die Einkäufe, wofür sie ihn dann mit leckerem Essen verwöhnte.
Nachdem dann endlich alle Kisten ausgepackt und die Möbel und Geräte, die sie doppelt hatten oder nicht gebrauchen konnten, verkauft waren, gingen sie mit Freude daran, das Kinderzimmer einzurichten.

13

Sie saßen zusammen auf dem Balkon und überlegten, wie sie ihre Kiddies nennen sollten. Johannes schlug vor, dass sie doch die gleichen Namen nehmen könnten, die sie für ihr erstes Baby ausgesucht hatten, aber Lene wiedersprach energisch: „Wenn es schon nicht leben durfte, dann soll es wenigstens seinen eigenen Namen behalten", was Johannes einleuchtete. Sie machten einen Zettel, worauf sie ihre Ideen notierten. Da sie ja nicht wussten, ob es ein Pärchen werden würde, notierten sie sicherheitshalber jeweils zwei Namen.

Dann überlegten sie, wie es weitergehen sollte. Die Wohnung war schön, und es gefiel ihnen gut hier draußen vor den Toren der Stadt, aber irgendetwas fehlte. Die Familien und Freunde waren weit weg, und sie hatten Mühe mit der Mentalität der Sachsen. Sie hatten sich anstandshalber einige Tage nach ihrem Einzug bei den Nachbarn vorgestellt, aber mit Ausnahme des netten älteren Ehepaars Meyer im Erdgeschoß waren sie nur auf unfreundliche Leute gestoßen, die ihnen praktisch die Tür vor der Nase zugemacht hatten. Die Meyers hatten sie hereingebeten, ihnen etwas zu trinken angeboten und sich gefreut, als sie sahen, dass Leni schwanger war.

Sie beschlossen, auf jeden Fall bis zur Geburt hier zu bleiben, vielleicht hätten sie bis dann ja auch Freunde gefunden, und sie machten die Zukunft davon abhängig, wo Johannes einen passenden Job finden würde. In einem Punkt waren sie sich einig: Nie wieder eine Wochenendbeziehung! Zunächst sollte er erst mal ausprobieren, wie ihm das Leben an der Uni gefiel, vielleicht wäre das ja eine Option für ihn.

Leni wollte sich nach der Geburt der Kleinen selbständig machen, denn so könnte sie sich ihre Arbeitszeit selber einteilen. Sie hatte das mit ihrem Chef schon besprochen. Er bot an, sie zu unterstützen, und sie würde von ihm sicher den einen oder anderen Auftrag bekommen und wäre dann auch in der Lage, die Sanierung des aktuellen Objekts bis zum Ende durchzuziehen.

Sie hatten die Reise an die Ostsee, die sie im März nicht antreten konnten, auf September verschoben und hofften, dass ihnen die zweite Pandemie-Welle nicht wieder einen Strich durch die Rechnung machen würde und dass sie dieses Mal reisen konnten. Johannes fragte, ob sie sich denn die Reise noch zutraue, worauf sie antwortete, dass es ja nicht so eine weite Strecke zu fahren sei, und falls er mit dieser Kugelboje, die sie mittlerweile sei, noch gerne am Strand spazieren gehen würde, dann gerne. Er schaute sie belustigt an, kam zu ihr und strich über ihren Bauch und sagte: „Diese Kugelboje ist mir das Liebste und Wertvollste auf der Welt, und ich bin stolz darauf, mit ihr gesehen zu werden."
Glücklich lächelnd legte sie die Beine hoch und war bald darauf eingeschlafen.

Leni war früh am Morgen aufgestanden, um die Katzen zu füttern, kroch wieder zurück ins Bett und kuschelte sich an Johannes. Der erwachte und nahm sie in den Arm, und sie begannen sich zu liebkosen, bis sie leise sagte: „Heute möchte ich ihn aber wieder mal …" Sie hatte noch gar nicht ausgeredet, als Johannes abrupt mit den Liebkosungen aufhörte und sie merkte, wie er wütend wurde.
Er herrschte sie an: „Denkst du endlich mal daran, dass du zwei Kinder da in deinem Bauch hast?", wobei er ihr auf den Bauch tippte. „Werde dir endlich mal der Verantwortung bewusst." Er wurde lauter: „Alle erwarten von mir, dass ich Rücksicht auf dich nehme, die Mütter liegen mir in den Ohren, und Sarah hebt auch den Zeigefinger. Weißt du eigentlich wie viel Selbstbeherrschung es mich kostet, mich zurückzuhalten? Aber du bist einfach nicht zufrieden."
„Ich meinte ja nur …"
Aber er ließ sie gar nicht ausreden: „So langsam kann ich verstehen, dass mein Vater während der Schwangerschaft meiner Mutter fremdgegangen ist. Und außerdem ging es dir letztes Mal gar

nicht so gut hinterher, als wir es richtig gemacht haben. Oder hast du das schon vergessen?", brüllte er sie an.

Leni schüttelte den Kopf. So wütend hatte sie ihren Johannes noch nie erlebt. Und an das letzte Mal vor ungefähr zwei Wochen, als sie einen ähnlichen Wunsch geäußert hatte, konnte sie sich sehr gut erinnern, denn da war er ziemlich grob gewesen, was sie so auch nicht an ihm kannte. *Was war nur mit ihm los?*

„So habe ich das doch gar nicht gemeint", versuchte sie einzulenken, aber er hatte sich kaum noch im Griff.

Er beugte sich über sie und sah ihr wutentbrannt ins Gesicht: „Wenn du nach der Entbindung wieder einsatzfähig bist, dann werde ich dich ficken, bis du um Gnade winselst, das verspreche ich dir. Und bis dahin werde ich im Gästezimmer schlafen", brüllte er weiter. Er stand auf und stampfte aus dem Schlafzimmer, während Leni weinend im Bett liegenblieb. Sie hatte keine Ahnung, was das sollte. Sie hörte nur, wie er seine Wut an einem Türpfosten ausließ, auf den er mit der Faust einhämmerte. Eine Weile war es still, und sie dachte, er hätte sich ins Gästezimmer gelegt. Dann kam er wieder ins Schlafzimmer und nahm Leni die Decke weg. Er kniete sich vor sie hin und versuchte, ihr die Beine auseinanderzudrücken, wobei es ihr zunächst gelang, ihre Beine zusammenzuhalten und zur Seite zu legen.

„Johannes spinnst du jetzt? Was soll das?", fragte sie ängstlich.

Es war ihm mit Gewalt gelungen, sich zwischen ihre Beine zu drängen, und da sie sich verzweifelt wehrte, hielt er ihre beiden Arme über dem Kopf fest, ohne Rücksicht auf ihre verletzte Schulter.

„Johannes, bitte nicht, denk doch an die Kiddies", flehte sie.

„Bitte nicht, Johannes, du machst alles kaputt!"

Er packte ihre Hände nun mit einer einzigen Hand und spie ihr ins Gesicht: „So, du wolltest es richtig. Das kannst du haben", und er drang brutal ihn sie ein. Sie schrie aus Leibeskräften: „Nein!!!"

Er stieß noch einmal kräftig zu: „Ist das gut so?"

Sie sah ihn entsetzt an.

Er stieß nochmals heftig zu, „Und so, ja, ist das gut?!!"

Plötzlich wurde ihm bewusst, was er da machte, und er ließ von ihr ab, ging ins Bad und stellte sich unter die Dusche.

Leni hatte sich zur Seite gedreht und die Beine angezogen, und sie weinte, weinte, weinte. Sie hoffte, dass dies ein Alptraum wäre, aus dem sie gleich erwachen würde. Aber ihre Schmerzen waren echt. Sie blieb einige Zeit liegen und überlegte, was da passiert war. *Hatte sie ihn so provoziert?* Offensichtlich. Sie hatten noch nie einen richtigen Streit gehabt, aber dass er gleich so ausflippen würde, hatte sie nicht erwartet. Sie war wohl trotz allem etwas eingeschlafen und wurde durch ziehende Schmerzen in ihrem Bauch geweckt. Zunächst wusste sie gar nicht, was los war, stellte dann aber fest, dass sie nicht geträumt hatte und dass dies wohl Wehen sein mussten. Sie stand auf und lief zum Gästezimmer, aber da war niemand. Sie suchte ihn in der ganzen Wohnung, aber er war nicht da. Sie nahm ihr Handy und rief ihn an: „Johannes, ich hab …"

Aber er ließ sie gar nicht zu Wort kommen: „Lass mich einfach in Ruhe!", und dann schaltete er sein Handy aus.

Leni war ratlos. „Was mach ich denn jetzt?", fragte sie sich laut. Sie spürte wieder ein Ziehen im Bauch und rief panisch bei Sarah an.

„Leni, um Gottes willen, weißt du, wie viel Uhr es ist?", fragte diese verschlafen. „Was ist passiert?", fragte sie dann doch, da Leni so früh am Morgen sicher nicht ohne Grund anrief.

„Sarah, ich habe Wehen, was soll ich tun?", schluchzte Leni.

„Das ist viel zu früh, Johannes soll dich sofort in die Klinik fahren."

Leni weinte jetzt haltlos: „Der ist nicht da."

„Wieso ist er nicht da?"

„Wir hatten Streit, und er ist weggegangen." Dann brach es aus ihr raus „Sarah, er hat mich verge …", weiter kam sie nicht.

„Wer? Johannes!?" Dann hatte Sarah sich schnell wieder gefangen: „Hör zu Leni, du rufst jetzt sofort die 112 an und verlangst den Notarzt. Du sagst, dass du im siebten Monat schwanger bist und Wehen hast." Und da sie hörte, wie Leni in der Wohnung herumlief, „und leg dich um Gottes willen hin, bis der Arzt da ist." „Soll ich deine Mutter anrufen?", bot sie dann noch an.

„Um Gottes willen, nein, lieber meine Schwiegermutter, die
weiß vielleicht, was mit Johannes los ist", bat Leni verzweifelt.
Sie verabschiedeten sich, und Leni wählte, da sie schon wieder
Kontraktionen verspürte, die 112.
Sarah überlegte, wie sie die Nummer von Lenis Schwiegermutter herausfinden könnte, im Telefonbuch fand sie sie nicht. Dann
fand sie die Homepage von Gabis Ferienwohnungen, aber unter
der angegebenen Nummer meldete sich niemand. Sarah hinter-
ließ eine kurze Nachricht auf der Sprachbox und bat um Rückruf. Dann suchte sie weiter im Internet und fand die Werbe-Sei-
te von Maximilian, und der nahm dann endlich nach einigem
Läuten mit verschlafener Stimme sein Handy ab.
„Sind Sie der Bruder von Johannes?"
„Ja, wer will das wissen?", hakte er nach.
„Ich bin Sarah Fischer, eine Freundin von Leni", stellte sie sich
kurz vor. „Ich bekam gerade einen Hilferuf von ihr, da in Leipzig
stimmt was nicht. Leni ist mit verfrühten Wehen auf dem Weg in
die Klinik, und Johannes ist nicht erreichbar", endete sie atemlos.
„So eine Scheiße, was ist denn passiert?", wollte er wissen.
„Hm, ja, Johannes scheint irgendwie durchgedreht zu sein und
hat, na ja, er hat sie wohl vergewaltigt", fügte sie dann doch hinzu. „Leni verlangt nach eurer Mutter."
„Fuck! Das gibt's doch nicht!", Er war plötzlich hellwach und
sprang aus dem Bett. „Danke jedenfalls für die schlechte Info, ich
werde meine Mutter wecken und wir versuchen dann, Leni zu
erreichen." Sarah hörte, wie eine Tür geöffnet wurde. „Oder am
besten wir fahren gleich hin", meinte er dann noch, und sie verabschiedeten sich, während Maximilian schon an der Schlafzimmertür der Eltern klopfte. Die Mutter war bestürzt, als sie hörte,
was passiert war. Sie hatte gehofft, dass ihr Sohn seine Wutausbrüche, die er als Kind und Jugendlicher gehabt hatte, mittlerweile in den Griff bekommen hätte. Dann stimmte es wohl doch,
was Melanie ihr erzählt hatte, aber sie hatte ihr nicht geglaubt.

Mittlerweile war der Notarzt bei Leni eingetroffen, und nach
kurzer Untersuchung ließ er sie sofort ins Krankenhaus bringen.

Leni bestand noch darauf, der Nachbarin im Erdgeschoss einen Schlüssel zu geben, damit die ihre Katzen versorgte, falls Johannes nicht auftauchen würde. Als sie im Krankenwagen lag, klingelte ihr Handy. Sie bat den Sanitäter, es aus ihrer Tasche zu nehmen und ihr zu geben, da sie hoffte, dass es Johannes wäre. Es war Sarah, die anrief, um ihr mitzuteilen, dass ihre Schwiegermutter auf dem Weg sei. Als sie im Hintergrund die Sirene hörte, war sie beruhigt, dass Leni zumindest auf dem Weg in die Klinik war. Sie bat Leni darum, sie auf dem Laufenden zu halten, wünschte ihr alles Gute und verabschiedete sich. Leni weinte schon wieder und fragte sich zum hunderttausendsten Mal, wo Johannes sein könnte.

Im Krankenhaus wurde sie gefragt, ob jemand zu benachrichtigen sei. Sie gab die Nummer von Johannes an und sagte aber auch, dass ihre Schwiegermutter bereits auf dem Weg nach Leipzig sei. Nach der Untersuchung wurde sie gefragt, ob ihr Mann ihr das angetan habe. Sie wollte erst nichts zugeben, aber der Arzt sagte, dass sie vergewaltigt wurde, sei nicht zu übersehen, sie habe Verletzungen im Genitalbereich und Hämatome an den Armen und Beinen. Er empfahl ihr, ihren Mann anzuzeigen, was sie vehement ablehnte, da doch alles nur ein Missverständnis gewesen sei. Der Arzt schüttelte verständnislos den Kopf, und er fragte sich halblaut: „Warum schützen die Frauen immer ihre Männer?" Leni bekam eine Infusion gelegt, und die ziehenden Schmerzen ließen allmählich nach. Man hatte ihr auch ein leichtes Beruhigungsmittel gegeben, und so schlief sie ein.

Johannes hatte sich lange geduscht und seine Sportsachen angezogen, dann lief er aus dem Haus. Seit sie hier draußen wohnten, hatte er sich angewöhnt, regelmäßig zu joggen. Er lief ohne Ziel, bis ihm die Luft ausging. Auch dann lief er einfach weiter und weiter. Er hatte immer noch ihren Schrei ihm Ohr und bekam ihren entsetzten Blick nicht aus dem Kopf, aber davor konnte er nicht davonlaufen, es verfolgte ihn bei jedem Schritt. Er wusste nicht, wie lange er gelaufen war. Als er total ausgepowert war, setzte er sich nachdenklich auf eine Bank an einem Weiher.

„Verdammt noch mal, was habe ich da gemacht? Das darf doch einfach nicht wahr sein", schimpfte er mit sich selber. „Meine kleine Lene, die ich doch so liebe, warum habe ich mich nicht beherrscht?" Er zog seinen Ehering vom Finger und wollte ihn schon in den Weiher werfen, als sein Blick auf die Gravur fiel: Auf ewig Deine Kaiserin

„Oh liebste Lene, ich bin so ein schlechter Ehemann, es ist besser, wenn du in Zukunft ohne mich lebst", führte er sein Selbstgespräch fort. Er blieb noch lange nachdenklich und in Selbstmitleid zerfließend sitzen und konnte sich selber nicht verstehen. Dann versuchte er, sich zu orientieren, hatte aber keine Ahnung, wo er war. Zum Glück hatte er reflexartig sein Handy eingesteckt, er hatte aber weder Geld noch Schlüssel und vor allem nichts zu trinken dabei. Er schaltete sein Handy ein und checkte, wie weit er gelaufen war, wobei er alle eingegangenen Anrufe und Nachrichten ignorierte. Er staunte nicht schlecht, wie weit er von zu Hause entfernt war. Allerdings hieß es jetzt, den langen Weg wieder zurückzulaufen. Gemächlich und mit schlechtem Gewissen machte er sich auf den Rückweg.

Wie sollte er ihr noch in die Augen schauen?

Susanne von Moeltenhoff hatte von unterwegs mehrmals versucht, sowohl Leni als auch Johannes zu erreichen, da sie sehr beunruhigt war und nicht wusste, in welchem Krankenhaus Leni zu finden war. Da Leni schlief, nahm eine Krankenschwester dann endlich den Anruf entgegen und gab die Adresse der Klinik durch. Maximilian setzte seine Mutter gleich nach ihrer Ankunft in Leipzig dort ab und fuhr zur Wohnung seines Bruders, um ihm ins Gewissen zu reden. Als er dort ankam, fand er einen Zettel am Briefkasten vor: Herr von Moeltenhoff, bitte bei Meyer klingeln. Er klingelte erst bei Johannes, und als der nicht aufmachte, versuchte er es bei den Nachbarn. Die waren zunächst erstaunt, dass ein Fremder vor der Tür stand und behauptete, der Bruder zu sein. Maximilian musste sich erst mal ausweisen, bevor die Nachbarn berichteten, dass die junge Frau am frühen Morgen mit dem Krankenwagen in die Klinik gebracht worden war und ihr Mann sich noch nicht bei ihnen gemeldet hatte. Er sagte den beiden, dass seine Mutter bereits bei seiner Schwägerin in der Klinik sei, worauf sie ihm zögernd den Schlüssel gaben und er dann mit den beiden Reisetaschen nach oben fuhr. Dort versorgte er erst mal die beiden Katzen, die laut miauend auf ihn zukamen.

Er versuchte, Johannes zu erreichen, und dieses Mal nahm sein Bruder schwer atmend das Gespräch an.

„Ja, hallo Max, was gibt's?"

„Verdammt noch mal Joey, das fragst du mich?", erwiderte er aufgebracht. „Was ist das für eine Scheiße, die du da abziehst Bruderherz?! Geht's noch? Was hast du mit Leni gemacht?!!!", brüllte er dann.

„Warum, was ist mit Leni?", spielte Johannes den Ahnungslosen.

„Du bist doch das größte Arschloch, das man sich denken kann! Tu doch jetzt nicht so scheinheilig. Leni liegt im Krankenhaus und verliert vermutlich das Baby."

„Was, Leni ist im Krankenhaus? Oh Gott, das hab ich nicht gewollt. Scheiße!" Er blieb total außer Atem stehen. „Und woher weißt du das?", wollte er dann wissen.

„Irgendeine Sarah hat bei mir angerufen, und ich bin dann gleich mit Mutti nach Leipzig gefahren. Du warst ja nicht zu erreichen."

„Aber, aber, das heißt, ihr seid hier? Oh Gott, wie viel Uhr ist es denn?" Er sah kurz auf sein Handy. „Schon so spät? Ich hab mich total verlaufen, meinst du, du kannst mich abholen kommen?", fragte er kleinlaut. Er gab seinem Bruder die Koordinaten durch und wartete, durstig und am Rande der Erschöpfung, an eine Straßenlaterne gelehnt auf ihn. Er hämmerte mit den Fäusten auf die Straßenlaterne ein. Und er fragte sich selber, wie er sich nur so hatte gehenlassen können.

Leni wurde wach und spürte, dass jemand ihr sanft über das Haar fuhr und die Wange streichelte. „Johannes?"

„Ich bin's Kindchen", antwortete Susanne sanft. „Was ist passiert?"

„Schön, dass du bist", begrüßte sie ihre Schwiegermutter, „ich habe verfrühte Wehen bekommen."

„Das ist doch nicht alles. Stimmt es, was ich gehört habe? Hat er das wirklich getan?“
Leni nickte, während ihr schon wieder die Tränen über die Wangen kullerten. „Ja, aber ich habe ihn wohl provoziert“, ergänzte sie dann schluchzend. „Er hat da was total falsch verstanden.“
„Das darf er aber trotzdem nicht tun“, sagte Susanne mit strenger Stimme. „Er hatte als Kind und Jugendlicher schon solche Wutausbrüche, vor allem, wenn er Max verteidigt hat, ist er öfters mal über das Ziel hinausgeschossen. Ich hatte gehofft, dass er sich jetzt besser im Griff hat.“
„Wo ist Johannes?“, wollte Leni wissen.
„Ich weiß es nicht, Leni, Kleines. Er hat sein Handy wohl ausgeschaltet, oder sein Akku ist leer. Max versucht, ihn zu finden.“ Sie streichelte ihr über den Arm und sah die Hämatome. „War er das?“
Leni sah ihre Arme an und nickte.
„Hat er dich geschlagen?“
„Nein“, Leni schüttele den Kopf. „Ich weiß nicht, was mit ihm los ist. Vielleicht hat er Angst, dass er seine Familie nicht ernähren kann, wenn er keinen Job hat.“
„Wieso, hat er schon wieder den Job hingeschmissen?“, wollte Susanne aufgebracht wissen. Leni nickte.
Gerade als ein Arzt die Kabine betrat, klingelte das Handy von Susanne, und sie meldete sich, als sie sah, dass es Max war. Der sagte ihr, dass der verlorene Sohn aufgetaucht sei, und sie versprach, dass sie gleich zurückrufen würde, da gerade ein Arzt da sei.
Der Arzt fragte Leni, ob sie noch Wehen habe, was sie verneinte. Er blickte dann auf den Wehenschreiber und meinte, dass es gut aussähe und sie, wenn es weiter so bliebe, am nächsten Tag auf die normale Station verlegt werden würde. Leni wollte wissen, wann sie wieder nach Hause dürfte, aber der Arzt meinte, dass sie wohl vorerst dableiben müsse und dass man sie auch nicht gerne zu ihrem brutalen Mann nach Hause ließe. Leni erwiderte, dass ihr Mann nicht brutal sei, dass er sich immer liebevoll um sie kümmern würde, worauf der Arzt sie skeptisch mit erhobenen

Augenbrauen ansah. Sie lenkte ein und meinte dann, dass ihre
Schwiegermutter sich um sie kümmern könnte.
„Nu, schau'n wir mal", meinte der Arzt unverbindlich, und Susanne bat ihn um ein Gespräch unter vier Augen.
Der Arzt bestätigte ihr die Vergewaltigung und dass Leni vermutlich bis zur Entbindung liegen müsse.
„Oh, arme Leni, das wird ihr aber schwer fallen", meinte sie be-
dauernd.
Der Arzt zuckte mit den Schultern und meinte, dass er das auch
nicht ändern könnte. Da sie ja Zwillinge erwarte und die Kinder sowieso kleiner als ein Einzelnes wären, wolle man die Geburt so weit wie möglich heraus zögern. „Falls es überhaupt so
weit kommt", fügte er noch an.
„Ich versteh das nicht, die beiden waren doch so glücklich", sagte sie nachdenklich.

Als Maximilian seinen Bruder entdeckt hatte, hielt er mit quietschenden Bremsen an. Johannes öffnete die Beifahrertür, und als
er seinen Bruder ansah, traf ihn ein vernichtender Blick. Er wollte etwas sagen, aber Maximilian herrschte ihn an:
„Halt einfach die Fresse!!! Für das, was du getan hast, gibt es keine Entschuldigung. Du wurdest mir mein Leben lang immer als
großes Vorbild vorgehalten. Immer hieß es, schau Johannes an,
er tut dies, er tut das nicht, er lernt und ist fleißig. Er rennt nicht
hinter jedem Rockzipfel her. So ging es doch die ganze Zeit!!!"
Maximilian war außer sich vor Wut.
Nachdem er das Navigationssystem programmiert hatte, fuhr
er rasant los.
„Hör zu, das mit Melli hab ich ja noch einigermaßen kapiert.
Die hat dich nicht mehr rangelassen, als sie dich endlich hatte.
Aber Leni? Warum Leni?"
Johannes schüttelte nur den Kopf und sagte leise: „Ich weiß es
doch selber nicht."
„Ich hatte das Gefühl, dass es bei euch passt. Sie war doch so to-
tal happy. Jedes Mal wenn du sie gepoppt hast, dann hat sie hin-
terher gestrahlt wie ein ganzer Weihnachtsbaum", sagte er jetzt

etwas ruhiger geworden. „Verdammt noch mal Joey, ich kapier das einfach nicht. Damals nach der Entführung, als sie das Baby verloren hatte, da warst du Tag und Nacht für sie da und hast Übermenschliches geleistet. Und jetzt, wo ihr endlich glücklich seid und ein schönes Leben haben könntet, da machst du so einen Scheiß", warf Maximilian seinem Bruder nun wieder aufgeregter vor.

Als sie zu Hause angekommen waren, trank Johannes erst mal etwas und ging unter die Dusche. Währenddessen rief Maximilian ihre Mutter an und wartete auf ihren Rückruf. Trotzdem wollte er seinen Bruder, nachdem der fertig geduscht hatte, sofort zum Krankenhaus fahren, aber der weigerte sich.

„Ich kann ihr nicht in die Augen sehen." Er schüttelte den Kopf. „Ich kann es einfach nicht." Wieder zog er seinen Ehering vom Finger und schleuderte ihn quer durchs Zimmer. „Ich habe mir das überlegt, ich werde morgen die Scheidung einreichen. Mit mir wird sie nie glücklich werden."

Maximilian hob den Ring auf und hielt ihn seinem Bruder unter die Nase.

„Hast du gesehen, was da drin steht?", brüllte er. „Auf ewig, und das hat sie sicher ernst gemeint. Sei endlich ein Mann, und steh zu dem, was du getan hast." Er war jetzt total aufgebracht. „Wenn hier jemand die Scheidung einreicht, dann doch wohl sie. Rede mit ihr und bring das in Ordnung! Das hat sie ja wohl verdient, du kannst nicht schon wieder davonlaufen. Ich seh nicht nochmal zu, wie sie sich monatelang wegen dir die Augen aus dem Kopf heult." „Ich hab schließlich auch Gefühle", schleuderte er seinem Bruder ins Gesicht.

Der sah ihn verwundert an.

„Du weißt genau, dass mir Leni vom ersten Augenblick an gefallen hat. Aber sie ist keine Frau, mit der man mal schnell in die Kiste springt, das hab ich sofort gemerkt. Aber was passiert? Sie verknallt sich doch tatsächlich in dich", er zeigte mit dem Finger auf seinen Bruder. „Ich hab gesehen, wir ihr euch auf der Fete angesehen habt, deine Augen waren die reinsten Saugnäpfe, die ihre Augen angezogen haben. Und du Arschloch weißt nichts

Blöderes, als sie unglücklich zu machen." Er erzählte voller Emotionen weiter: „Damals, als wir am Baggersee waren und Leni so mit den Kindern rumgetobt hat, da habe ich mir gewünscht, sie würde die Mutter meiner Kinder werden, und ich wollte ihr meine Gefühle gestehen." Er holte tief Luft.

„Und warum hast du es nicht getan?", fragte Johannes fast tonlos.

„Weil ich verdammt noch mal deinen Blick gesehen habe und den Ständer in deiner Hose", erwiderte er aufgebracht. „Da hab ich gemerkt, dass du auch was empfindest und wollte dir den Vortritt lassen, vor allem weil ich wusste, dass sie nur darauf wartet, dass du endlich in die Puschen kommst."

Er zeigte wieder auf seinen Bruder. „Und was machst du, lachst dir irgend so eine dumme Tussi in Hamburg an und verschwindest. Und Leni heulte sich die Augen aus. Und als ich dann da war und sie vor diesem durchgeknallten Arzt bewahrt habe, da hat sie sich bei mir im Arm ausgeheult, und ich Blödmann weiß nichts Besseres, als sie zu dir nach Hamburg zu schicken." Er schüttelte den Kopf und sprach jetzt voller Bitterkeit weiter. „Sie war so glücklich bei eurer Hochzeit, warum hast du alles kaputt gemacht? Ich könnte damit leben, dass sie an deiner Seite glücklich ist, aber eine unglückliche Leni kann ich nicht noch einmal ertragen." Er war den Tränen nahe.

Johannes sah seinen Bruder mit großen Augen an, es war ihm nie bewusst gewesen, dass er Leni ebenfalls liebte.

„Dann ist es doch das Beste, wenn ich mich scheiden lasse und sie dir überlasse", meinte er trocken.

„Sag mal, bist du jetzt total durchgeknallt?", brüllte Maximilian.

„Meinst du, wenn du sie unglücklich machst, dann nimmt sie mich als Ersatz? Und ich hab dir vorhin schon gesagt, das sollte sie entscheiden."

Das Handy von Maximilian klingelte, und als er abgenommen hatte, wurde er schlagartig blass, zog Johannes am Arm hoch und sagte nur: „Komm, es ist was passiert" und eilte mit ihm zum Auto.

Kurz nachdem Susanne wieder bei Leni war, kam eine Ärztin rein, die sagte, dass sie vom psychologischen Dienst sei und gebeten wurde, sich mit der Patientin zu unterhalten, da hier ja wohl eine Gewalttat vorliege. Susanne musste schlucken und überlegte: *Ist mein Sohn tatsächlich gewalttätig?*

Die Psychologin bat sie, draußen zu warten, da sie sich alleine mit Leni unterhalten wollte. Leni wollte erst ein Gespräch abblocken, aber die Ärztin ging behutsam vor, und so erzählte Leni stockend und unter Tränen, was vorgefallen war. Aber dass Johannes nur zwei- oder dreimal zugestoßen habe und dann einfach weggegangen sei. Auf die Nachfrage, ob so etwas schon mal vorgekommen sei, erzählte sie die Begebenheit, als sie verschlafen hatte und kopflos aus dem Haus gestürmt wäre, wenn er sie nicht festgehalten hätte. Dass er zwar recht gehabt, sie aber später einige blaue Flecken gehabt hätte, weil er so fest zugepackt hatte. Sie berichtetet aber auch über die Entführung, das verlorene Baby und darüber, wie fürsorglich und liebevoll Johannes sich um sie gekümmert und alle ihre Stimmungsschwankungen und Launen in aller Gemütsruhe ertragen hatte. Dann erzählte sie auch, was ihr die Schwiegermutter kurz vorher über Johannes' frühere Wutausbrüche gesagt hatte und fragte, ob es möglich sei, dass er einen zu stark ausgeprägten Beschützerinstinkt habe. Die Ärztin meinte, dass man das wohl so ausdrücken könne, er aber Hilfe bräuchte. Und als Leni die Frage bejahte, ob sie mit ihm zusammenbleiben möchte, legte sie ihr eine Visitenkarte auf den Nachttisch und bat sie, sich zu melden, wenn sie Hilfe bräuchte, oder noch besser, mit ihrem Mann zusammen mit ihr sprechen möchte.

Gerade als die Ärztin sich verabschieden wollte, fasste Leni sich an den Kopf, stöhnte: „Mein Kopf, mein Kopf" und sackte in sich zusammen. Die Ärztin drückte sofort den Alarmknopf und rief auf dem Gang laut nach einem Arzt. Susanne wusste gar nicht, was passiert war, es ging alles blitzschnell. Sie sah, wie Leni mit ihrem Bett aus dem Raum und in Windeseile den Gang entlang gefahren und in den Lift gebracht wurde. Sie stand wie angewurzelt, nahm dann aber geistesgegenwärtig die Tasche von Leni sowie das Handy und auch die Visitenkarte der Psychologin an sich. Eine Pflegerin brachte sie in einen Warteraum und

erklärte, dass man sie benachrichtigen würde, sobald man Genaueres wisse. Von dort aus rief sie Maximilian an und sagte, dass er unbedingt sofort Johannes herbringen müsse.
„Der weigert sich aber, der Schisshase", antwortete Maximilian.
„Dann bring ihn an den Haaren her! Es geht hier um Leben und Tod."
Susanne war jetzt total aufgebracht. Nachdem sie eine gefühlte Ewigkeit gewartet hatte, kam ein Arzt, der ihr berichtete, dass Leni eine Hirnblutung erlitten habe und dass man sie sofort operieren müsse. „Zum Glück war sie schon hier in der Klinik, sonst hätten wir vermutlich nichts mehr für sie tun können."
Susanne war erschrocken und fragte, wie es um Leni stünde, ob sie eine Chance hätte. Der Arzt versprach, dass sie ihr Bestes tun würden, er könne aber jetzt noch keine Prognose wagen. Dass Leni aber nach ihrem Mann gefragt habe und ob der da wäre. Susanne meinte, dass er jeden Moment eintreffen müsste. Das riet sie einfach so ins Blaue rein, da sie keine Ahnung hatte, wie weit die Wohnung von der Klink entfernt war. „Er soll sich sofort melden, wenn er da ist, lange können wir nicht mehr warten, jede Minute zählt."
Kurz darauf erschien Maximilian mit Johannes im Schlepptau, dem das schlechte Gewissen förmlich aus dem Gesicht sprang. Noch bevor er etwas sagen konnte packte sie ihn am Arm und zog ihn zur Stationsschwester, die ihn sofort zum Vorraum des Operationssaals brachte.

Leni wusste überhaupt nicht, was passiert war, sie hatte nur plötzlich starke Schmerzen im Kopf verspürt, bevor es dunkel um sie wurde. Nach den Untersuchungen, als sie für kurze Zeit zu sich gekommen war, klärten die Ärzte sie auf und sagten ihr, dass man sie sofort operieren und dann in ein künstliches Koma versetzen müsse.
„Und die Babys, was ist ihnen?", fragte sie bang.
„Da passen wir schon auf, dass denen nichts passiert. Jetzt müssen wir aber unbedingt so schnell wie möglich die Blutung stillen."
„Mein Mann, ich will ihn nochmal sehen, bitte", flehte sie unter Tränen.

„Wir haben nicht mehr viel Zeit, wir fragen nach, ob er schon
da ist."

Man fing an, sie für die Operation vorzubereiten, und als sie schon
alle Hoffnung aufgegeben hatte, war er plötzlich da. Er sah sie
besorgt an und sagte leise: „Bitte verzeih mir Lene." Sie schloss
kurz die Augen und nickte. Sie nahm seine Hand und legte sie
auf ihren runden Bauch und sagte mühsam: „Jo – ich – lie – be –
dich", dann füllten sich ihre Augen mit Tränen.

„Wir müssen jetzt anfangen, jede Sekunde zählt", sagte eine
Stimme.

Jemand nahm Johannes, der jetzt ebenfalls weinte, am Arm und
führte ihn in den Warteraum zurück. Dort fing er hemmungs-
los an zu schluchzen.

„Was bin ich doch für ein schlechter Mensch. Sie hat mich nicht
verdient." Er zerfloss förmlich vor Selbstmitleid und Selbstvor-
würfen, bis es seiner Mutter zu viel wurde. „Dein verdammtes
Selbstmitleid hilft uns jetzt auch nicht weiter", herrschte sie ihn
an. „Der Arzt meinte, wenn sie nicht schon hier gewesen wäre,
dann hätte sie gar keine Chance gehabt. Also falls sie das über-
lebt, dann war es Glück im Unglück."

Als Maximilian merkte, dass Susanne mit Johannes allein reden
wollte, bot er an, Lenis Familie zu informieren und ging nach
draußen, um zu telefonieren.

„Mutti, ich versteh das nicht, was hab ich getan? Ich bin doch
kein Vergewaltiger", er schüttelte den Kopf.

„Doch mein Junge, so wie es aussieht, bist du das. Ich wollte
Melanie nicht glauben, als sie mir gesagt hat, dass du sie mehrmals vergewaltigt hast. Du brauchst professionelle Hilfe." Sie gab
ihm die Karte, die die Psychologin bei Leni gelassen hatte und
riet ihm, dort anzurufen, da diese Ärztin schon ausführlich mit
Leni geredet hatte und über die Sachlage informiert sei. Er nickte
stumm, saß jetzt schweigend da, knetete seine Hände oder drehte seinen Ehering am Finger.

Maximilian kam zurück und sagte kurz, dass er mit Tobias und
auch mit Sarah telefoniert habe. Zu dritt warteten sie stumm und
hofften, dass Leni es schaffen würde.

Gleich nachdem man Johannes weggebracht hatte, wurde die Narkose eingeleitet, und man sagte ihr, sie solle an etwas Schönes denken.

Vor ihrem inneren Auge sah sie sich mit ihren beiden Kindern an der Hand, einem Jungen und einem Mädchen, im Abendsonnenschein an einem offenen Grab stehen.

Mein besonderer Dank geht an:

Meinen lieben Mann Dominique, für seine Unterstützung und dafür, dass er meine monatelange geistige Abwesenheit geduldig ertragen hat.

Meine beste Freundin Anne, dafür dass sie mich nach Durchsicht der ersten Kapitel ermuntert hat weiterzuschreiben, und mir auch immer wieder mit guten Ratschlägen weitergeholfen hat.

Unsere Tochter Michèle und ihre Familie, die mich mit ihrer Begeisterung für mein Vorhaben ermuntert haben, dieses Buch zu veröffentlichen.

Meine frühere Nachbarin Laura, die mir einige Dialoge in „Jugendsprache" übersetzt hat.

Meinen ehemaligen Kollegen Uwe, der mir mit dem Freiburger Dialekt weiter geholfen hat.

Last but not least meinen langjährigen Bekannten Avi, der den Funken für das Schreiben in mir entzündet hat.

Die Autorin

Ulla Garden, 1952 in Baden-Württemberg geboren, besuchte die Realschule und absolvierte eine Ausbildung zur Chemielaborantin. Anschließend arbeitete sie in der Pharmaindustrie, in Basel war sie in verschiedenen Positionen tätig. Heute lebt Ulla Garden bei Bad Bellingen, wo sie sich seit ihrer Pensionierung in diversen Vereinen und Gruppen engagiert. Sie ist im örtlichen Museumsverein tätig und kämpft mit den Schlossparkfreunden für den Erhalt der Parkanlage. Seit 1990 mit einem Franzosen verheiratet, gilt ihr besonderes Interesse den Landschaften und der Kultur des Nachbarlandes. Die Freizeit verbringt die zweifache Mutter und sechsfache Oma am liebsten mit der Familie. Außerdem reist und liest sie gern, beschäftigt sich mit Handarbeiten, bastelt und dekoriert. Mit der Veröffentlichung des vorliegenden Romans erfüllt sich die Autorin einen langgehegten Traum.